北窗之外

BEICHUANGZHIWAI

曹华鹏◎著

中国文联出版社
http://www.clapnet.cn

图书在版编目（CIP）数据

北窗之外 / 曹华鹏著. -- 北京 : 中国文联出版社, 2018.2

ISBN 978-7-5190-3408-5

Ⅰ. ①北… Ⅱ. ①曹… Ⅲ. ①散文集－中国－当代Ⅳ. ①I267

中国版本图书馆 CIP 数据核字(2017)第 327856 号

北窗之外

（BEICHUANG ZHI WAI）

作　　者：曹华鹏

出 版 人：朱　庆

终 审 人：奚耀华　　　　复 审 人：王柏松

责任编辑：周小丽　　　　责任校对：赵哲安

封面设计：東方朝阳　　　　责任印制：陈　晨

出版发行：中国文联出版社

地　　址：北京市朝阳区农展馆南里 10 号，100125

电　　话：010-85923036（咨询）85923000（编务）85923020（邮购）

传　　真：010-85923000（总编室），010-85923020（发行部）

网　　址：http://www.clapnet.cn　　http://www.claplus.cn

E－mail：clap@clapnet.cn　　zhouxl@clapnet.cn

印　　刷：北京长宁印刷有限公司

装　　订：北京长宁印刷有限公司

法律顾问：北京天驰君泰律师事务所徐波律师

本书如有破损、缺页、装订错误，请与本社联系调换

开　　本：880×1230　　1/32

字　　数：186 千字　　　　印 张：8

版　　次：2018 年 6 月第 1 版　　印 次：2018 年 6 月第 1 次印刷

书　　号：ISBN 978-7-5190-3408-5

定　　价：56.00 元

目录

故乡记忆

家乡何处

无论清醒时，或是睡梦里，我一直走在回家的路上。

时至今日，掐指算来，走过了多少风雨历程，趟过了多少朝夕日暮，三十多年来的心路依旧遥远漫长，怎么也走不回最初的人生起点。甚至，就连体验一下有关故土曾经有过的虚拟场景都不行，更别说去感受关于故乡温情的种种奢望了。有的，尽是长久漂泊后的茫然失措与自身归属的不确定性。更多的是，不分白昼黑夜汹汹而来的乡愁别绪，以及沉甸甸的失落感。

有时，我真的惶恐不安，怕自己要彻底弄丢了今生的坐标定位。

这惶恐由来已久。

从一脚迈进20世纪80年代初始门槛的那一刻，从自己肩背行囊孤身踏上南下入关列车的那一刻，从蒙山脚下暮色黄昏时分独自北望的那一刻，从友人经常故意提及的故土与乡音之间血肉相连的诙谐笑谈中，这一切就已生发了。

家乡何处?

这个简单的问题，一直困扰着我，让我纠结了三十多年，直到今日。

刚结识的人，不管年龄大小，见面聊上一会儿，待熟识一些了，大多便会问上这么一句：你是从部队转业回来的，家乡是哪儿的？

若说，是本地人，考学出来的，又都带着狐疑的眼神盯住你不放，似乎这回答里透着诸多不老实的成分。若说是东北人，则流露出一脸洞察世事、阅尽人事的自得相儿。心里当然清楚，这都是因我操着一口既非纯正东北腔儿又非地道山东话，那种南腔北调混合在一起的奇怪口音惹的祸。

20 世纪 50 年代末，在那场饥饿难忍的天灾人祸之际，我的父母为活命，辞别山东老家，一路决绝北上。俩人沿途乞讨保命，终于闯进东北这片陌生的黑土地。

在那个遥远的小山村里，我落草成人。在咿呀懵懂中，我浑浑噩噩地度过了童年，直到 20 世纪 80 年代初回到山东老家为止。

这就是现在周边人对我抛射狐疑目光的因由，更是我惶恐的根源。但是，经常遭遇类似这样的拷问，心下难免有些不自在。

我想解释说，我的出生地在东北，而我又天性愚顽透顶，不能轻易融进祖籍地而入乡随俗，难改自己孩童时就已习成不忘的口音。或者，在出生的那一刻，我的骨髓里就浸入了那个山套里的雨雪风霜，血脉里已然融入了那个小山村独有的情感魂魄。

不过，我始终没敢这样说。我怕人们把我当作一个怪胎来看；或者，把我一个大男人定性为煽情或矫情之人；甚或，把我当成一个神经错乱、心智迷失的精神病人，也是说不定的。

其实，困扰也好，纠结也罢。现在，我还是要蹲坐在古莒国辖区内的这个小城，扑下身子，去做一些情愿或不情愿的利于谋生的分内事。

有时，也强迫自己静下心来，为着某些想法，认真书写一些或激昂或闲适或郁闷的文字，来弥补自己曾经无度挥霍掉大把时光的过错。同时，也把今后剩余的人生之旅，认真清楚地走完。

渐渐地，我觉察到一个可怕的事实。那就是，我似乎走失了自己，找不到来时的方向，更迷失了回家的路口。

这是因为，随着脸上皱纹的增多和顶上头发的稀疏花白，对自己一路走来的最初那段记忆，却越来越模糊，越来越淡忘了。好多曾鲜活存在于大脑深处的那些温馨场景和温暖事物，渐渐风化成残缺不全的碎片，时不时地飘荡在略显混沌的脑际间。

每当这个时候，心下的惊恐如末世来临。来时的门窗若是关闭了，在不久的将来那一天，我还能回去吗?

为回去的路口，也为不能忘却的怀念，更为今后人生步履的踏实和自信，我要踏上这次记忆之旅。回到故乡去，回到诞生并养育了我十余载的那个小山村。

故乡的路线图并不复杂。但我还是需要借助一下谷歌地图，找到回家的准确路径。毕竟在1981年之前，年少的我一直猫在那个小山村里，并以它为中心，蹦跳嬉闹在方圆二十几里范围内的那些山山水水里。

那时，我去的最远地方，也仅是相隔了三十多华里的小县城。

这就是我整个童年的活动版图。

故乡路线图

从黑龙江的牡丹江市出发，如果走陆路，可一路向东，过磨刀石镇，至马桥河镇并入206省道，再折而向北，直奔一个叫八面通的小镇，即为穆棱市的驻地镇，也就是那个令孩童时代的我日夜心驰神往的小县城。

这条陆路，我从未走过。至于路的宽窄好坏、沿途的风景如何，更是无从谈起。

若是走铁路，我是有过体验的。

你可以先在牡丹江火车站广场前，就着几十种免费的凉拌小菜，猛吃一顿大碴子饭或是黏豆包。之后，挺着鼓胀的肚子，挤上通往东方红方向的小客列车，再找个靠窗的座位坐下来，静静欣赏窗外匆匆而过的东北山川林木风景。

列车先往东行驶，在一个同名小镇穆棱镇的地方飘而北上。不到一个小时，即可到达八面通镇。

又有一条大河，叫穆棱河。

这条大河，从长白山系老爷岭山脉东坡的穆棱窝集岭发源，奔涌而下，横切小镇西端，一路浩荡北去。至虎林市境内，河道分成两路：一路沿穆兴水路注入兴凯湖；一路沿原河道继续东流，注入几百公里外的乌苏里江。

河岸蜿蜒，如天际间飘来一条轻薄的彩练锦帛。不急不缓，安静闲适地飘然而来，又逶迤而去，隐约消失在目不可及的苍茫暮色里。

河面通畅舒展，不因宽处而臃肿，不以窄处而扭捏。长袖当舞，携一路君子之风，坦坦荡荡，澄江如练，翩翩若仙。

河水清澈明净，随四季流转而变换着五彩河衫。春之灿灿，愈显水之娇颜；夏之汹汹，愈显水之体健；秋之碧绿，独显水之凝重；冬之银白，独显水之魂魄。

生命轮回，四季循环，尽纳入这一条彩岸色川，奔流千载，日夜不息。一如他乡游子，漂泊千万里，其思不竭，其念难止。

这小镇离边境重镇绥芬河市仅有一百余公里，仰卧在牡丹江、鸡西、绥芬河三市金三角的腹地。

据《穆棱县志》记载，这里在远古时期是肃慎居地。所谓肃慎，《山海经·大荒北经》有云："东北海之外……大荒之中，有山名曰不咸，有肃慎氏之国。"大荒是指东北地区；不咸山，即为长白山。也就是说，本地居民的祖先可追溯到远古的肃慎氏。到了唐朝渤海国时期，这里被辟为牧马场。宣统元年，才正式设县。

直至今日，小镇在这白山黑水之间，静静仰卧了千百年。

小镇不大，仅是中国北方一般规模的普通城镇。镇内有东西和南北走向的两条主大街，在镇中心笔直交汇，形成四通八达的交通网。称其为八面通，也算是名副其实。

沿小镇中心大街向西，过一条笔直的穆棱河桥，就进入了一小片狭窄的平原地貌。再一路斜向西南，沿着甬道一般的平直路面，碾过普兴、二号船屯、新兴等几个稀疏的村庄，迎头撞到一个突兀而现的山嘴。拐过这个山嘴，进入一个叫头道崴子的地方，便算真正一头拱进了绵延不见尽头的山套里。

你只能依山势走向，沿山脚下的公路蜿蜒而行。右边紧靠着山体，左面逆着一条河川，渐渐西行而北斜。这么左拐右绕，穿过二道崴子，进入三道崴子，迎面撞进一个叫三兴的小山村怀里。

这个狭长又散乱的小山村，便以西北、东南走向，歪歪斜斜地呈现在你的眼前。这就是生我养我的故乡，更是我朝思暮想了三十多年的地方。

家在东北，我一直是这么定位的。

那遥远的小山村

记忆中的小山村不算太大。

整个村子北高南低。北半部被村人习惯上称呼为“上头”，人家居住相对比较集中。大约八九个院落为一排，宽度不会超过三百米。

当然，东北人家的院落比较宽阔，且家家独门独户独院，每户之间绝无搭山借墙之说。围绕房屋，都有一个比较宽大的菜园，用杖子或木栅栏把园子和房屋圈成一个方正的院落。因此，一个院落会占据了两所房屋宽窄的地方，甚或更大的空间。

村子越往南延伸，地势越来越低，宽度也逐渐缩小。到了被称为“下头”的村南部，仅是四五户或三两人家为一排。到了最南端山嘴处，院落便自行消失。

整个小山村的布局，呈现出一个粗糙的感叹号样子，只是没有最下边的那个黑点罢了。而且，这还是一个稍稍弯曲如“S”形的感叹号，像是被山体硬挤出来或被山洪冲歪了的形状。

这歪扭成感叹号的村子，东边靠着三座山头，“上头”一个，中间一个，“下头”一个。“下头”那座山嘴处，就是村子通往八面通镇的必经之路。

中间那座山头，也没什么出奇之处。只是在半山腰上，突兀高悬着一块巨大的岩石。

那石头有三间房屋那么大，浑圆如桃，表面粗糙，颜色黢黑，下无垫石。就这么空悬在陡峭的山体上，却又一直这么吓人地高悬着，始终没有滚落下来。

这简直成了让人很不踏实的奇迹。抬眼望去，直担心那石头会随时滚落下来，更替山脚下那几家浑然不觉的院落和不知死活的居民揪心。好在紧靠石头旁还生有一棵粗壮的树，就如同那石头被绑在了树干上，多少有了一点儿依托感。随之，又揪心那树干的承受力，依旧会为那几户人家白白地焦心担忧。

靠着“上头”的那座山头，呈半圆形，像一个蠕蠕而动的龟。我们称之为东山。

也有不怀好意的外地人，竟然说，他能看出，那座山头像极了一个人裸露出的整个屁股。这当然是对山村形胜景致的大不敬。一旦听到这种言辞，我们一般都会咒骂他，直到他赶紧闭上那张喷粪的臭嘴巴，灰溜溜地走掉为止。

不过，赶走喷粪之人后，我们再仔细观察一番，也觉得那人说得不无道理。只是这种描述太让人难以接受，便只能郁闷心中。嘴巴依旧是硬硬的，死也不会口头认同的。

其实，在风水学上，这座山头也是有讲究的。

那高耸的龟体下，就是我们“上头”的住户。它的北端则陡然圆滑而下，形成一道整齐且低矮的山冈。这山冈呈九十度角横弯过来，挡在村子北面。就如一道坚固的城墙，遮挡住了西北山套里灌来的冷风，是山村的天然屏障。

曾有从关内到此路过的风水先生说过，这是一处难寻的风水宝地。

这东山就是一只灵龟，这山冈就是灵龟的脖子。如若这灵龟的头伸进了村西南那条大河里的话，这形胜便活了，会有了不起的人物诞生。遗憾的是，20世纪五六十年代，县里在紧靠村西南边修建了一条直通县城和深山老林的公路，把灵龟的脑壳硬生生齐刷刷地切掉了。弄得这只灵龟仅剩了身子和脖子，再也喝不到南大河里的水了。形胜之地，便也失去了法门妙处。

村子的西南边，有一条从北向南日夜奔流不息的河流。这条河，我们称之为南大河。路过山村一段的河畔四周，是一片平坦地形。

除此，村子便被几道绵延起伏的山脉包裹得密不透风。这村子就如一叶狭长纤细的小舟，在巨涛涌浪一般的莽莽山野间静静漂流着。

灵龟北端伸出的那个低矮山冈，我们都叫它王脖子。

据父母亲讲，就是在那道王脖子下，在一个临时搭建起的马架子里，我如期落草降生了。后来，父母亲又重新建起了一处固定院落，离那道王脖子也不过百十米远。

我的记忆，就是从这处院落开始的。

这院落正北方向，正直对着一条狭长的小巷子。巷子的尽头，就在那道王脖子山脚下，有一口五六米深的水井。井水是标准的山泉水，甘洌清醇。

多少年来，这井水滋养了整个在“上头”居住的村人，也滋养了我的整个童年记忆。

“雉雉翎，开马城……”

游戏，弥漫了整个童年记忆。

游戏，在生命年轮里留下的，是最深印记。

游戏，在人生旅途中，是一道无法抹平的辙痕。

在记忆长河里，儿时的游戏场景无处不在。它已浸烂在河水里，与记忆细胞消融在一起，成为人们成长与发展的养液。直到肉体腐朽、生命湮灭，这养液才会蒸发殆尽。

每当夜深人静长夜无眠之际，总有一串儿稚嫩的童音破窗而至。那童音执着而持久地敲击着耳鼓，开启着记忆之帘。

“雉雉翎，开马城……”

这是对儿时游戏的最初记忆，也是最深刻最清晰的原汁原味的记忆。

这个游戏的名称，叫“开马城”。

游戏的时间，大多在傍晚，在暮色笼罩了山村的那段曼妙时光里。游戏的人数不限，可以五六人，也可十几人，甚或几十人的时候都有。

将所有自愿参加的人，平均分成两组。每组队员手拉手，在大街上横切成相向的两排，两组人相距十几米或二十米的样子。待经过狗咬狗一般的争执吵闹后，确定了率先行动的一方，游戏即可开场。

先选出一个嗓门儿高的人担任领唱，所有参与游戏的人便仰起脖子扯开嗓子用尽力气跟着合唱。于是，一个稚嫩的童声，和着一群如溪水直落深涧一般的童音，在村内大街上跌宕起伏着，肆意飞溅流淌着。

（领）雉雉翎，（合）开马城。
（领）马城开，（合）打发小姐唱戏来。
（领）你要谁？（合）要春红。
（领）春红不在家。（合）就要XX的兔脑瓜儿。

这个兔脑瓜是谁，也是随意指定的，全凭大家的兴趣。大多是照着那些矮小瘦弱无力之人开刀。

叫到的人，便紧紧裤腰带，哈腰吸气，做出一副舍身玩命的架势，拼着吃奶的力气朝对面人墙冲去。如若把人墙冲开一道口子，便算胜了一个回合。得到的奖赏是，可以在敌人战队里任意挑选一名俘虏，带回自己的战队。若是没能撞开对方人墙，对不起，冲击的人只能留在对方战队里，成了一名不折不扣自投罗网的倒霉蛋了。接着，便要由对方战队如此这般地冲锋陷阵一回。

待一方战队里仅剩了最后一个人时，这位光杆司令只能背对着敌方战队求告，并朝敌方阵地倒退着摸去。不管摸到了谁，都要乖乖地到另一方阵地里甘当炮灰。这游戏又接着热火朝天地进行。

直到夜色昏暗无法进行时，或是被大人们一顿吆喝责骂着、喊叫着回家吃晚饭时，娇小的身影们才相互争吵着胜负成败的结果，恋恋不舍地踯躅而散去。

现在想来，这个游戏应该跟渤海国时期有关。

我已经说过，根据《穆棱县志》记载，唐朝渤海国时期，我的故乡就是一个广阔的牧马场。想是天高云淡，林密谷幽，草长料肥，马儿成片，牛羊成群。就此，供养着一个庞大的马城，以及城内彪悍的兵士和熙熙攘攘的常驻居民。游戏里的雉雉翎、马城、唱戏的小姐、春红等词句，无不展示着当时的生活场景和娱乐场面。

经常玩的游戏中，还有“打瓦”“跳布城”“荡秋千”“跳绳”“踢毽子”等，均是集体参与项目，花样繁多，玩法不一。

这些游戏，常常惹得我们伺机逃离家门，以街当家，乐不思蜀。因贪玩而忘记了大人摊派的任务，丢掉了手里活计，便要时常遭到大人嘴上的责骂或拳脚上的招呼，也都算是家常便饭，见怪不怪了。

印象最深的一次，是在一个夏日。

下午上学的时候，有两个家伙堵截在学校外的大路口上，鬼祟地把我们几个聚拢到一起。俩人透着神秘口气说，放学后哪儿也不准去，都到老宋家门前土坎上，要教我们学一种新游戏，名叫“三国城”的。我们急着追问，是怎样的玩法。他两个均摇头，说谁不去谁就是猪狗王八蛋。之后，俩人丢下大眼瞪小眼的我们，相互勾肩搭背地摇晃而去。

这让我们感到既神秘又刺激。整个下午的课，我们就基本没了心思。

好不容易熬到放学，我们疾如脱兔般地奔到老宋家门前土坎上。那两个家伙比我们跑得还快，已经在地上认真仔细地画着线条格子。让我们怀疑，他俩根本就没有上完课，而是提前逃学出来的。

也问过他俩，是不是逃学啦。俩人信誓旦旦地起誓诅咒，坚决予以否认。不承认就不承认吧，反正逃学的又不是我们，只要玩得好就行。

地上的格子画得很复杂，又是道路，又是城墙，又是国界，还有光明大路与黑暗小道什么的。还人为地规定了一些琐碎的游戏规则，这里不准进，那里不准出，什么地方不能触摸对方，什么地方可以往死里缠斗等。搞得我们的头都大了，却怎么也记不住这些比算术题还要难的狗屁规矩。

问他俩，是从哪儿学来的。俩人都拍着胸脯说，是他俩独自发明造出来的。

你怎么能相信，这俩长着猪头一般的脑壳，且学习成绩一塌糊涂的家伙，竟然会造出这么复杂的东西来。

他俩又是一番发誓诅咒，还嫌我们脑瓜笨。弄得我们心下万般地不服，又讲不出不服的理由来。

有人急道，光说不练，怎么能记住。

于是，随着一阵“包袱、剪子、锤”的嘶吼声之后，我们立马分成三组，代表三个国家，进入各自疆土。再由那俩家伙跟在屁股后头，装模作样地指点讲解着，就此进入了游戏的实习阶段。

刚刚有了点眉目，就见那俩家伙突然撇了我们，撒丫子朝附近的小巷子里跟头把式地钻去。

正纳闷着，陡然发现身后站着一个浑圆粗壮的胖女人，就是已逃窜的俩人中一个人的母亲。那母亲是出名的暴躁女人，打人骂人在全村是无人敢比的。连我们见了，都要敬而逃之。

想来那母亲没有瞥见自家崽子，还卡着腰横眉立目地问我们，见没见到她家的熊崽子。我们也不敢出声相接，一个个摇头摆手，装作了一群哑巴。那母亲恨恨地说，这熊崽子竟敢逃学，看回家不一顿打死。

第二天上学，我们路上遇见了他俩。其中一个走路时歪歪扭扭的，似是屁股受到重创。另一个也是垂头丧气的，肯定昨夜没什么好果子吃。

就问，是不是昨晚让修理了。

俩人都不理我们。

又赶着追问，那“三国城”真是你们自己造的吗。

俩人恶狠狠地回道，是又怎么样，不是又怎么样，碍着你们啥闲事啦。

至此，这造三国城的事，便成了一桩悬案。即便在以后漫长的日子里，他俩也绝口不提造城的事。直到今日，也没有确切答案。

现在想来，是不是那俩人自造的那城，已不重要了。重要的是，在儿时，在那么闭塞贫瘠的年代里，竟然有人想到创新，想到承前启后，当算是一件十分了不起的壮举了。只是那时的我们都没有意识到，更没有体察到这件事的重要性罢了。

今天，年近半百的我，应该向那两位吃尽苦头的造城人鞠躬致敬！

山村学校

山村小学，是山里孩子启智的殿堂，也是告别蒙昧步入萧瑟人生之旅的祭坛。

我的心海扬帆、人生起航之旅，就是从那所曾经气派却已好景不再的村小学开始的。

在紧靠“上头”和中间的两座山头之间，是一道向北延伸贯入的山套。入口处，耸立着两排气势不凡的高大房屋，均是青砖砌墙琉璃瓦罩顶，飞檐起角，门高窗阔。就这么蹲守在高坡之上，傲视着脚下散乱低矮的村居院落。

我曾在一篇散文里说过，这里原是日本侵占东北时修建起的战地医院，建筑风格当然与本地民居大不相同。

别看学校不大，却分成了小学部和初中部。所谓“麻雀虽小，五脏俱全”，小学、初中并举。从屁大点儿的崽子，到十几岁的懵懂少年，一个不少，一应俱全。

并不是这所学校办得如何好，以至把周围村庄里的学生招收过来，办得教学规模如此之大。因为我们村子拥有四个生产队，后来还在距村几十里远的深山老林里划出了第五生产小队，每家每户自产的崽子多则八九个，少则三四个，几百户人家加起来，谁都能算出要有多少无产阶级革命事业接班人需接受必要的共产主义教育。

靠北的那排是小学部教室，屋高墙厚，内置走廊。教室空间也大，几十个孩子坐进去，如一层黄豆粒散落在鞋盒子底部，空旷寥落。

教室墙面均用白灰粉刷。高高在上的墙沿边，印有一圈黄花绿叶的向日葵图画，像极了一个个伸脖仰面瞪眼嬉笑的小孩子脸。记忆中，那墙面已经损坏斑驳了，剥落处留有一个个黑灰的疤痕。四周的墙裙处，稀稀落落地留有我们嫌贱逞能时飞脚踹出的一个个小脚印。

南排的房屋，东半部是老师们的办公室，西半部则是初中部的教室。把喜动爱蹦如小牛犊子般的初成少年置于自己的眼皮子底下监管，亏老师们想得出来。

这一招果然奏效。那些个平日里老在我们跟前现出一副目空一切狂妄自大模样的半大崽子们，便整日贼眉鼠眼地蹲进牢狱一般的教室里，时刻盼着下课的铃声响起来。

在这排房屋的前面，则是一个操场。操场上除了一个篮球场地外，什么都没有，只是一片空地罢了。篮球场里竖了一东一西两个破篮球架子，篮板是学校让大队出工出料定做的，板面上安置着一个铁环，算作是篮筐。

每年“六一”期间，学校都要搞一些文体活动。大队也便趁机掺和进来，组织四个生产队的人搞篮球对抗赛，且把对抗的目标一致锁定在学校组建的篮球队身上。平日里，这里都是那些高年级小子们的乐园。在教室里憋坏了的半大崽子们，只要窜进这块领地，立即跟换了个人似的，要多威风就多威风，要多霸道就多霸道。

学校的四周没有围墙。若非要用什么来界定一下校园的话，那就是在学校四周生长着一圈高大茂盛的榆树。也不知这些榆树是何时栽种什么人培土浇水的，到我有记忆之时，恐怕已有几十年树龄了吧。

一到春天，榆树上便结满了一串串榆钱。树干是深褐色，叶子碧绿。榆钱却是浅黄色，随风摇曳在枝繁叶茂的绿荫里，惹得满校园里的孩子垂涎欲滴。

要想吃到清香的榆钱，就得猴子般攀树折枝地上去。先撸一把榆钱塞进嘴里，待喂好了肚内的馋虫后，方才折下结满榆钱的枝叶，凌空抛到树下，去喂树下那些早已急得抓耳挠腮乱窜乱蹦的大馋虫们。

树又高，有的能达到一二十米的样子；干又粗，最粗的一个人搂抱不过来。因了这种冒险举动，经常有人从树干上滑落下来，或是戳破了手掌，或是划破了肚皮。有的干脆从树上一个跟头跌落下来，跌瘸了狗腿或跌烂了屁股，并不是什么稀奇事。

每到榆钱季节，校园里都会发生几起受伤事件。

榆树长在学校里，老师就是这些馋虫们的唯一监护人。无论谁受了伤，也不管伤势大小，家长都要找到学校，跟老师理论一番。甚或，还要闹到大队部去，让大队干部给个说法。最后的结局，基本是互有责任，各打五十大板，最终不了了之。

因为那个时候是计划经济时期，所有村民的看病就医都要到大队卫生室去，且都是免费的，不用自家掏腰包。只有相当严重了，才转到山外八面通小镇上的大医院里去治疗。不过，真要到了转院治疗的程度，那个倒霉蛋也就离小命呜呼不远了。

为减少这些不必要的意外麻烦，每到榆钱成熟季节，学校都要在大会小会上讲明规定，严禁学生攀树偷摘榆钱。一旦发现了，学生要停课几天或是几周，班级老师要检讨处分，以示惩戒。

如是这般，也难以止住馋虫们肚里时时蠢蠢欲动的馋瘾。每年还是有划破肚子或戳破爪子的现象发生，且屡禁不止。因此，家长跟学校简直是一对冤家对头，每年都相互纠缠不清，大多要通过大队干部出面撕扯了事。

在这个有些破旧的学校里，我们一般都活得挺滋润的。

除了在老师检查作业或发放考试卷子那一小段受难时光外，终日里，我们就活蹦乱跳在校园里的每一角落，享受着既无劳累活计困扰又免遭家长嫌烦责骂的幸福光阴。

最让我们感到开心的，是学校经常组织的校外劳动。

虽是大集体年代，学校的办公经费都由大队供给，但仅靠这些，很难维持学校的一应大小开支。特别是遇到节假日搞活动的时候，要有彩纸刷写标语、裁剪小旗，还要买红绸子轧制大红花什么的，光想着跟大队要，是不能完全解决问题的。要的次数多了，大队肯定烦，要么耍赖不给，要么讨价还价。

在弄得双方烦恼透顶的时候，大队大笔一挥，在学校北面的山套里划出了几十亩山地，直接划拨给学校，叫作勤工俭学基地。既为填补学校的额外开支费用，又能响应上级号召，培养出一批批爱劳动守纪律的革命事业接班人来。

校外劳动一般都在下午进行。由大大小小的学生崽子自带锨镐锄镰等，列队到学校负责的山地里劳动。每到这时，老师们一般不用动手，像监工一样监督着我们劳动就行。不仅劳动工具要由学生自带，有时急需的一些种子，也要由学生从自家的仓房里偷出来，白白贡献给学校。

那时，我们的劳动热情都很高涨。特别是那些身体强壮，惯于下地劳作，又平时学习不好的家伙们。

他们在学校里很难得到老师的褒奖，而在劳动时，往往会成为学生的榜样。这种鼓励和褒奖，很能激发出他们的积极性和忘我劳动的劲头儿。那些平日里因学习好而成为老师宠儿的学生崽子们，在这样的环境里，在监工们的眼里，均成了可有可无的对象，失去了争宠表扬的机会。

不过，也有例外的时候。记忆中最深的一次，是在学校基地里种黄豆。

完工的时候，袋子里还留有一些黄豆种子。几个最能干的家伙，便动了歪心思。他们把种子偷出一些后，故意拖拖拉拉地留在返校队伍的最后头。待师生队伍走远了，就悉数躲进地畔里，划拉一些干草枯枝，升起火来烧黄豆吃。

谁知，天干物燥山风渐大，便引发出一场山火，顺着山坡向四周蔓延开来。风大火急，几个纵火犯纵然使尽了吃奶的力气，也是扑灭不了的。于是，渐起的狼烟，又把那些刚刚返校的师生们引回来，撒土的撒土，扑救的扑救，终于扑灭了一场渐要呈现燎原之势的该死山火。那几个满脸烟灰状如小鬼的倒霉蛋们，受到了学校最严厉的停课处分，又叫家长们扯进家门好一顿收拾，还让大队在社员大会上通报批评了好几次。

什么是乐极生悲，这几个倒霉蛋给出了准确答案。

南大河

南大河是在村西北方向的深山套里发端的。

沿岸的丛林密谷，为它提供了取之不尽用之不竭的水源。无论寒冬酷暑，荏苒如梭，大河从未断过流。

南大河朝着村子西南方向滔滔流去，沿山套里的蜿蜒山势迂回流转。如襁褓中的婴儿，在八面通镇附近，飞身投入穆棱河的怀抱。

河岸不算太宽，最宽处不超过二十米，窄处也只有五六米的样子。

河水潺潺，不急不缓。如谦谦君子，闲庭信步在沿岸绵长不见终端的山脚下，优柔闲适，无忧无虑地哗哗流淌着。水质清澈如处子的眸子，清浅见底，深不过腰，浅处仅盖过脚面。河沙细腻，柔软如海绵，走在上面如太空舞步，站在水里则瞬间下陷如遇泥沼。

诸多的鱼儿、蝌蚪悠游在水里。时而直冲水面而欲腾空飞去，时而俯冲水底而无踪迹；或是宁静不动如草木，或是蹁跹如脱兔。

岸边长满了杂草树木，组成了一块天然的调色板。

夏天里，沿岸草木碧绿成荫，映得河水也是碧绿如玉。或如绿玉研磨后的浓汁，从苍苍山色里奔涌而出，挟着木叶草瑛，如汤似液，滚滚而逝，又滔滔不绝。

远远望去，河水自山脚或丛林间铺展而下。轻缓而不凝滞，壮阔而无霸气，从容而来，又悠然流转而去。

你说它是君子成行，却又与你气息相通血脉相融，慈善如至亲至爱之人。就连碧绿的河水，也都沾满了熟悉的味道儿，仿佛自身生就的体温和血脉。

其实，你完全明白，它绝不会成为你，你却永远属于它，是它巨涌洪流的身躯里一枚小小粒子而已。这是因为它的伟岸，你的渺小；它的坦荡胸襟，你的狭隘心扉；它强大活力的奔腾气势，你孱弱生命体征的微薄气息。

秋天来临，河水亦更换了装扮，更显示出它不同于你的恢宏气度和仁慈胸怀。

那个季节，大河终日里遍体忧郁，色彩斑斓。赤橙黄绿青蓝紫争相展现，七彩无序杂陈。水面上色彩堆积，或浓或淡，俱纳入了一川彩带丝缎。

这河面上的色源，就是顺河两岸上茂盛的密林枯叶和杂彩的斑斓草色。

进入十月，秋风扬起。风声惊悚，风色阴沉，风势凌厉。秋风裹挟着日月更替之密码，携带着四季循环之密钥，从山套里滚涌而出，或从群山之巅倾泻而至，飘飘不绝，又浩荡不息。所有草木凛凛而惊魂，绝望又无奈。纷纷丢盔卸甲，蜷缩而倒伏，留一地或枯黄或红艳或苍白或灰褐等色彩织就的百衲遗衣，涂脏抹乱了大地上原本一色清纯的苍翠。

这个时候，河水便大度又慈悲地收留了沿岸无数漂泊的游魂荡魄。水面亦被杂彩涂乱，碧玉般的色泽里容留了过多染料，却又沉淀出另一种风情韵致来。

你惊喜于沿岸色彩的艳丽，一如春天姹紫嫣红的花期；惊喜于满河气息的清爽，如同遥不可及的天空里那一抹越来越下沉的深蓝；惊喜于一河紧身妩媚，就如淡妆浓抹腰肢匀称的清纯女子；惊喜于满河喧哗激起的无边遐想，更如群山之外无尽的神奇事物，悉数翻山越岭扑面而来。

你可以留住这满目繁华与奢侈，却永不能留住它体内裹藏起的转瞬即逝又奔涌不息的思绪与情感。

其实，秋天的南大河，对于幼小的我辈，早已植下了伤感的种子。在以后漫长的漂泊日子里，在艰难跋涉的不经意间，一遍遍浇灌着相思，培植着乡愁。待到走不动喘不匀的人生暮秋，才能彻底开放花瓣，结出你曾经毫不吝惜地丢弃过的珍贵果实。

这是游子一生中仅存的果实，在你直面人生舞台，已然铅华褪尽行将谢幕的时候。

冬野里的大河，晶亮似银，寂静如画。若不是刮肉剔骨一般的寒风呼啸着掠过河面，时时提醒着冬之萧条，你会以为自己身处一个祥和沉静的童话里。

寒冬已经封死了河床，大河被彻底掌控于沉寂与衰亡之间。周围除了大雪茫茫，也就剩了莽莽雪原。

冰面一直冻透至河底。冰层清澈似透明的玻璃，犹如一块出奇厚重的玻璃砖，严丝合缝地镶嵌在宽窄不一又毫无规则的河面上。

有些河段，冰面上冻裂出吓人的大口子，长则几十米，短则数米，直让人担心自己的腿脚会一不小心陷进去。当然，这种担心纯属多余。越是裂开口子的冰面，河水冻得越结实。即便你把拖拉机开上去，也不会有陷落的危险。

在你静心屏气仰卧在冰冷生硬的河面上，侧耳细听的时候，除却肆虐的风声，你能听到心动的声响。那声响微弱而有节奏，似“汩汩”流淌的溪流，又如“咚咚”作响的鼓点，孱弱却倔强。

那是从河面冰层深处传来的声响。有时断断续续，却绝不停息。

这个时候，好奇心会让你趴在冰面上，找一处冰层更加清纯的地方，斜眼望去，就会发现这声源的所在。在厚厚的冰层深处，竟然会出现一道道潺潺细流，在欢快地流淌。甚至，在那溪流里，竟会有细小孱弱的草鱼、张牙舞爪的蝲蛄在悠游爬行。

在似要僵死的世界里，总有那么多的神奇命运让你瞠目，那么多的温暖瞬间让你感动，那么多的生存法则让你启悟。

在你依旧缩脖插袖踯躅在遍野萧条的寒风中，哀叹这死而不烂又死无尽头的冬天滞留不去的时候，在一个不经意的日子，大多是傍晚薄暮时分，你会忽然听到一阵阵隆隆巨响。那巨响声动天地，惊心动魄，特别是在暮冬初春的傍晚时分。

我们都知道，南大河已经破腹化冻了。春天的步履终于挪移起来，蹚开苍苍林海、莽莽雪原，赫然驻足在你的眼前。

第二天，肯定会有一嘟噜或几小群孩子们一起相邀着，奔至渐已解冻的河岸，去看暴涨的河水与汹涌的激流。那澎湃的河水携着摧枯拉朽一般的惊魂夺魄气势，滚滚而来，又浩浩而去。

渐渐地，缠裹着白雪的河岸，时断时续地消融了诸多残雪。犹如蛇蜕一般，渐已显露出黑色地表，连同地面上似有又无的一抹青青又淡淡的新绿。

这时，你才猛然发觉，钻入鼻中的气息，与往日气息早已不同。它是多么温柔淡雅，充满了泥土气的清香，就这么渐淡渐浓地遍地袭来。

岸边生长着密不透风的毛柳树丛，都已挺直了腰肢，羞红了表皮。它把孕育了一个冬季的生命能量，全部聚集在枝节之间业已鼓胀的花蕾里。

只待几场春风，一场春雨。那新生命的赞歌就要遍地奏响，那新生命的舞蹈就要各展风骚，那新生命的辉煌就要与天地同在。

道班房

道班房就在我家门前大街的最西端，与那条贯通八面通镇与深山套的大路交会处。恰好就在被斩了龟头的山冈旁。

道班房在路西，村子住户都在路东，终日里隔着几米宽的大路对峙相望。这道班有八九间屋子，笔直的一排，背靠南大河，面朝东山，沿路而居。

道班房里约有七八个人，全是拿工资吃皇粮的公家人，其中青年居多。他们的任务，就是整日巡查并修补从八面通镇通往深山套里的这条县级公路，确保道路畅通，好让那些从深山里拉运木材的卡车，顺利抵达镇子上的火车站，以便将上好的木材运往全省乃至全国各地。

他们均属公家人，即是按时上下班每月拿工资吃皇粮的人。仅就这一点上，他们的优越感自与我们山里草民大不相同。在说话做事方面，处处显出高人一筹的架势来。

最明显的特征是，他们很少主动与村民搭话，而是自成一体，把自己封闭在一个较小的圈子里。即便我们主动搭讪，他们也是有一句没一句地应付了事，并不拿我们当回事。

他们的活动规律，与村民没什么两样。也是清晨早早起来，吃饭后，立马推着车，扛着铁锹扫帚，去养路护路。与村民不同的地方，是他们全都身着蓝色工作服上工，有白棉线手套戴，有黄色翻毛皮鞋穿。

还有令我们惊奇的是，他们早晨起来的第一件事，便是一个个蹲在院子里洗脸刷牙。甚至，有个别的几个，非要蹲到大门口的大路边上去刷牙。洗脸要用香皂，我们叫香胰子。吸的烟，全是供销社里卖的洋烟卷。每人手腕上都有一块明晃晃的手表，外出都有一辆崭新的自行车。

他们骑自行车也是张扬得很。要么把车铃摁得震天响，要么双手不扶车把，要么耍杂技般地停在原地一动不动，以期赢得路人的赞叹。

更有令人吃惊的事情，往往会在他们中间发生。那就是，他们敢吃长虫。

所说的长虫，就是指蛇。北方的长虫，大多是些土蛇，没有太大的毒性。也有一种称为野鸡脖子的，算是最毒的，但也绝顶不上南方的蛇类毒。

有个邻居，好像是姓徐，叫什么名字已经忘了。他的胆子太大，凡事都敢伸手动脚的，没有他不敢做的。有一次，在生产小队干活的时候，他捉了一条长虫，便有意当着几个小姑娘的面，把长虫拿在手里玩耍。现在想来，他肯定是在显示自己的勇敢，以期赢得那几个长得并不太出众的小姑娘们注意吧。总之，在他硬着头皮抚弄的时候，那长虫竟然扭头把他的手咬了一口。他的手腕立时肿了起来，连带得整条胳膊也抬不起来了。于是，他再也顾不上显能了，屁滚尿流地直奔村卫生所而去。此后的一个多月里，他的手腕上裹着厚厚的白纱布，缩头缩脑地混在社员人群里。原先天大的胆子也已吓破了，即便看见一截绳头，他也会汗毛倒竖地惊叫着逃开。那无法自控的惊恐神情，也会把别人吓得一蹦三尺高。当然，直到他家搬迁到山沟深处以前，他到底也没能在村里找到对象。因为他的行为，已经成为村人茶余饭后的笑料。即使他搬家以后，这笑谈还持续了好几年。

道班房的人，是真的不同凡响。他们在养路时，往往会遇到长虫。一旦逮到，便把长虫头切掉，剥皮洗净，生起一堆火来，放到火里烤。待烤熟后，便相互争抢着分而食之，从没有被长虫咬过。

那架势，既神气又惊奇，简直帅呆了。惹得村里那些半大小子们老是死皮赖脸地往道班房里混，一些大闺女也是有事没事地在道班房大门前来回晃悠。其中的心思不言自明，想遮都遮不住。

当然，这都是最初时候现出的模样。

随着日子的一天天过去，渐渐地，他们不再神奇，也更不神秘。戳破这层纸的，全是他们自己造成的。

首先，一些村人特别是那些妇女们，怕做饭晚了，一见到他们就经常问现在是什么时候了。他们要么不搭理，要么会装模作样地抬起手腕，轻飘飘地回上一句。偏偏有些时候，便把时间报错了，甚或报错的时间差太大。那些妇女们不是做饭太早了，就是太迟了，惹得几个家庭就起了争执，院落里便会传出或打或骂的声响来。

时间长了，受了委屈的妇女，便窥探到了其中的猫腻。那就是，他们中有几个人的手表根本不准，甚至个别人的手表根本就不走时针，是块坏了的手表。

渐渐地，村里还有一项发明创造风行一时，惹得半大小子们着魔般地跟着发明出新。那就是，自造洋烟卷。

制作的原材料和工艺流程十分简单。用几块薄木板钉成一个狭长的匣子，里面设一个卷纸的机关。把晾晒好的黄烟搓碎，连同一条白纸放在相应的位置上，只用手拉动卷纸的木板，一根像模像样的洋烟卷便算出笼了。

至此，我们也就明白了，道班房的人并不是能天天抽得起洋烟卷的人。他们从皱巴巴的花花绿绿烟盒中抽出来的洋烟卷，大多是这么自造出来的。

仅是这些，也就罢了。渐渐地，他们中的年轻人，竟然放下了整日拿捏起来的身价，开始乖巧可人地进出在几个农户院落里，或是串门走动，或是帮着干一些眼面前的活计。

其实，这几户人家，都养有耐看的待嫁大闺女。明眼人都清楚，他们能自愿放低身价，其狼子野心昭然若揭。

这举动，能让村里的大小子们整日整夜地担惊受怕，却又无可奈何。他们只能尽自己所能，奋不顾身地与他们争抢一些出力献乖的机会。要么帮耕帮种，要么偷来电线上的铝丝编织篦子白送，要么卑躬屈膝地谄媚讨好人家，不一而足。

于是，那几个养着待嫁闺女的人家，享尽了众小子们的溜须拍马之能事，却紧紧看住自家的丫头不放手，心里得意又烦恼地掂量着更好的人家或人物。

据我所知，道班房的人与村里大小子们争抢的结果，并不尽如人意。

只有一个姓胡的人阴谋得逞，其他人都成了陪衬或炮灰。毕竟他们都是外乡人，且离村子太远，连个托人打探实底的可能性都不大。其家庭背景、老少人物、家族传承下来的人品脾性等，都难以让人放心。

三十多年过去了，不知现在村里还有道班房吧。若是有的话，类似的情景会不会还在上演着呢。

希望如此吧。

革命样板戏

20 世纪 70 年代，各地风行一时的革命样板戏，也在我们村子里红极一时。

最初受到这种剧目影响，全是因为那几部红色经典电影造成的。

那个时候，电影幕布上出现的，除了战争题材居多的黑白电影外，几乎都是彩色的革命样板戏，如《红灯记》《沙家浜》《智取威虎山》《海港》《杜鹃山》等。毕竟，那时的电影，是村人最高级也算最奢侈的精神食粮了。

因为这样的红色经典电影看得次数太多，以至熟悉到了连老人小孩都能整段字正腔圆地唱下来。即使到了现在，有些唱腔还时常在脑际间飘来荡去。

故此，村人组建庄户剧团，大唱革命京剧样板戏，也就有了充分的先决条件和扎实的唱功基础。

也不知村里的生产大队如何头脑发烧发昏了，竟然要突击成立剧团，赶在春节前排演一出革命样板戏。

或许是上边要求搞的，作为一项政治任务来抓，大队不敢抗衡；或许是整个冬天村民农事不紧，在享受腻了幕布上的鬼影东西后，一心想吃吃自家造出来的精神食粮；或许是村里的光棍汉太多了，而村里的闺女又老往山外跑，必须给那些大小光棍们一个展示形象的机会，多拉扯一些姻缘吧。总之，大队就突然决定，要赶在农闲季节，纠集起全村一些还算有点儿头脸的人物，赶排一出革命京剧样板戏了，还要在村内的大礼堂里连续公演一段时间。

让整天跟土坷垃打交道的泥腿子们，洗掉浑身土腥气，褪去破烂的土布衣衫，换上鲜艳的戏服，去描眉涂粉地登台唱戏，这本身就带有极大轰动性。特别是戏中的角色由谁扮，谁来一本正经地走台，谁来开口唱戏词，都成了村人瞩目的焦点。

赶排的戏目已经敲定了，叫《磐石湾》。讲的是，在我国东南沿海一个叫磐石湾的渔港，发现了一股妄图偷偷登陆的国民党特务。磐石湾的民兵们在当地军民联防指挥部的领导下，配合中国人民解放军，全部、彻底、干净地歼灭了这一股特务匪帮。

应该说，这是一出非常有时代感的剧目，符合当时的革命舆论潮流。遗憾的是，这个剧目太陌生了。

在我们村放映过的所有红色经典样板戏电影中，还从未看到过，也从未听说过。至于里面的人物造型、唱腔设计及舞台道具等，更是不知所云。

我们一直纳闷，大队到底想要干什么。凭着那么多那么熟悉那么好听的样板戏不排，非要去尝试搞这种看不见摸不着的东西，不是发烧发晕了，就必是有着某种难以言说的苦衷。

后来，我们猜测，肯定是大队太不自信了。那些能让村人整段唱下来的经典样板戏，最终让大队望而却步了。毕竟那些耳熟能详的戏段，村人太熟悉了。再去学它演它，无疑是邯郸学步自取其辱。演个村人不熟悉的，即便漏洞百出，恐怕也无人能识破吧。

要赶排样板戏，又不敢耽误白天生产劳动。因此，大队都是在晚饭后组织人手，赶在夜里进行排戏的。

那些日子，一旦放下手里的饭碗，我们做的第一件事，就是狂奔到村子的大礼堂里，围观这些泥腿子们忸怩作态地排戏。

据说，大队组建这么个剧团，也是费尽了心神。

首先，这选角色就混乱得要命。

那些大小光棍们心里痒痒得紧，都想上台，又都想演主角。所说的主角，就是那些正面人物，像戏中的磐石湾民兵连长陆长海、民兵海根、少先队员阿团等光辉形象。至于黑头鲨、裘二能及海匪、小兵喽啰等反面人物，则无人问津。

在报名的时候，正面人物扎了堆，你争我抢，有时都到了脸红脖子粗的地步。还有不知羞臊为何物的人家，竟然托关系拉亲情地直往大队干部家里钻，弄得人家烦恼不已寝食难安的。

后来，大队干部横下一条心，说一号正面人物只能由根正苗红的上山下乡知识青年来演。其他的正面人物，则要根据光棍们的年龄大小依次排序，当然还要兼顾个人的嗓音条件和长相程度。条件差些的光棍们要想上台的话，只能演丑角。

这一决定，弄得村人兴趣大减。谁都不愿意去演坏角，无端地败坏自家形象。但是，谁都想登台露一鼻子，展示展示自己，最终还是角色满员。

至于角色少而报名演戏的人又多的问题，大队也好歹解决了。就是把所有角色都分成两帮，一帮是第一登台亮相的角，另一帮是配角，相当于现在所说的 A、B 角。若是演出时，一个角出现意外不能登台，另一角便可迅速补上。

其实，这样做纯属安慰性的。那些好不容易排上第一梯队的人，怎会轻易让别人占了先。即便有天大的事，也不会心甘情愿地放手。于是，那些老盼着登台的 B 角们，只能心急火燎地坐在台下陪场，给人家助兴，终是没有一个能等来替补上台的机会。

在所有角色竞争中，只有一个人占了大便宜。就是那个曾经逞能遭长虫咬了手腕又被吓破胆的姓徐的小子。

因为戏中要求有一个角色，必须管人家叫爹妈喊奶奶的。谁都不愿意当着熟悉得不能再熟悉的村人面张口喊爹叫妈的，也太难为情了，这个角色就一直空着。当时，那个姓徐的小子在生产队铡牛草时，刚被切掉了一小节手指头。正是走霉运的时候，甭说跟人家争抢角色了，恐怕连小喽啰都排不上号。大队便做他的工作，让他顶了上来。

刚开始的时候，姓徐的小子一开口，台下就一阵哄笑，特别是那些上不了台面的 B 角们。但是，随着公演的持续进行，而且还几次到别的村子巡演，最后竟在公社参加了会演，他们又都懊悔得要命，一个个把肠子都悔青了。

在整个排练并演出的过程中，我最佩服一个人，就是教我们数学课的华老师。

也不知他的家在哪里，口音也不是本地的，听说是从上面下放到我村来的。他教的课好不好，也没留下多大印象。但是，他竟然有一手绝活，就是会画画，令我们佩服得五体投地。整台戏里的所有背景画面，包括可移动的房屋、石头、树木等，都是他一个人画出来，跟真的没什么两样。

每当想起那段快乐时光，我的脑中就会蹦出一句“躲大道，走小路，眼前一棵老槐树”的戏词。一个贼头贼脑的接头海匪，或隐或现地窜蹦在华老师画笔下的石头、树木间。

应该说，那台样板戏拍得很成功。在全公社会演中，还给大队拿回来一张奖状，被高高悬挂在大队办公室的墙上。

在村大礼堂的最后一次汇报演出时，出现了一个小意外。

就是在整台戏接近尾声的时候，有一个“解放军战士”要举枪开火。那支枪是木头刻出来的，上面拴着一个手拉鞭炮，有响又闪光，演起来跟真的一样。谁知，那个倒霉蛋在拽鞭炮绳索的时候，因为脸贴得太近，竟然把他的半边脸炸黑了。

这一下，让下面的那个 B 角激动了好一阵子，但也白欢喜一场。因为是最后一场，他绝不会有机会登台露脸了。

姓徐的那小子，被人嘲笑了一阵子后，终是没能因上过台、露过脸而找到姻缘。后来，仍是一身光棍的他，随家人一起搬迁到了深山沟里，也不知最终找到对象成家立业了没有。

至于其他想通过登台露脸找对象的人，据我看来，似乎演戏并没有给他们带来多大帮助。在此后的几年里，他们仍是一群猴急巴赖的光棍汉子，直到我离开故乡为止。

画本，也即小人书

在童年记忆中，能与文化沾上边且印象深刻的，也就是画本了。

所说的画本，就是通常称为小人书的连环画小册子。

那个时候，生活上的清贫，比精神上的清贫更显得重要且现实。对于当时的我们，能够吃上饭喂饱肚子，已经是一件很幸福很有底气的事了。若能看上一两本画本，更是顶顶幸福顶顶惬意的好事了。至于拥有几本属于自己的画本，我则从不敢去想，更不敢去做这样的清秋大梦。

一旦有谁弄来了一本薄薄的画本，立刻就有一小群人蜂拥推搡着凑过去。把画本放在中间，周围便聚着一圈脏兮兮的小脑瓜，滴溜溜的小眼珠在画面及下边的简单注解文字中快速地移动浏览着，就像一群小壳郎猪围着一盆美食一般。

在那种情景下，你就得集中精力快速浏览。否则，不等你看完画图或读完文字，性急的且是充分握有画本主权的人，就会不耐烦地掀过页面，让你有囫囵吞枣或云遮雾绕之憾。

若是谁能拥有一本或几本画本，那简直就是一笔宝贵财富，更是向小伙伴们显摆炫耀的资本。

在看腻了这几本后，你可以神气活现地跟其他画本的主人调换借阅，每每都能成功。因为其他小主人也都有着这样的心思，苦于拥有这样身价的人太少或不愿轻易惠顾。

在此种情形下，没有画本的穷小子们便往往充当了媒婆的角色。他们终日里四处打探，一旦得到准确信息，就锲而不舍地进行游说，或拉拢或威吓或瞒哄，威逼利诱等手段一齐上阵，直到想方设法撮合成这段姻缘为止。

我家的东邻，是一对老夫妻。老两口只有一个闺女，早已出嫁到外地，平时也不怎么回来看望他俩，起码我就从未见过她。他的外甥却长期住在家里，且在村小学里上学。

我知道那家伙拥有一小箱子的画本，估计得有二三十本之多。但是，那家伙是个从不愿跟我们交往且又极其小气的吝啬鬼，谁也甭想从他的箱子里掏腾出半点儿画本来。

趁着他姥姥到我家串门走动，我曾小心地跟那个耳朵死背的老太太提出过，想借他外甥的画本瞧瞧。那聋老太太倒也大度，就叫她外甥借几本给我看。

谁知，那家伙就是不肯。被催急了，他才极不情愿地找一本最薄又最破的来，当场看着我读完，立时就拿了回去，锁进那个让我朝思暮想的小箱子里。

至今还记得，那个小箱子是枣红色的，外漆已经斑驳脱落了，露出斑白的实木。箱子上还挂着一把铜锁，锁体和锁鼻也被摩擦得锃亮，泛着亮亮的黄铜色。

我完全拥有自己的画本，应该是在十岁左右的时候。

那天，父亲随生产队的车到公社去交公粮，顺路去了一趟八面通镇办事。也不知他是怎么了，傍晚回来的时候，竟然捎回来了三本崭新的厚薄不一的画本，说是哥仨每人一本。

当时，哥们还没有回家。我抢先把其中最厚的那本藏了起来，慌慌忙忙地把另两本翻看完。

这个时候，哥们同时回来了，看到画本，立时便争抢起来。稍厚点儿的那本，被二哥抢到，大哥只能委委屈屈地拿了最薄的那本。

我藏起来的那本，叫《雁翎队》。二哥的那本是反映煤矿劳工反抗日本鬼子的故事，名字已经记不得了。大哥的那本是什么内容，我已完全忘记。

那时，翻看画本的愉悦心情，直到现在也没有忘记过。

砖窑场

在最初的记忆里，家乡盖房子使用的原材料，有一个渐进发展的过程。

最初盖的房子，被称为马架子。就是依靠在山根下的土坡，往地下深挖半米到一米左右，在周围用圆木垛起两米左右的墙体。之后，还是用圆木相对插起，形成西方尖屋顶的样子，再在屋顶罩上麦秸或是茅草。最后，安上简单的门窗，一个安身之所便成了。

我就是在这样的马架子里降生落草的。

后来，随着生活的安定和经济的富裕，这种马架子便被淘汰了。新建的房子，就有了石头砌起的稳固地基，土坯垒起的厚实墙体，窗户宽大，门户敞亮。

尽管屋顶仍是麦秸或茅草苫就，但房屋坚固，墙体厚重，冬暖夏凉，很适合当地人居住。没有谁觉得这样的房子不好，都觉得是人住的房子，就必须建成这样才行。

忽然有一年，大队嫌我们学校地方窄小，已经容不下越来越多的适龄孩子就学了。也是的，那个时候，我们村的每个家庭，崽子都成群带队的。少则三五个，多的要有八九个，每个农家院落整天人进人出的，都是一些拖鼻涕五花脸灰头土脑的崽子们，跟个母猪圈里的情景差不到哪儿去。

大队说，必须建一座宽阔敞亮的新学校，好叫全村崽子们接受良好的教育，既为国家培养未来接班人，更为村人延续优良族群和美好希望。

这决定一经拿出，便得到了村人的拥护和支持。大队便把新校址定在了村西靠近南大河的一片良田上。大队还痛下决心说，要建就要建最好的，就建山外正时兴的红砖墙红瓦盖的气派房子做教室。

要建这样的学校，原材料从何而来，这是个大问题。其实，精打细算的大队早就有了数。大队说，那瓦用不了多少，可以从山外的瓦厂里买。就是这红砖用量大些，而且村民以后再建房子时也可以用红砖砌墙的，这就必须有个长远打算。

最终的打算是，能够自己建砖场最好，既能自家人用，还能外卖挣钱搞副业。至于懂砌窑烧砖的技术活，大队也早就瞄准了一位主儿，是刚从关内山东来的盲流。所说的盲流，绝不是指流氓之类的无赖匪霸，而是故乡对那些既无户籍又无正当职业的外来人员的通称。确切地讲，这称呼是存有点儿歧视排斥的意味，但绝没有太大的恶意。

大队把那位盲流人才招过来，许诺说，要是干好了，就把他纳为正式社员，还给批宅基地，让他一家人在村子里安家落户。这样的承诺，让他一家人感激涕零。

于是，生产队在被切掉了龟头的光秃秃的王脖子山冈北面，专门划出一大块田地，让他领着一批特意挑选出来的精壮社员，开工建设并启动砖场。

一个多月后，一座土窑便昂然伫立在那片山坡下，隔着那道低矮细长的王脖子土冈，与村子遥相呼应。

砖场开办得很红火。窑场上，整天人来人往地忙碌，砖窑的烟筒里也冒着滚滚浓烟。每到装窑或出砖的时候，更是人手紧得不行。大队就命令学校停一天半天的课，说这都是为了你们才开的窑场，学生就有义务支援窑场生产。说白了，就是让我们学生搞义务劳动，无偿地帮助大队搞副业罢了。于是，我们就经常停半天课，或是往窑里装砖坯，或是从滚热的窑里往外搬砖。

学校盖好后，窑场一直运转着。这回砖窑不是为学校烧砖了，而是把红彤彤的砖运到山外销售，成为大队当时的一项主要副业了。

就这么忙忙活活地烧了一年有余，怪事竟然接二连三地出现了。

第二年的冬天，村子里开始不安顿起来。

先是一位刚结婚半年有余且连孩子还都没怀上的妇女，也没有闹过家庭纠纷，更没人招惹过她，竟然晚上在自家屋梁上吊死了。撇下了憨厚老实的丈夫一个人，整日恓惶如丧家之犬，见人就痛哭流涕。

这还不算，没过多长时间，村里一位高中毕业的妇女，也在山里密林间上了吊。据说，她还留下了一封遗书，也没讲为何上吊自杀，而是满纸一通儿祝福党和祖国、歌颂社会主义好、诅咒帝国主义一定会灭亡的话。听老师说，那封信写得文辞流畅，主题鲜明，感情充沛，情感肆意汪洋。

最初，人们都怀疑她是被阶级敌人谋杀的，要不怎会写出这样的信来呢。大队就向公安报警，坚决缉拿凶手，为阶级姐妹报仇。公安忙忙活活了好几天，又悻悻而去。留下的结论是自杀，跟阶级敌人没半点儿关系。

真是大白天撞见鬼了。这事也太蹊跷啦，简直令人匪夷所思。

又过了不长时间，一家姓高的人家，刚刚为儿子娶了一房媳妇。还没出蜜月呐，姓高的儿子新郎官竟又莫名其妙地喝敌敌畏死了，撇下了连喜气都还没消退的新娘子一个人。

总之，对于我们村子而言，那个冬天，是个白色恐怖的冬天，是死神整日游荡在村子内外踯躅不去的凶恶季节。因为，就在那个奇怪的冬天里，村里接连枉死了五六个人，不是喝药就是上吊，且都是年轻人，还查不出他们甘愿赴死的理由来。

村子整天笼罩在惊悚怪异的氛围里。村人似乎崩溃了，完全不知道一夜之后，又会有什么样的意外消息传来。他们要紧做的事情，就是一改往日横眉立目以教训打骂为能事的威风架势，见天儿小心翼翼地看紧自家的崽子，以防有吓死人的意外发生。

直到好不容易熬过了那个恐怖的冬季，进入了春暖花开的春天，这惊悚不安的日子才算安稳下来。

据说，村里有些被吓得半死不活的老人，不再相信公家人。他们开始偷偷摸摸地搞起了封建迷信，到处找人算命打卦，或是请巫婆神汉前来跳大神，努力探寻这场怪事的因由，并积极寻求破解的方法。

后来，有一个说法在村人中间肆意传播。那就是，引起这场恐怖事件的罪魁祸首，就是那座砖窑。

说是那砖窑整日加班加点地烧砖，浓黑的烟气便随呼啸的北风穿行在村子上空，因而惹来了无端祸事。攘除祸端的根本办法，就是废弃这座砖窑，让它不生火不冒烟，彻底铲除之。

于是，村里的老人们便言辞激烈地向大队建言献策，坚决关停砖场，以保得村子安泰、崽子安康。否则，就要以老命相拼。

初时，大队不太情愿，毕竟那座砖场给集体带来了不错的利润，基本成了大队集体经济的主要支柱了。终是碍于村人的集体反对，大队才无奈地关闭了那座该死的砖场。

王脖子土冈北面，就空留一座残破的窑体，终日淹没在荒草灌木间。现今，不知在王脖子土冈北面，还能寻到一丝儿曾经搅动过全村人神经的那座遗迹吗。

广播喇叭

记忆中，故乡的广播喇叭，是经过了三个发展进步阶段的。

最初的阶段，就是听广播匣子。

很小的时候，就记得家里有只广播匣子。不仅我家有，其他人家里都有一个，挂在高高的天棚下面，当然都是小孩子够不到的地方。这些匣子，是大队统一免费安装的，要让所有群众倾听到党的声音，了解祖国的大好形势。

那广播匣子非常准时，每天早、中、晚定时播音。节目里，除了雷打不动的新闻联播和快讯外，就是县广播台和公社广播站开办的一些地方性节目，如科普知识、新技术推广什么的。还有专门为朝鲜族人准备的朝鲜语节目，说话叽里咕噜的，我们一句也听不懂。此外，更多的是一遍又一遍播放革命歌曲，像《大海航行靠舵手》《万岁！毛主席》《毛主席走遍祖国大地》《社员都是向阳花》等，等同于现在的流行歌曲一般。因为反复播放，时间长了，我们都会极其熟练地把这些歌曲唱诵下来。时至今日，也经常会有那个时候的革命曲调回旋在脑际间。

因为广播的准时，如果哪一天广播匣子里突然没了动静，就会令人感觉缺少了什么，心里没着没落的。大人们必会饭也顾不上吃，驱赶着孩子们去寻修理的人，直到大队电工把匣子修好后，心下才安然。

曾经有一种说法，在我们小孩子中间流行过。

说是那匣子里说话的主持人，其实就整天蹲在匣子里。若是在她结束节目说“再见”的时候，你靠近匣子大骂，她也一样能听到。甚至，有人还信誓旦旦地说，他的什么亲戚就这么做过，还跟匣子里的人对骂来着。

于是，我们也很想体验一把跟播音员对骂的滋味。

在把大小屋门尽皆敞开，留出逃跑的顺畅通道后，单等那声“再见”。那声音还没落下呐，我们就扯直了怪嗓子高喊一声：滚蛋！有胆小的，不管不顾地扭头窜出屋外。胆子稍大点儿的，就屏住呼吸听匣子里的回骂声。

如此大胆地实验了几次后，这种谣传才渐渐绝迹了。

也忘了是在几岁的时候，我家东边那座形同龟身的山脚下，有一些人在埋杆子架设电线，还在电线杆子最上端安装了两只大喇叭。

吃晚饭的时候，那喇叭里突然就传出了响声，跟家里的广播匣子传出的节目声音差不多。不管是在院里还是在大街上，即便出了村子，那大喇叭的声音也能清晰地听到。

每到午饭后，喇叭里经常播放电影录音解说，都是在村里从没看过的电影剪辑。每每这个时候，我们便一窝蜂地冲出院子，跑到大喇叭底下，几近痴迷地听新电影剪辑，如《东海小哨兵》

《百万英镑》等。

这应该是我村广播喇叭发展的第二阶段了。

到了第三阶段，我们已不屑于跑去听大喇叭了。因为村人开始有能力购买收音机了。这段时间，应该持续了两三年之久。

购买收音机，是每个家庭最值得炫耀的大事了。因而，在购买时，就要朝着越大越好的方向努力。谁家的收音机越大，越能显示该户人家的富裕程度。在开收音机的时候，要把音量调到最大，还要把门窗打开，特别是那些临近街道的门窗，以便让声音传得越远越好。

我家的那台收音机，是灯塔牌的，虽然比不上春雷牌的高档，但也算是中档水平了。就是在那台收音机里，我听到了中央台的少儿节目《小喇叭》。每到要吃晚饭的时候，收音机里会准时传出一段音乐声：

> 嗒嘀嗒、嗒嘀嗒、嗒嘀嗒——嗒——嘀——小朋友，小喇叭开始广播啦！

这个节目里，印象最深的是孙敬修先生讲的一些故事，那声音既新奇又好听。后来，又听到了评书《西游记》《高玉宝的故事》等。

那真是一个神奇的声音匣子，我们从中知道了现实生活里想都想不到的东西。

也有因听收音机而起战事的时候，都是在我们兄弟之间展开的。

收音机的调频分长、中、短波段，电台多，节目丰富。因为每个人的喜好不一样，有想听少儿故事的，有想听说书的，有想听广播剧的。喜好不同，又都想过自己的耳瘾，且很难统一意见。唯一的解决办法，就是恃强凌弱。

特别是下雨天里，我们没地方去，便头对头地聚在收音机前，可想而知，战争场面便如期而至了。

那个时候，我们已经十分熟练地掌握了收音机上的几个关键部件，如波段、调频、音量开关等。每到这时，什么无赖手段都能使出来，就看你出手的速度了。几只黑手如织机上的梭子，快速地争抢着自己喜爱的节目。不是自己喜欢的，要么调波段，要么扭调频，要么关音量，要么关开关。急眼的时候，都能把电源线拔掉，把收音机抱走，谁也别想听。直到父母亲突然现身，一顿巴掌或是几笤帚疙瘩，才能摆平这场混乱的战事。

然而，这种战事并不会因为大人们的几次粗暴干预，就可一劳永逸。只要是我们兄弟能有机会凑在一起，战事便永不会停止。于是，争抢、挨揍、再争抢、再挨揍，反复上演，从没止息过。

有时就想，若是老兄弟们现在聚在一起，不是吸烟喝酒或老成持重地交谈一些生活及儿女方面的烦恼，还能像四十年前那样天真无邪地打斗一番，该是一件多么幸福的事情。

冰雪爬犁

我若说，爬犁是我儿时冬季里的影子的话，你可能嫌我说得太夸张。

其实不然。在故乡冰封雪飘的季节里，我的身边就基本没有离开过爬犁。

我们小孩子使用的爬犁有两种：一种是用来拉运东西的雪爬犁，另一种是专门用于玩耍的冰爬犁。

那时的故乡，除了生产队里的牛车和马车外，雪爬犁是故乡人冬季里最主要的运输工具。不管你是拉运粮食，还是山里山外运输什么东西，只能依靠雪爬犁来完成。

制作爬犁的原材料较多，山里有的是，非常方便寻找。最好的原材料，当然是榆木的，比较轻便，且磨平后滑润得很。当然也可以用柞木的，就是比较沉重一些，拉起来费力，但要结实得多。

制作的工艺也比较简单。去山里寻两棵细长挺直的榆木，用潮湿的麦秸谷糠燃起一堆温火，把用于作爬犁腿的木料放在火上慢慢煨着。待木料松软后，弯成弧形，绑好固定。木料定型后，就可凿出卯榫，安上支架，一个爬犁便成型了。

因为寒冷的缘故，东北的寒假一般放得比较早。每到放假期间，我们便被家长强迫着套在爬犁上，整日不间断地到山套里去拉柴火。拉回来后，要把碗口粗细的树木截成五十厘米左右的木段，再用斧头劈成三四瓣，整齐地码成墙一样的柴火垛。

一个冬天下来，我们必须储存下全家一年用的烧柴。可想而知，仅靠几个孩子在一个寒假里完成这项任务，其劳动量要有多大了。

其实，每天顶着风霜严寒去野外的山里拉柴火，是一件很愉快的事情。尽管是在父母亲的逼迫下不得不干的事，但并不像想象的那么被动无奈。

每天早饭吃过，立刻准备好绳子、斧头或锯，拉上爬犁来到大街上。大声吆喝一阵子，集合了几个或是十几个相熟的伙伴，愉快地说笑打闹一番后，便相互跟着朝野外山里行去。

为了拉到耐烧的柴火，我们会到几里远的地方，钻进大山的背阴面，专找那些粗细均匀又细长高挑的柞树下手。因为山背阴面的柞树长势细密匀称，没有疤疖，劈起木段来省力顺手，烧的火也旺势，且耐燃。

为此，我们不屑于在附近山上拉那些茂密的灌木杂树。而是要拉着爬犁徒步到离村五六里远的深山套里，专挑那些中意的树木砍伐，而且必须是柞树。杨树和椴树水分大，拉运起来太沉，晾干后木质又太暄，不经烧；桦树木质倒是硬，但木纹全是斜茬，不好劈。这几种树木，即使长得再好，我们也是不愿去碰的。

其实，拉柴火也是有风险的，同时伴着相当大的刺激。

你在高高的山上装好一爬犁柴火，就要沿着弯曲陡峭的山沟，顺坡向下放行。因了爬犁自身的重量和山雪的润滑，下冲力必然大，而你被夹在两根长长的爬犁扶手里左右动弹不得。所有方向和速度的掌控，全靠自己的身体扭动力度和腿脚的蹬地力量。稍有不慎，你便被压倒在爬犁底下，或是连人带爬犁一股脑翻滚在雪道间，没人能帮得了你。

这个时候，只有胆大心细，再加上无畏的勇气，才是你能够顺利下山的基本保证。

另外，村里驻扎着一处林场，他们的主要任务是护林防火。一年中，基本就是春天育苗，夏天植树，秋天防火，冬天禁止滥砍盗伐。而我们肆意砍伐的柴火，恰恰是他们重点防护的。因而，他们就成了我们的死敌。不斗智斗勇的话，那利用一个寒假来储存一年柴火的任务便要泡汤了。

在我们“吭哧吭哧”好不容易拉来一爬犁柴火回家时，他们就会突然在半路上设卡检查。一旦发现是好的木材，便不由分说，没收所有盗伐工具。

如果是没收爬犁，我们并不心疼。毕竟造一架爬犁太简单了，成本几近于零，不过是费点儿力气而已。我们只是心疼那斧头和锯，这可是家里相对而言很重要的财产，丢失不得。于是，一旦见到他们设卡检查，我们做的最要紧的事，就是先把斧锯迅速埋藏在路边的深雪里，再撒丫子走人。爬犁被劫走后，可以央求生产队或大队干部出面说情要回来。林场的人迫于这些地头蛇们的势力，一般都会送人情放手的。

一天拉一趟柴火后，下午的时间便完全属于自己了。这个时候，把拉柴火的雪爬犁收进院落里，牵出只属于自己玩耍的冰爬犁，无穷的乐趣便在整个下午里陪伴着自己。

冰爬犁的制作原理，与雪爬犁基本相同。不同之处，它的制作材料是木板而不是圆木，形体如去掉了两侧相对面板的低矮木箱，还要在其腿脚下镶嵌一根八号铁丝，再配备两根镶嵌了铁钉的支棍。冰爬犁不能太大，只要能容下一个人就好。太大了，分量就重，滑起来费力，也滑不快。

这冰爬犁玩耍的方式，主要是在早已封冻的南大河冰面上进行。

你坐在冰爬犁上，靠着两根支棍奋力向前滑行。速度越快，你就觉得越恣儿。若是有人肯前拉后推的话，简直就赛上了活神仙。

不过，在冰上滑行，也有危险伴随，特别是在快要化冻的时候。若是冰层已经变薄了，封冻的表面上是看不出异样来的，这冰面便充满了未知的风险。在你得意忘形地滑行前进时，就会连人带爬犁一股脑掉进深深的河水里，让刺骨的寒风与河水狠狠地教训你一顿。

现在想来，冬天里的童年，是在爬犁上度过的。

那在人生起点上就开始积攒起来的所有勇气和胆识，所有幸福和乐趣，都是拜托形影不离的冰雪爬犁所赐予。

故乡的美食

关于故乡，关于故乡记忆，于我最深刻的印记，恐怕要数故乡的各种吃食。

你可以说，我是个吃货。对此，我并不反感。“吃货”这个词，在现代人眼里，大概应与美食家相媲美的。但在当时的故乡，“吃货”一词，其实带有明显的贬义色彩，是好吃懒做之人的恰当称谓。

现在想来，儿时的我，虽不至于懒到让人讨厌的地步，但好吃还是有的。特别是那些随季节更替而不断涌现出的各种美妙吃食。

在万物复苏春暖花开的季节里，你随意扒开地上厚厚的落叶，就会发现松软潮湿的泥土里，遍布着嫩嫩的苗芽。既有蒿草的，也有野菜的。你再把落叶覆上，接下来，就得耐下性子等待。

用不了多长时间，厚实的落叶里，便会有羞怯怯的泛着紫红色的尖角露出来。仅仅几天的工夫，那嫩芽就会出落成肥肥胖胖的一棵棵美味儿。于是，你的肠胃在受够了一个漫长冬天里白菜、土豆和萝卜的反复折磨之后，立即迎来了唤醒胃口的美妙春天。

是的，尝鲜的时刻终于来临了。

遍野的野菜犹如雨后竹笋，争先恐后地钻出地面，伸展着嫩枝肥叶，呼吸着阳光雨露，翘首等待着你的到来。

春天的家乡，地里的野菜繁多。记忆中，最好吃的，当属鸭嘴子、柳蒿芽、曲麻江等几种野菜。

鸭嘴子菜状如鸭子的硬嘴，但绝不干硬，而是毛茸茸的柔软鲜嫩，可煮可炖。若是用肥瘦相间的混合肉来炖，必会吃掉你的大牙。

柳蒿芽是属于蒿草的一种，有股浓浓的蒿草味儿。你可以把柳蒿芽洗净，用开水烫一遍，那蒿草味儿便荡然无存了。你卷上一个煎饼，把处理好的柳蒿芽蘸上豆瓣酱，裹在煎饼里。恐怕一个煎饼还没吃完，那一大盘柳蒿芽菜便没了踪影。

曲麻江菜有浆液，味儿苦，苦中泛着清香气，属于性平味甘微苦特性，不仅人人喜爱吃，就连猪也是情有独钟。它的吃法极简单，洗净后卷在煎饼里，再抹上酱，既是一种清热解毒的良药，更是一道清香可口的美妙食材。

春天的脚步走得很快，你想拽都拽不住。还不待你在春暖花开的季节里惬意个够儿，夏天的炉火便熊熊燃烧起来，通畅了你周身的汗腺。

这个时候，各种时令瓜果蔬菜便一拥而来。吃得你眼瞅着这个，手伸向那个，脚又不老实地挪向另一边，眼花缭乱，手足无措。

李子、沙果等，都是自家果树结的；黑菜、桔梗、蘑菇、葡萄、山梨等，都是野生野长的；西瓜、香瓜、甜杆等，都是生产队地里栽种的。只要你的馋瘾够强，胆子够大，脑瓜儿够灵活。

在这个诱人的季节里，你只需小心自己的肠胃能受得住折腾就行。

也不知怎么回事，我家的园子里总是栽不起果树。即便长成几棵，也不太爱挂果。每每这个季节，眼看着人家园子里一树树压弯了枝梢的累累果实，嗅着满园扑鼻的果香，那滋味儿要多难受，就有多难受。

至今，还能忆起这样的情景来。自己捏着被汗水浸湿泡软了的一角或几分毛票，兴奋地来到出卖李子、沙果的人家，眼盯着用白棉布遮盖着的筐子，猛吸着盈鼻的果香。那嘴角上长长的哈喇子，早已不知不觉地滴落在衣襟上。

在这个馋人的季节里，只要你还是一个能看能嗅能知道香甜的人，肯定会不由自主地搞出一些拿不上台面的小动作来。比如，掐一把，捏一把，拿一把，甚或偷一把的小把戏。

我曾在一篇散文《露天电影》里讲述过这样的解馋小把戏。虽说有些下作，却也透着一种无邪的童趣。即便现在想来，也没觉得怎样羞愧。反而越思越有味儿，恨不得再回到童年，去认认真真地重新体验一把。

秋天是收获的季节，吃食当然也多。

面瓜、角瓜、榛子、山里红等，或是家种的，或是野生的，一股脑儿地统统端在你面前，弄得你不想吃都不成。因为除了这些，也没有更好的美味儿能止住你胃里时常泛出的馋液来。

冬天的吃食，或者说记忆犹新的美食，都与冰冻的食物有关。非要说说美味佳肴的话，能算得上的便是冻梨、黏豆包、冻豆腐等。

那冻梨是冬天里的上品，也是严寒冬季里唯一的水果了，只有在春节时才能吃得到。每到大年除夕夜，父亲都会从秘密掖藏的地方掏出我们搜寻了大半个月而不得的如石头蛋子般硬的黢黑冻梨，舀上一盆凉水浸泡上个把时辰，盆里便拔出了一嘟噜冰坨。去掉冰块，就可吃到稀软又略带点儿酸味的冻梨了。

黏豆包是冬天里常吃的食物。把黄黏米碾碎成粉面，再把饭豆煮熟并搅成泥糊状，用黄黏米面包裹上饭豆，拿到屋外刺骨的寒风中冰冻成硬邦邦的饭团后，便被收藏进了仓房里。要想吃的时候，把黏豆包放在箅子上蒸熟，出锅后晾一下，等黏豆包的外皮柔滑后即可食用。千万记住，出锅后，一定要先晾一下再拿。否则，你急不可待伸出的爪子上，肯定会粘上滚烫的黏皮，甩都甩不掉，甚或还会烫出燎泡来。

冻豆腐算不上什么美食，只不过是在寒冬里不得不为之的一种食物储存办法。家乡盛产黄豆，吃食也便围着黄豆转。每到春节前夕，家家户户都要做上一些豆腐，供过年食用。做得多，又不能长时间放在温暖的屋子里，只能拿到屋外冷冻起来。炖菜的时候，冻豆腐便成了主要菜品。

儿时的我，最讨厌吃的就是冻豆腐。那豆腐一旦冰冻后炖熟了，满是孔洞，里面灌满了菜汤，还有一种冻青味儿，要多难吃就有多难吃。但不吃又不行，父母亲会瞪眼攥拳地逼着你吃下去。并不是父母有意虐待你，而是在故乡冬天里，你要不吃冻豆腐，就没有更好的蔬菜来营养你正在拔节速长的身体。现在，冻豆腐反倒成了我的一道最爱美食了。每每吃火锅的时候，最先挑选的，便是冻豆腐。有时，还挑剔得很，总嫌火锅店里的冻豆腐远没有家乡的好吃。

上面说的这些吃食，都是季节性很强的。

其实，故乡还有不受季节影响的好吃食品。除了众所周知的煎饼外，就是带有明显地域特色的大碴子和酸菜了。

大碴子的制作厨艺非常简单。将玉米脱皮后，每粒克成两三瓣，即为大碴子。

煮饭的时候，把大碴子和饭豆放进清水里，再加入一点儿食用碱，先是猛火煮，再慢火炖。出锅的时候，汤汤水水的一大锅，再就着咸菜条，只要不怕撑破肚皮，你就可劲儿地吃吧。这种吃食还有一个好处，不用吃煎饼等硬食。这大碴子便是主粮，管饱耐饥，能省却不少的煎饼主食。

酸菜也是一种主菜，特别是在冬春季节，蔬菜匮乏的时候。

挑选秋后的白菜，洗净晾干后放进粗如囤高达一米多的大缸内，逐层撒上粗盐粒子，上面压一块厚重的石头。等待一些时日，缸内的白菜便发酵变软，并散发出一种酸霉气味儿来。

吃的时候，若是炖酸菜，必用肥厚的肉片，也不用使油炝锅，直接把肥肉放进水里煮沸，待油星儿泛起的时候，加入切好的酸菜，煮熟后即可食用。肥美中透着一种特别的酸味儿，绝不油腻，清香可口。若是用酸菜包饺子的话，能撑得你弯不下腰，挪不动步，干不得任何活计。

达子香花开

小时候，我们称其为达子香花，朝鲜族人命名为金达莱，南方人统称为映山红或杜鹃花。

我们叫的是谐音。具体是哪几个字才算准确，直到现在也没搞清楚。

我觉得，称谓并不重要。重要的是，在春天里，花期如约而至，漫山遍野的达子香花热烈绽放，开始它新一轮的魅力展示。

那种灿烂如霞的景致，那种氤氲如雾的香脂，那种怒放如井喷的生命力，已深深刻进我的记忆碑石上。我要用一生的光阴来打磨它，却不会磨损半点儿色泽，反而更加清晰艳丽。

真的好怀念那个烂漫季节，就如我们会用一生来怀念一段青涩的初恋时光。

先是积雪消融，大河化冻，万木吐露出娇嫩的鹅黄与新绿。在遍山新绿丛中，在不经意地一瞥间，你会发现一抹又一抹淡如脂烟的色彩混入了山野丛林间。远看如烟如雾，近看似宝石似红豆。

仅仅几天的时间，刚刚泛绿的山林便猛烈地燃烧起来，只见火光，不见狼烟。这火光持续蔓延着，其面积一天比一天扩大，最终引燃了整个山野荒坡。

火光里，静静燃烧着一堆堆、一丛丛、一片片的艳丽色彩。红色如霞辉，紫色如宝石；粉色似戏装，白色似玉脂。千姿百态，万紫千红，俱纳入了遍野流彩之中。

置身其中，你的眼睛因疲劳而略显眩晕，却清醒如故；你的手脚因奔波而略显僵硬，却难于安静；你的心绪因惊诧而略显慌乱，却异常欣喜；你的心事因香袭而略显惆怅，却愉悦轻松。

这个时节，从野外归来的人们，手中或背篓里，总会有一束或一抱艳丽得让你不忍触摸的花枝，盈鼻清香沾满你的周身。家里桌台上，必会有几只盛满清水的玻璃瓶子，里面插着一束束的娇艳花朵，装点着农家小院里平凡却又自足自悦的山村生活画境。

这就是达子香花，是故乡的达子香花。

这就是达子香花馈赠的礼物，更是故乡赐予你的终身财富。

这个花期，能让你感受到一种美丽，一种惊奇，一种幸福，一种渴望，更是一种期许和向往，陪伴在一生的记忆里。

老家的北窗

一

所说的老家，不是祖籍地，而是我的出生地。在东北山套里，一个四面环山拥有几百户人家的小村子。

小时候上作文课，那个一上课就会先给我们讲一大通儿国际国内形势的语文老师，总是让我们写《我可爱的家乡》或《我的亲人》之类的作文。也许是我们老师对家乡爱得太深厚了，以至隔三岔五地也让我们重温一遍这深厚的爱乡情感。

我们却不行，实在写不出家乡可爱在哪里。就几个人你一段我一段地凑成一篇，再正过来倒过去地相互抄写，算是顶账交差。又总被退回来重写，每人还要附上一份家长签名的检讨书，当然都逃脱不了家长们的一顿狠打。

实在被打怕了，就发誓，一定要把家乡的山山水水细细地浏览一遍。像老师所说的那样，要仔细地观察。

先是相约着爬上东山。撒眼望去，还是绵延起伏的群山怀抱着这么一个东西不过半里南北不超过三里散散乱乱的破烂小山村。比起我们作文里所写的红瓦白墙绿柳成荫的景象，差了十万八千里。

理直气壮地跑到老师跟前，说，这破村子，还没我们作文里写得好呐。老师头一仰，厉声呵斥道，观察不细致，得一个人静静地品味才是。于是，又匆匆地四散开来，忙着找自己的观察据点，去细细地品味。

曾经几次去爬东山，观察我可爱家乡的可爱面貌，以及我可爱家乡人的可爱活动。但爬了几次后，便索然无味了。

山又高又陡，布满嶙峋的岩石。每爬一次，小半天都缓不过劲儿来。而且，次次看到的，依然是一个凌乱不堪的小山村，连同小蚂蚁一样四处游动的人影，就是找不到语文老师所说的可爱藏在哪里。真有些灰心丧气了，但慑于老师的检讨书和家长的打骂，又不敢轻易放弃，便像无头的苍蝇一样在村子里瞎撞。

就这么撞来撞去的，终于让我撞到一个谁也想不到的好地方，就是我家的北窗。

我家原来只有两间屋子，一间用于睡觉休息，另一间用作厨房兼做杂活用。随着我们兄弟渐渐长大了，与父母亲挤住在一间屋子里睡一铺火炕上，就有着诸多不便。于是，一家人省吃俭用起早贪黑地又接起了一间屋子。两间屋变成了当时很抢眼的三间屋，还在北墙上开出了一个大窗户，使不算太大的屋子整日亮堂堂的。

这北窗正对着一条小胡同。胡同的尽头，有一眼供半个村子人吃水的井。

井在一道低矮的山梁下，翻过山梁就是一个很长的山套。大人们见天儿要翻过这道山梁，去山套里辛勤耕种那些散落在山坡上的田地。傍晚，他们又大多沿着这条小胡同走回来，奔进各自温暖的家门。

坐在北窗台上，北面起伏的群山一览无余。到了清晨或傍晚，村人的言行举止又尽收眼底，真是个要景有景看人有人的绝好地方。而且，既免去了爬山的辛苦，又可以经常不断地偷点儿大人们掖藏起来的好吃的东西，像玉米面做的饼干之类，边吃边观察，神仙般地舒服。

自此，不在外边疯野，整日没事就猴蹲在北窗台上呆想傻看。为这，竟得到过大人们的夸奖，说我懂事了，知道帮大人看家啦。真是两全其美的好事呀，就越有了积极性。

时间长了，也看出一些有意思的人和事。

二

我家的东邻是一个老猎户，姓卢，绰号叫卢头儿。之所以有这样的绰号，全因了村人们戏谑的聪明和他自身处境造成的。

他家祖祖辈辈都是靠打猎为生。据说，家业兴旺的时候，曾养了三四十条猎狗，五六杆猎枪。出猎的时候，一群凶恶的狼狗前呼后拥着他的祖父辈们，所过之处兔芽不剩虎啸不闻，那才称得上是威风凛凛杀气腾腾呐。但到了他这一辈，成立了大集体，打猎被视为歪门邪道而一律禁止，他家的人又从不会舞锄动锨地伺弄田地，家道便败落下来。以致五十几岁的人了，现在还是光棍一条。人长得又凶又壮又高，整日像黑塔似的晃来晃去，这绰号就起得名副其实。

之所以把他纳入我观察的视线，全因为一次偶然机会，让我看到了伤风败俗眼热心跳的一幕。

就是卢头儿将一担水偷偷送进了住在井台边的王寡妇家，并在王寡妇家门口与出来相送的王寡妇相拥搂抱，还在她的额头上亲了一口。之后，他又急急地挑了一担水，慌里慌张地奔回来。在经过我家北窗的时候，竟愕然发现我猴蹲在窗台上，正拿眼傻傻地盯着他看。

我想他是吓傻了，原本红润润的脸立时变得蜡黄，两条腿像钉子一样钉在窗外的街道上，怎么也迈不动步子。如同我们小孩子被老师拎到讲台上，当着那么多同学的面读被家长签了名的检讨书一样狼狈难堪。片刻的尴尬后，他便兔子般地奔进自家院落，那满满的两桶水也被颠簸得仅剩了一桶。

那么大个人，那么凶的长相，又那么小孩子般地慌张，真是太好玩了。忍不住张牙舞爪地大笑，得意便忘形。不小心一个趔趄掉落一米多高的窗台，一屁股跌坐在坚硬的屋地上，龇牙咧嘴半天爬不起来。实在是跌疼了，连眼泪都出来了。边很没出息地哭，边咒骂这瘟神般的卢头儿。

父母亲收工回家后，看到我瘸瘸拐拐地没个人样儿，就斥责说，一定又在哪儿胡闹啦，拎起巴掌就要打。

当然不能再雪上加霜了，就急忙坦白了下午看到的那一幕，并把卢头儿的丑恶行径大肆渲染一番。还觉意犹未尽，刚要再补充一些，嘴巴让母亲紧紧捏住了，父亲一脚又踢在下午跌疼的地方。不仅屁股上雪上加霜，还遭到了父母亲的一顿呵斥威吓。说，要是把下午看到的事情说了出去，就一定打断我的狗腿撕烂我的狗嘴。

冤死了，却又不敢喊冤。委委屈屈地吃完晚饭，又顺眉顺眼地躲进我和哥的屋里，再装模作样地写作业，就听到父母亲在外间边做活计边说话，说的竟是卢头儿和王寡妇家的事。急忙竖起耳朵探听，懵懵懂懂地听到了一些当时还不算太明白的事情。

那王寡妇的男人早在十几年前就死了，是让卢头儿一枪准准地撂倒在雪地里。他连翻翻眼皮看看被谁打的机会都没有，就稀里糊涂地送了命。

父亲说，打死王寡妇男人绝不是卢头儿的错，而是卢头儿和她男人作孽太深重了。就那么一杆枪，只要有一点儿动静，不管兔子还是野猪，手一抖，猎物从来就没有逃脱过性命的。

母亲说，枪法再准，也不能手一抖就要了亲兄弟般的性命呀。

父亲以教训的口吻说道，所说作孽重，就是因了枪法太准的缘故，做事太绝了，就要有报应。所以，他俩人在获猎较多忘乎所以的时候，卢头儿远远看到屁股上挂着白毛巾的王寡妇男人就是一只狍子。一枪倒地后，才知道那是一个人，而且是他换命的拜把子兄弟。

“这就是作孽太重应得的报应!”父亲相当肯定地补充道。

母亲叹了一口气，说，卢头儿也是条真汉子，王寡妇的三个儿子当初还小，不知道报仇之类的事，但长大后如狼似虎地几次想要了卢头儿的命，都叫王寡妇死命拦下了。卢头儿任王寡妇儿子几次打骂，就是骂不还口打不还手，还立誓终身不娶，非要一辈子打光棍儿。他到底想什么呀?

父亲沉默了半天，说，也许他想要报答呐。

“报答什么呀?”母亲“嗤”了一声。

母亲说，西邻马婆子就四处宣扬说，卢头儿年轻时就看上了王寡妇，才一枪要了她男人的命，他想独吞呐。

父亲厉声道，简直是胡说八道，怕是她看上了卢头儿吧。

母亲急忙打断父亲的话，说，小点儿声，让崽儿听到可了不得。

就听到脚步声移近我的屋门。片刻，屋门被轻轻推开，母亲探进头来察看。我赶紧把铅笔含进嘴里，把脸埋进课本里，皱起眉头做冥思苦想状。

母亲轻舒一口气，还是不放心地问了一句，你听到我们说啥啦？

我装不懂地眨眨眼睛说，你们说啥呢？

母亲威胁说，小孩子不准听大人的谈话，要是偷听了，就把你的狗耳朵拧下来。

说完这些，又仔细观察了一遍我的表情，母亲才放心地把门重重关上。

自此，知道了这么一段稀奇有趣的故事。就是不明白卢头儿为什么要打光棍儿，西邻马婆子为什么要说卢头儿的坏话。一心想弄明白，就见天儿蹲在北窗台上仔细观察，目标集中在了卢头儿、王寡妇和马婆子三个人身上。

三

我发现卢头儿不知不觉间对我友好起来。

平日里，他那副身架和长相，足以令我们小孩子避之不及。再加上他从不正眼看我们，我们对他更是敬畏得很。但是，他对我越来越友好了。在经过我家北窗的时候，看到我坐在窗台上，就冲我咧嘴笑笑。有时，他还夸我说，这崽儿真乖，知道看家望门了。弄得我心里挺舒服的，心中油然荡起一种莫名的自豪感和满足感，对他也越有了亲近感。

有一次，他对我说，喜欢山雀吗？我说，当然喜欢，连做梦都想要。他说，我给你逮一只吧。

果然，没过几天，他就给我逮了一只头顶鲜红遍体翠绿的山雀崽儿，还用柳条枝编了一个精致的鸟笼子。

曾经在小伙伴中逞能，说，卢头儿你们怕不怕？他们就一律点头。我得意地说，我和卢头儿是铁哥们儿。接着，就把卢头儿怎样讨好我的事，大大地夸耀了一番。

他们都不相信，说我在胡吹。我就跑回家去，把深藏家中的鸟笼子拎出来，以此证明我没有吹牛。他们又是羡慕又是嫉妒，便一拥而上抢抢夺夺，竟将鸟笼子弄破了。那好看的山雀也趁机逃飞了。

再次见到卢头儿时，就哭丧着脸把鸟弄没了的事说了，意思是还想让他再给逮一只。

卢头儿挺痛快地许诺道，没事，包在我身上。又说，那王寡妇的儿子都住在城里，她连吃水都困难，我得帮她担担水做点儿好事，你千万别对人说。做好事不能让别人知道的，你老师是不是也这么讲的？

我使劲点头，只要他再给我逮只山雀，什么要求我都会答应的。

果然，在村人出工家家闭户的时候，他就经常给王寡妇家送水，有时也送些柴草米面之类的东西。即使见到我，他也没有了先前的惊慌和尴尬。

在我看来，这是最正常不过的事情。而且，王寡妇还偷偷地给过我几次只有城里才有的点心，既好看又好吃。这些东西，都让我独吞了，没给哥留过一丁点儿残渣。

就这么平静地度过了一段日子。有多长时间，现在已记不起来了。反正那段时日，是我挺满足的幸福时光，至今仍印在我的记忆里。

打破这平静日子的，是马婆子。

那天下午，卢头儿给王寡妇送完水，又挑了一担水进到自家院落的时候，马婆子忽地冒出来。她径直走到窗台下，把两只熟透了的大西红柿递给我。

我平时不太喜欢马婆子。她整日疯疯癫癫神神秘秘的，喜欢到处挑事骂架，是个四邻不招的主儿。她男人倒是个和善的老实人，却经常遭她的打骂。受欺不过，他就主动要求生产队派他去山里种人参，一年里难得回家几次。母亲从不大与她交往，有时还尽量躲着她些。但是，她挺热情地给我西红柿吃，而且我家的西红柿早让我和哥搜寻净了，这西红柿的诱惑力就显得很强烈。

讪讪地接过来，立马就放到了嘴边。马婆子问，好吃吗？我狠狠点头。马婆子说，她家的园子里有好多这么大的西红柿，只给我留着，别人谁也捞不着。这时，心里就生出些感激来。

马婆子又问，卢头儿经常给王寡妇送水吗？

所谓吃人家的嘴短拿人家的手短，我只能把卢杆子做好事的秘密泄露给了马婆子，并嘱咐她也要保守这个秘密。立时，马婆子的眼睛就放亮了。她也不回答能不能保守秘密，就急急地走了。

当时，我有些后悔，说出了不应说出的秘密。过了一段时间，并没有什么事情发生，也就不放在心上了。

但是，还是发生了一些事情，可以说是一桩丑闻。

好像是刚入秋的一天傍晚，我正倚靠在北窗台上百无聊赖地看西下的太阳。

那圆圆的红火球高高悬挂在西山顶上摇摇欲坠，光彩无限。一派金光铺满山川，我身上也沾满了这暖暖的幻彩。当时只是觉得好看舒心，但实在想不出用什么词汇来形容。

正在瞎琢磨形容词的时候，有几个人从窗台下匆匆而过，直奔了卢头儿家。他们都是村民兵连的人，领头的就是整日横巴巴凶恶恶的民兵连长。一会儿的工夫，卢头儿就被那几个人押了出来，身上还绑了绳子，推推搡搡地去了大队部的方向。

我吓得心跳到了嗓子眼儿里，不知道发生了什么事。但知道，大队部肯定有一场热闹戏等着我去看呐。

跳下窗台就想往大队部跑，却刚好被收工回家的母亲堵住了。

母亲问我这么猴急的，要往哪里去撒野。我说，卢头儿叫民兵抓走了，还绑了绳子。母亲的脸沉下来，说，能有什么好事，老实待在家里，要去了就打断你的狗腿。没有办法，当然不能冒着打断腿的风险，去看那场与己无关的热闹了。

晚饭的时候，我们等了许久。父亲才回来，带着一脸怪异的神情。

吃饭的当口儿，母亲几次想问什么，都被父亲用眼神制止住了。我知道，他怕我们小孩子听到，有意不说的。

吃完饭，父亲破天荒地把我和哥赶出家门，说是到外边遛遛消消食。哥一到街上就跑得没了踪影，他是怕我赖在他屁股后当甩不掉的小尾巴。这次我可不像他那么傻，大人们的那点儿伎俩，我比他清楚得多。

出了家门口，就马上躲到北窗底下，偷听父亲讲傍晚发生的事。果然，父亲在迫不及待地给母亲讲卢头儿被抓的事情。

原来，马婆子今天傍晚收工后，就直接去大队部报案。她披头散发衣衫不整地说，自己差点儿被卢头儿污辱了，要不是自己奋力反抗，早就被那个驴高马大的贼给强奸啦。这还了得，大队书记一拍桌子，怒喝一声，快去把狗日的卢头儿给我逮来狠劲儿审审。

待抓来一审问，事情竟掉了个个儿。卢头儿一口咬定是马婆子有意调戏他。说傍晚收工的时候，她从路边的树丛里出来，拦住他就说她怎么怎么喜欢他，她家那老鬼如何如何窝囊无能，说着说着就一个劲儿地往卢头儿身上靠。卢头儿当然不愿意，就要挣脱。马婆子急了，满口胡言地说，他和王寡妇都行，怎的她就不行。卢头儿生了气，大骂她无中生有造谣生事，还挥手打了她一个耳光。马婆子便回村恶人先告状，将卢头儿抓了起来。

正是公说公有理，婆说婆有理，难死了断案的人。大队也无法断定孰是孰非，又没个证人作证，便每人教训了一顿，各打五十大板解绳放人。

我心里一阵畅快，畅快卢头儿打了马婆子。

活该！该打！谁让她不守信誉呐。

四

似乎这事应该就此了结。谁也没想到，第二天事情又有了新的进展。战火竟烧到了我的屁股上，害得我整整一天没能去上学。

正是吃晚饭的时候，大街上传来马婆子骂街的声音。

初时，人们都不在意。因为她经常喜欢骂大街，时间长了，也没谁拿她当回事。但是，这回她骂的却是卢头儿和王寡妇如何不正经，如何往她身上泼脏水之类的事情。这就很有卖点，引来了三街五巷前来围观的村人，黑压压地挤满了大半个街面。

马婆子立时来了精神，腔调更高，骂声更大，话语更脏，杀伤力更强。针针见血，句句戳中要害，大有不骂死卢头儿和王寡妇誓不收兵的架势。更主要的是，要一雪昨天的奇耻大辱，为自己正身正名。

卢头儿一直缩在家里没有出来。确实，一个大男人，面对这样一个混乱场面，谁都会无能为力的。打又下不了手，骂又拉不下脸，只能自认倒霉。这样一来，反倒显得卢头儿理屈词穷了，好像他真的欺负过马婆子似的。

马婆子越加嚣张泼辣，拍着巴掌跳着高地尖声叫骂，嘴角磨出了一堆白色的泡沫。

就在马婆子得意扬扬的时候，她今晚的灾星被骂出来了。是王寡妇家两个膀大腰圆的儿子，正巧今晚从城里回家看老娘。

两个虎羔子似的儿子二话不说，拨开人群逮住马婆子就动手。打耳光的打耳光，踢屁股的踢屁股，没几下就把她打软了腿。众人急忙把马婆子拽走。她就乖乖地借坡下驴，还强装嘴硬地哭号，叫着我的小名说，是我亲眼看见俩老不正经的做了不正经的事。

一听这话，我都吓愣了。还没缓过神儿来，就觉衣领一紧，我被气歪了脸的父亲拎回了家。父亲进门也是没二话，把我摁在炕沿上，脱下鞋就恶狠狠地动了手，打得比那两个虎羔子还扎实。

这边正打得起兴呐，窗外就有人惊呼道，卢头儿让俩虎羔子打昏了，就剩一口气了，得赶紧送公社医院。父亲扔下缩成一团的我，急急地赶了出去。

直到天明，他才回来，说卢头儿已经没事了。

我被打得够惨的。屁股上一片青肿，坐都不敢坐，趴在炕上一整天，连上学的事也免了。

我恨马婆子，恨得牙根儿痒痒。终于在一个晚上，我偷偷地往她家窗户上狠狠地扔了三块石头，砸碎了两块玻璃，才算解了心头之恨。

五

我一直很关心卢头儿，盼望他早点儿回来，他可是答应过给我再逮只山雀的。但是，我一直没能见到他的踪影。当然不能去问父母，问了，就等于自己往火坑里跳，非得再被毒打一顿。

过了不久，王寡妇让儿子们接进了城里，空余一栋老宅静静地立在井台边上。

已是到了深秋，寒风渐起。那北窗便紧紧地关闭了，观察景物的活动就此宣告结束。

卢头儿一直没有回来。后来听人们说，他在医院治好伤后，就离开了这里，去了谁也不知道的地方。他的屋子也整日静悄悄地立在我家的东面，荒草长满了院落。

长大以后，我渐渐明白了。卢头儿所以终身未娶，是为了拜把子兄弟因己毙命而自觉愧对王寡妇，暗地以自虐的方式来安慰帮助她。或是在相互拉扯关照中日久生情，便演绎出这段难说难道的情感事端。而马婆子所以先是诋毁卢头儿，后又轰轰烈烈地做出那么出格的举动来，只能用因爱而妒，又由妒生恨来解释了。

我这样推断，不知是否正确，但正确与否已不重要。重要的是，在我童年时代，确实发生了这么一件事情，并且是我严格按照老师的要求，仔细认真观察到的我可爱家乡人的非凡故事。它严重影响了我的成长过程，包括对周围环境的感知，对周围人的认知和定位。直到现在，也许还将继续影响下去。

这么多年过去了，我还是时常怀念起老家的北窗，连同北窗上度过的那些日子。也想念卢头儿，不知他现在变成了什么样子。如果还活着，也已是八九十岁的耄耋老人了。

那个叫纹儿的女孩

一

二十多年的光阴不算漫长，但相对于人的一生来说，却占了三分之一左右的时间。其间，许多经历和感受都随岁月的流逝，悄悄湮没在脑海里，早已没有了一丝一毫的痕迹。特别是对于二十多年前一个刚刚十二三岁的孩子来说。

在清净闲极的时日，更是在夜深无眠，独自静坐书房胡思乱想的时候，往往会忆起一个叫纹儿的女孩子。这些日子，尤其如此。脑细胞异常活跃，记忆越加清晰，经历过的事情就像发生在昨日。

我想，该不会是纹儿的精魂跨越了二十多年的时空间隔，前来造访当年那个拖着一把鼻涕的小弟弟吧。

二

关于纹儿的所有记忆，都集中在20世纪70年代末的几年里。那个时候，我正稀里糊涂地在村学校里做四五年级的小学生。

那所村学校，原是日本侵占东北时修建起的战地医院。砖混结构，门高窗大，飞角起檐，并带有宽大的走廊。虽然陈旧些，却显得异常坚固，是村子里最气派的建筑，比之大队部和生产队的房屋强了何止百倍。

打老远瞥上一眼，或是在校园里溜达一圈，总能让人想起大地主刘文彩的庄园。尽管我们只是在阶级斗争图片展览中，模模糊糊地看过刘文彩的地主庄园，而这个村子从来就没供出个像样的地主。

搞阶级斗争大批判的时候，村里也只是勉勉强强地把一位家境稍好一些，且平日又喜欢说书讲古的姓宋的人家凑成富农分子，并给他送了个外号叫“宋江”。阶级斗争搞紧了，就让他到社员大会上胡咧咧几句，算是顶账交差，没人把这些批判当回事。

那姓宋的富农分子却咧咧上了瘾，自以为除了村支书和生产队长外，就数他风光了，可以让几百号人围着他团团而坐，听他胡吹胡扯，像说书似的过瘾。时间长了不开批斗会，他还哈巴狗似的偷偷跑到村支书或生产队长跟前，要求开他的批斗会。大多数情况下，都会遭到村支书之流的呵斥警告。

当然，这些都是听大人们背地里讲的。现在细想起来，对纹儿的深刻印象，就起始于宋富农分子的一次批斗会。在此之前，我怎么也记不起纹儿的任何信息。

虽然按老家错综复杂的家族谱系论起来，我们两家还有一种八竿子打不着的亲戚关系。也许是我们两家相距较远，中间隔着两条大街，而她比我哥哥还要大上好几岁，在村学校里上初中，与我不是一路货色的缘故吧。

可以肯定地说，之前的时日里，我们绝对没有什么交往，更谈不上什么印象。只知道她姓房，小名叫纹儿。

我已弄不清那天晚上的批斗会是宋富农分子主动要求开的，还是阶级斗争形势又紧了，必须要开批斗会。反正，那晚参加会议的人挺多，所有的男女社员都到了，再加上每家每户带来的一小群一嘟噜的崽子，整个学校广场上挤满了一片黑压压脏兮兮的人头。

宋富农分子站在一张桌子旁边，在一盏汽灯白惨惨的光照下，如老牛反刍般兴奋又卖力地胡咧咧着。会场里响着一阵阵嗡嗡的说笑打闹声，夹杂着小孩子的哭闹喊叫声，搞得批斗会很不成样子，简直就是一个农贸集市。

就在宋富农分子喋喋不休地反复抖落自己那点或添油加醋或胡编乱造出的剥削罪行时，人群里忽地传出一声惊叫，接着就是一阵女子的痛哭声。于是，人们的注意力全部转移到了出事的地方，连坐在桌子边的大队和生产队干部也都站了起来，伸长了脖子直往人群里瞅，批斗会便自行终止。

出事的原因，很快被传播到会场的每一个角落。是一个女孩子粗黑油亮且一直垂到屁股蛋子上的大辫子，被坏人拦腰剪断了。女孩子就是纹儿。

纹儿的家人蹦着高地咒骂那个天打雷劈的坏东西。特别是纹儿娘，本就善于骂人，这次便从上祖宗八代一直骂到了后子孙八辈子，没有一句是重样儿的。周围的人也心疼纹儿的那条漂亮辫子，都跟着骂，整个批斗会成了一大骂场。村干部们也生气，说这批斗会不开了，叫宋富农分子快滚下去，所有参加会议的人都不准离开，让民兵挨个搜身，找那把该死的剪子。

直闹到半夜也没找到剪子，更不用说使剪子的那只黑手是谁了。查不到坏人，大队也没办法替纹儿家出气。任由纹儿娘骂了几天大街，此事便不了了之。

此后的几天里，老师学生们都在议论那晚发生的事。有几个人还故作高深莫测的样子，好像自己成公安局的人啦。

还有人说，纹儿又是气愤，又是委屈，又是害羞，不想上学了，躲在家里不出门。学校老师几次上门做思想工作，并保证不会让同学们笑话她，她才来上学的。

那时，我便很瞧不起纹儿。不就是一支破辫子么，剪了，再长出来不就行了，值得这么惊天动地大惊小怪吗。我几次想象哥那样留个平头，总是被爹以不招虱子为由蛮横地理成个光头，不也照样东蹿西蹦地满村子瞎逛悠嘛，从没想过害羞是啥滋味儿。

我第一次对女孩子的评价，就是矫情。

三

此后的一段时日，我也只是记住了有纹儿这么个女孩子。

她曾有一条能够到屁股上的令人羡慕的粗大辫子，却又被嫉妒或别有用心的家伙给剪成了两截而已。因此，对她稍稍留意地打量过几次，是个眼会说话脸若桃花挺耐看的女孩子。又配有凸凹恰当圆润窈窕的身段，在初中部所有山村女孩子中，就突显出鹤立鸡群的样子。

渐渐地，辫子事件便被人淡忘了。偶尔有人提起，也只是在谁招惹了自己后，受的委屈无处发泄，便无端地猜疑是人家干了那件缺德事，以期引起公愤。但又往往不能得逞，没人相信这人信口雌黄出来的瞎话。

时日已经到了深秋，学校要搞红小兵入队仪式。

这红小兵必须是品学兼优且听话懂事的好孩子才有资格入选。前几批没有我，这是很正常的。学习不好也就罢了，偏偏品行又不好，不是今天出点小事故，就是明天违反点儿校规班纪律什么的，总没有消停的日子。

这加入红小兵的事，让大人伤透了脑筋。父母亲虽没有望子成龙的奢望，但看见周围的孩子戴着红领巾满村子遛，而自家的孩子挺着光秃秃黑黢黢的脖子晃荡在中间，很没颜面。在打骂过几次后，就去找老师。我们班的学生也有大半都加入了，剩下的比我也强不到哪儿去。老师乐得送人情，便在这年秋天才准许我戴上红领巾。

那天下午一直下着小雨，湿漉漉的空气里飘落着细细雨丝，地上已是一片泥泞。仪式是在学校礼堂里举行的。屋外面阴湿，屋内越显阴暗，宽敞的礼堂里坐满了黑压压的学生。

仪式开始前，各班在进行歌咏竞赛，激昂的歌声如潮水般此起彼伏。我是第一次认真卖力地用劲儿唱歌，以致嗓门儿都有些沙哑。激动的心情无以描述，心动如小鹿在胸脯里乱蹦乱跳，脑门儿上已经渗出了一层细细的汗珠。

能加入到好孩子行列，是我想都不敢想的事情，就像做梦一样难以置信。我以为，这是我长这么大以来最出息最风光的一次，就暗地警告自己，一定要好好完成这庄严的仪式，千万别出什么洋相。

人真是奇怪得很。你越是怕什么，就越有什么。在精神高度紧张的状态下，我昂首挺胸地尾随在一长溜灰头土脸的队伍里大踏步向主席台行进的时候，竟然会在台阶上一脚踩空，身子猛地前扑，把前面一个扎着羊角辫的女孩子搡倒。她又冷不防把前面一个瘦小的男孩子推了个前趴儿。三个人都滚倒在台阶上，引得全礼堂的人哄堂大笑。

我已经看到班主任老师的脸顿时黑了下来，就想，完了，好孩子还没来得及当上，破烂账本子上又被老师重重地记上了一笔。脑门儿上的汗珠子开始滚淌，既羞又恼，浑身燥热异常。

待擦几把汗，慌慌张张地站到主席台上，等待大哥哥大姐姐们给戴红领巾时，我的两眼已是呆傻。台下的场景早已模糊成了一片，分不清哪是人头哪是过道了。

就在这万分沮丧的时候，有一串人影在面前闪过，就知道是哥哥姐姐们上台给我们戴红领巾了。忙挺直了腰板儿，接受这庄严的仪式。直到现在，那种温馨的感觉似乎还停留在我的脸上，并在心里轻轻地荡漾。

那是一双忽闪着会说话的眼睛，眼里飘出一抹柔柔的目光，轻拂在我当时被汗和着灰土弄脏的脸上，并有若兰香般的甜甜气息淡淡地漫来，钻进鼻孔，沉入心里——是纹儿，就站在我的面前。

她先是轻轻地帮我捋了捋凌乱的头发，才把红领巾系到我黝黑的脖子上。她还叫着我的小名，笑着说，我给你戴上。她的手圆润微凉，碰到肌肤上有一种异样的感觉，舒服而又清爽。临下台，她悄悄地说，回家快把脖子洗洗呀。

仪式结束后，那种奇妙的感觉依然没有散去，足足让我品味了整个下午。

放学回到家里，理直气壮地对母亲嚷嚷道，我要洗头。母亲以为我的脑子出了问题，扯着脖子上的红领巾把我拽到跟前，用手摸着我的前额道，是吃错药了，还是发烧啦。我不管，硬逼着母亲帮我洗了头和脖子。还第一次用母亲的镜子和梳子把头发梳理了一下，把母亲惊得目瞪口呆。

吃晚饭的时候，我把戴红领巾的经过大大地炫耀了一番，特别强调是纹儿给我戴的。父亲用筷子重重地戳了下饭桌，终止了我的话。他的脸色不太好看。母亲也撇撇嘴，对我和哥说，以后不准说纹儿，也不能与她来往。

我不明白父母亲为什么会这样，便在晚上偷偷地问哥。哥嚷嚷了半天，我也没听明白，好像是说纹儿在学校与谁搞对象之类的意思。

这与我没有丝毫关系，也没有影响到我的兴致。在睡前，我又对那种感觉细细地品味了一遍。

四

在以后的日子里，我依旧上我的学，依旧在班上与男同学结成小帮派，专门有意跟女同学们接近捣乱，以此博得女生们的注意，并在男生中间获得认同。

过了一段时日，老师为防止我们上课说话做小动作，特意安排我们几个与女生坐一张课桌。与我一桌的，是一位姓周的女生。她厉害得很，整日耷拉着脸，像是谁上辈子欠了她什么似的。

我们在课桌的中间用铅笔刀深深地刻下一道界线，谁也不准过界，包括书包课本什么的，甚至连胳膊腿也不行。无论谁过界了，都要接受处罚。处罚的方法简单有效，如是物品，便一把抓起来远远地扔到地上；若是身体，不是用铅笔盒砸，就是用手恶狠狠地拧、掐。于是，不经意间，我们的桌子上经常会飞出课本或铅笔尺子，也经常发出哎呀喊疼的惊叫声。

每当这时，我总是想起纹儿，想起那双眼睛，还有兰香似的缓缓流动的气息。

我与周女生相处得越来越艰难，有时候已经到了水火不相容的地步。她不论占过便宜还是吃了亏，总是跑到老师那里打小报告。还经常能博得老师的信任和同情，再返回来让老师把我修理一顿。在我垂头丧气的时候，她会亮开五音不全的嗓子瞎唱一气。惹得你咬牙切齿，却又无可奈何。

终于有一天，我们之间的争斗升格为暴力冲突，并酿成了一场流血事件。

是在下午放学收拾书包的时候。我的一只脚越出边界，踏进了她的领地。她竟一改往日的做法，悄无声息地把凳子腿砸到我的脚上，以报复我在上午把她的书包扔到了讲台上。

一阵钻心的疼痛迫使我立时跪倒在地上，眼泪也涌了出来。这个时候，即便你是只兔子，也会张开三瓣嘴咬人的。何况，我还是匹未驯服的马驹子呐。

心中闪现的唯一想法就是，以牙还牙，刻不容缓。顾不得疼痛，立起身就是一记老拳过去，正中鼻子。她的眼泪和鼻血立时流出来，弄花了那张还算耐看的脸。惊吓之余，撒腿便逃，一路狂奔回家，自以为完事大吉了。

没想到的是，过了不到一顿饭的工夫，她母亲拽着她找上了家门，要与我母亲理论。我的父母亲偏偏在田里劳作，还没有回来。她母亲就疯子一样地扑上来，揪住我连打带骂，引来一群刚刚放学的孩子围观。我也懵了，不知如何应付这样的场面，只是本能地躲闪哭号。

就是在这样混乱的情形下，至今我还能清晰地忆起，有一双手从背后扯住我，把我狠命地拉出了家门，并急急地叫道，咋还不快跑呢。是纹儿的声音，伴着那种淡淡的兰香似的气息。

随后，周的母亲又赶上来，飞来的巴掌全落在了护着我的纹儿的肩上。我们还是奋力挣脱出来，远远地跑开。

周的母亲一腔怒气发泄不出，就破口大骂。她不再骂我，而是骂纹儿，骂她是破鞋，是小狐狸精，是拽着我去养汉子了等。

纹儿一边拽着我跑，一边哭，泪珠子纷纷溅落到她的碎花衬衣上。好看的脸有些扭曲，被剪短的辫子一下一下地拍打在她的后背上。

直到看不到周的母女身影，我们才止住慌乱的步子，相对哭泣了半晌儿。

纹儿说，等大人回家了再回去。说罢，她自己便无声地朝自家走去，肩膀还在轻轻地抖动不已。

在那个不幸的时刻，竟有种温馨的幸福感充盈在我的心里，又慢慢泛出些许的失落和惆怅来。

时至今日，我仍然没有弄清，那是对异性的爱恋，还是对母性的依恋。

五

那次冲突流血事件，学校最终以葫芦僧判断葫芦案似的路数了结了。

因为周的母亲把祸惹大了，引起了我和纹儿两家人的强烈愤慨，都准备大打一场人民战争。她家人便跑去求大队，委托学校出面调停了事。

接下来，我发觉自己不知不觉间陷入了一场危机。

这危机首先来自于周边环境的悄悄变化：一是我在自己的小帮派里受到了莫名其妙的冷遇和排挤。平日好得能穿一条裤腿的伙伴们，开始对我挤鼻弄眼起来，经常说一些与纹儿有关的风凉话，接着便以种种理由拒绝我参加各种游戏或活动。二是老师对我实行了“冷处理”。无论课上课下都不理不睬，像没有我这个人似的。三是父母亲找碴儿把我教训了好几次，并扬言说，如若再与纹儿接触或是说话，就让我退学，跟大人下地干活。

种种迹象表明，我的处境越来越不妙，祸根就出在纹儿的身上。

纹儿究竟怎么啦？为什么她在危难的时刻帮了我，父母亲非但不领情，反而让我远远躲着她？为什么伙伴们不为我的遭遇同情，反而讥笑我？为什么一直把我当作反面典型的老师，对我竟如此置若罔闻？

还有好多的问号整日在我的脑子里乱转悠，却一直没有答案。对于当时只有十几岁的我来说，平生第一次品尝到了孤独和惶惑的滋味儿。

有天晚上，临睡觉前，我哀求哥告诉我纹儿到底怎么了。哥先是不说，后来看到我的可怜相儿，才神神秘秘地趴到我耳朵上悄悄说，纹儿在学校与一位老师搞对象。我说，搞对象又怎么啦，又没有打人骂人招惹人，关那些人什么事？哥嫌我屁事不懂，倒头便睡，从此不再与我说纹儿的事。

至此，我知道了祸源出在哪里。但始终不明白的是，谁长大了不搞对象，有的还为搞不到对象寻死觅活的呐，偏偏纹儿就不能吗？于是，就一心想知道纹儿在与谁搞对象，又一时弄不清楚。因为没有谁愿意与我答话，这传递消息的渠道便一直封闭着。

直到入冬后的一天晚上，我跑到那个好讲古的宋富农分子家，偷听他讲《大八义》时才弄明白。

一到冬闲无事的时候，那个宋富农分子说书的瘾准定发作，经常偷空儿躲在家里悄悄地说上几段。有人盘问起时，便说是一群人帮他思想呐。其实，都知道他在说书，而且每个人都愿意听，没有认真追查的。

那天晚上，我早早地跑去，就是想找个好座位。人还没聚齐，只有几个人在说闲话。聊着聊着，就说到了纹儿的身上。

他们说，纹儿与一个姓王的老师胡搞，肚子都快大了。还说，那个王老师也忒不是东西，有家有口的人了，还天天缠着纹儿，哄她说可以把她送去上大学。他要有那个本事，自己早上大学了，还能轮到纹儿。又说，纹儿也是太没出息，好好的闺女家，什么样的小伙儿能配上她，却非要和那个不要脸的麻子搅在一起，丢死人了。

一切真相都大白于天下了。纹儿真的在与人搞对象，就是与那个三十多岁满脸麻子被我们称为“马脸”的老师搞对象，而且还快要生小孩了。我的心里像打碎了五味瓶，说不出是什么滋味儿。那晚，我连“宋江”讲了哪些东西也没有听好。

纹儿在我少小的心目中，已然被肢解得七零八落面目全非。再遇到她的时候，我就绕道走，不与她碰头。实在绕不开的话，就低下头，假装没有看见。她有时也叫过我，想与我说话，我就全当没听见。

我想，纹儿再也不是原来的纹儿了。她的目光不再那么柔，她的话不再那么圆润，她身上再也没有了如兰香般的甜甜的气息。

有一段时间，我曾恨过她。为什么要对我那么好，为什么要帮助我。不是她的存在和插手，我就不会被孤立。

现在想起当时的情景，心里就有种深深的愧疚和不安。

是的，纹儿那时只是十六七岁的样子，正值情窦初开，又是一心脱离贫穷向往美好生活的时期，能说她的想法错了吗？尽管整个过程已经错位，但错的不是纹儿，而是那个天理不容的老师，是那些包括当时的我在内的所有讥笑过她咒骂过她怨恨过她的人们。而且，这样的错误还在进一步加剧，一直把纹儿无情地推到了生命的终点，以自己的死向世俗的人们进行了最后抗争。

在以后很长的时间里，我开始反省自己，而他（她）们也开始醒悟并反思了吗？

六

应该说，接下来的事情，是我始料不及的。

大约在寒假开学后的一段时间里，我的处境有了很大改观。那就是，我又与以前的狐朋狗友们穿起了一条裤腿，整日惬意地狂奔乱跑在校内村外。不再记得曾经的冷落和遭遇，更不曾留意纹儿是谁，她在做什么，她的小孩是否生了下来。总之，我不再关心她，就像没有她的存在一样。而且，我的确已有几个月没有再见到过纹儿了。

直到有一天下午放学的时候，我明显感觉到有什么事情发生了。

那个“马脸”老师被穿警服的公安带出学校，并坐上有警灯的三轮摩托车驶向了村外。很多老师站在办公室门口，起劲儿地指手画脚说着什么。于是，我们急忙四处打听。得到的消息，让我目瞪口呆。

是纹儿死了，死在深山里一所农场中学。

就像一枚原子弹在小山村里爆炸了，家里村外到处弥漫着纹儿的气息。在沉寂了几个月后，纹儿又一次成为村人街头巷尾议论的中心话题，刺激中透着神秘，兴奋中有着惋惜。

纹儿娘在哭死过几次后，在大队干部和几位亲友的陪伴下，坚强地奔赴山里为纹儿收尸。几天后，去的人如数回到了村子里，并立即成为人们亲近巴结的对象。村人总想从他们嘴里搜寻出更多更详尽的关于纹儿的信息。

其实，事情发展到这种地步，既出人预料，又在情理之中。

纹儿的确意外怀孕了，而且村子里的风言风语和亲人们的诅咒谩骂如一场飓风，已经使纹儿憔悴如深秋欲坠的枯叶，整日恍恍惚惚的。纹儿爹娘意识到纹儿已经不能再在村子里待下去了，在指使本家人手把“马脸”老师狠狠收拾了一顿后，无奈地把纹儿送到了几十里外一所山里的农场中学，并想尽一切办法为纹儿打胎。

那个时候，人们不知道医院可以做流产手术。他们只能用一些土法办理，或是胡乱吃一些民间流传打胎的草药，或是在地上翻滚蹦跳，或是用布条死命地勒自己鼓起的肚子，等等。想来，纹儿已经把所有能想到的法子都用尽了，但没有奏效。顽强的生命如出土的芽苗，把纹儿致命的秘密一天天公布于世。

于是，在一天夜里，绝望的纹儿来到校外草甸子里，在一棵柳条树下用自己的腰带结束了自己年轻的生命。

纹儿的尸体没有运回来，被就地掩埋在那棵柳条树下。纹儿的家人不希望她回来，已经让纹儿丢尽了先人脸面的房家，决不能再让后辈人跟着受辱。

纹儿死后，那个丧尽天良的“马脸”老师再也没有出现。想是被处分了，开除了，或是调走了。总之，我不屑于提起他，更不想知道他的死活。

每每想起纹儿的时候，我总要推测，她在生命的最后时光里都想了些什么。是留恋抑或绝望，是怨恨或是不甘？

我的结论是，怨恨和不甘。

因为，在她死后的几年里，在她吊死的地方，有不少赶路人夜晚经过的时候，经常莫名其妙地被一些常理无法解释的现象所惊扰，以至于吓得屁滚尿流。他们宁愿多走几里路绕道而行，也不愿冒险涉足这片草甸子。那就是，他们时常听到女人的呜咽声，或是不知不觉中在这片草甸子里迷失了道路和方向，转悠一晚上也走不出去。

我不想过多地进行这些无聊猜测，也不愿过多地回想纹儿生前的一些生活细节。我已经说得太多太透了，会让遥远的早已安睡于黑土地里的纹儿感到不安宁的。

这些天里，时时回想起纹儿，就已经打扰了她，让她千里跋涉来到我居住的这个陌生小城。

是的，我想她来过了。因为在一天夜里，我又似乎嗅到一丝久违了的如兰香般甜甜的淡淡的柔柔的气息。

不能再说了，我必须紧紧闭住自己的嘴巴，还安宁于纹儿，也让自己安静下来，攒足力气，去接受生活的磨砺和考验。

露天电影

一

专程到电影院去看电影，于我已是很陌生的事了。现在细想起来，恐怕有十多年都没有进电影院了。

并不是我对看电影不感兴趣。小的时候，曾对看电影达到了一种痴迷发疯的程度。到了青年时期，这种高涨的热情也没有减低半分，可以守在电影院里津津有味地看通宿的周末电影，且乐此不疲。但是，妻子却不愿意看电影，还经常讥笑道，傻呵呵地蹲在电影院里耗上一两个小时，还不如到商店里逛逛来得实惠。

我比较愚钝，也就是反应慢。直到多年以后，我才明白，我和妻子在生活上的看法有着天壤之别。妻子看重物质力量，我却捧着精神的旗帜东奔西跑到了今天。

在与妻谈恋爱的时候，我所居住的这座小城实在太小，没有公园，没有广场，甚至连宽广的街道也没有。别人把我俩叫到他家里，就跟地下党接头似的对了象，接着便把我俩撵出了家门。还说，有什么需要相互了解的，到外面去自己谈吧，我的任务已经完成了，接下来就看你俩的啦。好像这介绍对象谈恋爱，是在别人监督下履行自己的公务一般。

没有办法，你总不能天天赖在介绍人的家里处对象谈恋爱吧。当然也不能这么快就往自己的宿舍里领，人家对你还没有建立起最起码的信任基础，谁知道你是不是别有用心不怀好意呐。

总之，不能到别人家里谈，也不能往单位宿舍里领，又没有公园广场可去，只有电影院里才是谈恋爱的最佳场所。于是，就建议当时的未婚妻现在的老婆去看电影。妻犹豫了半天，还是勉勉强强地答应下来。

那晚放映的片子好像是台湾的，叫《妈妈，再爱我一次》，是部能大把大把赚取观众眼泪的电影。随着故事内容揪心地展开，原本要借地方谈恋爱的我早忘记了自己的使命，与全场观众一起被电影感动得涕泗横流一塌糊涂。

忽然想起身边的对象，应该履行一下男子汉的护花使命，适时地安慰安慰也许比我更要感动万分的她。谁知扭头看去，乖乖，她正头靠椅背呼呼大睡。

直到电影放完了，我才小心地把她推醒，说，咱得走了，下一场就要开始了。她揉揉困眼，有点惊讶地问，这些人咋都像哭过似的。我说，你没看电影吗。她不好意思地笑笑，说我不愿看电影，一看就犯困。

从此，我只好把谈恋爱的地点由小城内搬迁到小城外的田地里。

以后的日子里，我把老婆娶回了家的同时，也向电影院彻底告别了。直到现在，看电影的瘾发作了时，就看电视里播放的电影，要不就在网络上看，或者租盘光碟与女儿一起看，从没踏进电影院半步。

前些日子，离我家仅几十米远的十字路口处有家超市开业。为提高知名度，提升人气儿，这家超市别出心裁地推出了一个宣传计划。在让利销售的基础上，还在超市门前开展了历时一个月的露天电影放映活动。

正是暑假的时候，夜幕降临，闷热难当。居民们便扶老携幼地聚在超市门前，或站或坐，或是躺在凉席上，一边喝着冰镇的茶水或吃着雪糕，一边心平气和有滋有味地看电影，暑热全消，焦躁尽除。

曾被女儿生拉硬扯地去看过几次。放的大多是现代版的贺岁片搞笑戏，电影的内容都不符合我的口味儿。但是，有一种久违了的氛围硬生生地裹住了我，让我悠然又欣然。

夜里躺在床上，月光掺和着霓虹灯光，明晃晃地盈满卧室。城里特有的噪声，遮盖住了四野独具韵味的天籁之声。我竟几次失眠了。

我知道，我想家了。想东北的老家，想东北童年时的老家，连同那时如痴如狂地看露天电影的日子。

二

什么时候看的第一场电影，早已没有了印象。

或许是在襁褓中被母亲抱在怀里看的，也可能是在刚刚学会走路而不知电影为何物的时候看的。其实，这些都不重要。重要的是，那些个看电影的日子已深深地烙进我的记忆里，陪伴着我走过四季，走过风雨，走过身后这段并不漫长的人生之旅。就这么一直走到了今天，还将继续走下去。

当时的电影，都是露天电影。

所说的露天，就是在大队门前的广场上埋两根木竿子，风云变幻的天空就是影院，遍地的石头木棒便是座椅。有电影看了，全村老少倾巢出动，扶老携幼地涌进广场，或蹲或站或卧或躺，全都伸长了脖颈盯着那块影幕不眨眼皮。

放映的影片，也全都是清一色的主旋律。其中，黑白电影居多，如《打击侵略者》《地道战》《地雷战》《列宁在1918》《侦察兵》，等等。那句“让列宁同志先走”和“麻痹，麻痹，太麻痹了”的经典台词，至今还不时地从耳鼓中蹦出来。也有彩色电影，像《红灯记》《沙家浜》《智取威虎山》《杜鹃山》等革命京剧样板戏之类。那里面的唱腔，我们小孩子都可以大段大段有板有眼地唱下来。由此可见，当时的革命京剧样板戏被反复放映到了什么程度。再后来，也渐渐有了喜剧片，诸如《瞧这一家子》《锦上添花》《李双双》等，成了我们小孩子日思夜盼百看不厌的宝贝电影。

那时候，公社有一支放映队，共两个人。再加上一部老式放映机，一部老掉牙的发电机，两个铺盖卷，就是全部家当。

公社有几十个生产大队，且散乱地分布在方圆几十公里的山套里。流动着放映一遍，中间再休息几天，就需要一个月左右的时间。于是，我们天天盼星星盼月亮地盼着电影队的到来，也只能每月盼来一次，而且只有一个愉快的晚上。

这样的等待和盼望，便显得漫长难熬，特别是在每月下旬靠近月底的几天里。

这几天，是电影队来我村的日子，更是我们上学最积极的时段。

上学积极，并不见得学习积极，而是因了探听电影队行踪的缘故。每个人都有自己特定的消息渠道，或是远亲近邻，或是道听途说，真真假假虚虚实实，有时连自己也虚实难辨了。于是，闹腾的校园里时不时地冒出电影队今晚来放电影或是明天才来的消息，而且都说得有鼻子有眼的。再加上对天赌咒发誓般地保证，就弄得学生们心神不定，课上课下起劲儿地四处贩卖这些真真假假的消息，再添油加醋地加上些四处搜寻到的足以证明这消息真实性的证据。就好像电影队已经来到了自己面前，正往大队门前木竿子上悬挂影幕呐。

有心眼儿多的，便偷空儿飞奔大队办公室，打探消息的真伪。得到的大多是大队干部的一顿呵斥，嫌不好好学习，尽想着玩耍。灰溜溜地奔回来，却不说消息是假的，而是到处宣扬说，自己亲眼看见电影队了，带来了两部片子，全是战斗片，还是彩色的。有不相信的，就亲自跑去查证真伪。受到同等待遇后，再回来骗别人，借此取乐。

有诚实老实的，就盼着放学，飞跑回家，让家长抓紧烧火做饭。急三火四地吃完晚饭，就扛着板凳拽着大人往大队门前跑，抓紧去占个看电影的好位置。待来到大队门前，家长们方知上当受骗，气急败坏之余，便一脚把小孩踢倒在地，败兴而归。上当者既被骗又被打，当然咽不下这口恶气，就径直找上传播假消息者的家门。或吵或闹，一个无聊的夜晚就这样被打发过去了。

若是电影队真的来了，我们急需做的第一件事，就是提前跑到大队门前，为自己和家人占个最佳位置。

这件事越早越好，刻不容缓。如果你还像往常一样按部就班地放学、回家、做饭、吃饭，再扛起板凳拽上大人去大队门前，那黄花菜早就凉上三天啦。门前场地上拥挤着风吹不透雨淋不透的人群，哪儿还有你的立足之地。想看到影幕，就得把长板凳或是木墩子竖起来，颤巍巍地站在上面，一站就是一个晚上。至于腰酸腿疼或是不小心摔到地上，责任完全自负。要不然，你只能躲到影幕的背后，去看反面电影。

不到万不得已的时候，我们尽量不去看这种画面。所有的字幕都是反着的不说，就连电影里的人物在处决叛徒时是左手拿枪还是右手拿枪都搞不清。在每次电影放映后的几天里，我们都会不厌其烦地模仿影片中正面的或反面的人物动作。这个时候，看反面电影的家伙们便不敢冒失，否则，定会被伙伴们笑掉大牙。

占位置，当然是在场地中心靠前一些的地方最好。不过，怎么样最舒服，也是有讲究的。

如果是夏天，天气热，离场地近的人就可以早早地把自家的板凳等家什扔到满意的地方，再派个小毛孩子看守着，那块地方就成了自己的地盘。离得远的，来不及回家拿板凳，就在上学的间隙偷跑到大队门前的广场上，找几块又大又重的石头摆在自己满意的地方，或是寻几根粗壮的木棒横在那里。同时，要在上边写上自己的名字，表明这是块有主儿的地盘，谁也不准侵占。

还有不放心的，就在名字后特意加上恶劣的咒语，诸如谁要占了我的地盘我就怎样怎样你的祖宗八辈子之类的字眼。这样做往往适得其反，在很大程度上会激怒旁人。要么会故意把石头木棒之类家什掀翻扔掉，要么会恶意地在上面涂抹些肮脏不堪的粪便等类东西，让你有气没处撒、有理无处讲。

其实，冬天看电影时，占位置最有意思。

东北的冬天，那才算是真正的冬天，到处都是冰天雪地的。就连喘口气，那寒冷的空气也会把五脏六腑冰得直打颤。

这个时候，想舒舒服服地占个好位置，看好一场电影，就要多动动脑筋。不的话，蹲坐在北风里，夹风带雪地看两到三部电影，你得不停地呵手跺脚手舞足蹈一晚上。否则，那脚指头脸蛋子肯定被冻得青一块紫一块的。

如何既舒服又惬意地看好电影，这就需要开动脑筋去创新。比较成熟的办法，就是跑到生产队的场院里去偷麦秸，像母猪生崽时往窝里叼草一样，一次次地往大队门前运送。这种运送不能明目张胆，而要小心谨慎。若是被看管场院的老头儿发现了，必会招惹上一身麻烦。待积少成多后，就用麦秸做成一个窝，看电影时就钻进窝里，像钻进暖暖的棉被里，既暖和又舒服，看起电影来妙不可言。不愿看或是打盹的时候，还可以眯上眼睛睡上一觉。

曾经有个贪睡的家伙，直到电影散场了，还是没有醒来。那时候，家家的崽子娃儿又多，大人们回到家后急急上炕休息，天明还得出工干活，哪有心思去数数回家了几个崽儿。于是，那个倒霉蛋就一直睡到了天光大亮。待吸吸呵呵地跑回家，把寒冬里的大人吓出了一身细汗。

此后，每到散电影回家后，家家的大人们做的第一件事，就是数数回家的娃崽儿够数了没有。若不够数，便会径直奔到大队门前，在一个个麦秸窝里连摸带踹，类似的事情便没有重复发生过。

至于那些个麦秸窝，都留给了那个为大队打更的瘸腿老头儿来收拾。也有恼火的时候，几次跑到学校去告状，说学生偷盗集体财产，还不知及时归还，害得他一瘸一拐地往场院里送。

这种小事，学校懒得管。再说，有不少老师也享受过学生们殷勤提供的麦秸窝的服务，便都不把他的告状当回事。没有办法，每次放完电影后，把孩子们一小抱一小抱偷来的麦秸，再一大捆一大捆地送回场院，就成了瘸腿老头儿每月一次的无偿工作。

三

对我们小孩子来说，看露天电影有“三怕”。就是怕下雨、停电和加演片多。

第一怕，主要集中在夏天雨多的季节里。

记忆里，夏天看露天电影，总是与雨水过不去。那时候，老家的山林植被保护得很好，满山遍野的葱郁林木。是故，雨水便也多，一旦下起来，两三天不开晴是常有的事。好不容易盼到电影队来了，首先担心的就是下雨。

本是好好的晴天，偏偏就有云慢慢遮盖起来，空气潮湿得很。看电影的时候，很多人便不安心，不时地抬头望望黑黢黢的天空，心里一个劲儿地祷告老天爷千万别下雨。真要下的话，也要等电影放完了，你就是把村子淹了，也不该我的事。

一旦真的下起雨来，遭罪的首先是我们小孩子。

雨下得不大时，电影队的人可以用伞或塑料布把电影机遮盖起来继续放映。人们便在雨中急躁不安地瞥一眼空中的雨丝，再看一会儿幕布上的影像，电影场里一片惶惶不定的景象。若是雨下大了，只能被迫中断放映，等待雨过了再继续。这样的时候，大人们一般都恋恋不舍地撤退。我们却决不撤退，铁了心地跟老天爷靠。

大多数情况下，电影终于停演，我们就一边咒天骂地，一边浑身精湿地跑回各自家门。同时，还在心里盘算着，电影队的人明天会不会大发慈悲重新放一晚上，把今晚的损失补回来。这样的小算盘，往往要落空。因为你想多占一个晚上，肯定会有个村子这个月的电影要被轮空，人家当然不会答应。

第二怕，是看电影时顶顶烦人的事情——停电。

那个时候，电力供应相当不足，所有电力必须全方位无条件地保证生产运转，生活用电只能退到次之、再次之的地位。一到晚上需要照明的时候，那电一下子就没了。若想等电再来，却不知要等到猴年马月了。于是，电影队的人就早早吃晚饭。在大队干部陪着吃饱喝足后，抹着油光泛亮的嘴巴就去架机器，赶在电还没跑的时辰抓紧放一段电影。

或是机器还没来得及打开，或是刚刚放了个片头，或是电影剧情到了紧要关头，那电一下子跑了。就懊丧地坐在场地里耐心地等，等那台老掉牙的破发电机快点儿响起来。

那两个放映员也急三火四地去收拾发电机。时间一个钟头又一个钟头悄悄过去了，只有打火的“噗噗”声响个不停，却老也发动不起来。

这时，每个人心里都在骂。骂电站里的混球，该送电的时候不送，不该用电的时候偏偏又送上了。骂得更多的就是那两个该死的放映员，大白天都干啥去了，只知道喝大酒睡大觉，就不知道修理修理那台破发电机吗？弄得关键时刻派不上用场。骂够了，也骂腻了，在附近住的干脆回家睡上一觉，等有电了再返回来看。

终于有电了，不管是深更还是半夜，大队门前总会掀起一片欢腾，喊娘唤崽的声音此起彼伏。这是最激动人心又欢欣鼓舞的时刻，因为那盼望已久的电影终于可以继续放映了。

第三怕，主要是相对于我们小孩子说的。

放电影前，大队支书总是要就着话筒说上几句无关紧要的废话，如生产形势一片大好之类。好像他不说上几句，那电影就放不出来似的，白白拖延了好多时间。好容易等到放映片子了，又总是先加放一些诸如新闻简报、科普知识之类的短片子，称之为加演片。放映一两个加演片也就罢了，偏偏放起来没完没了。

凡国家大事，还不到我们小孩子关心的时候，科普知识又提不起兴趣，实在气急了就起哄。不知是谁起的头，我们不由自主且整齐划一地大声喊：“不—看—加—演—片！不—看—加—演—片！”惹得大人们一个劲儿地叫骂着让我们赶快闭上狗嘴。

狗嘴当然不会轻易闭上，恶作剧的心理会让狗嘴张得更大叫得更响，终是把放映员惹火了。他们也不打招呼，突然就停了机器，踱进大队部里吸烟喝茶去了。整个广场上顿时乱了套，喊叫声、埋怨声、咒骂声混成一锅沸水。

终于有人站出来勇敢地制止这场混乱了，就是整日阴沉着脸难见笑模样的大队支书。他用力敲敲话筒，恶狠狠地骂上一阵子，待场面静下来后，再赔着笑脸去把放映员请回来。

放映员也是有心报复，把放到一半的加演片再倒回去，重新放一遍。如是这般，个把小时便白白浪费掉了。

四

看露天电影，除了这“三怕”外，更多的是“两喜”，同时伴着大人们的“两忧”。

“两喜”，主要是指可以饱眼福、口福。相伴着大人们的“两忧”，便是担忧自家娃崽的安全、担忧集体或个人财产又要遭受损失。

每月一次的电影，当然不能满足我们的热望。怎么办？只有赶场看露天电影。

自我们村子放映完后的几天里，我们会相跟着放映队一晚一个村子地连轴赶着看。也就是说，一部电影，我们会连续看个两三遍。不然的话，那吱吱呀呀的革命京剧样板戏，我们哪能整段整段地唱下来，而且还很有点儿专业的味道呢？

看赶场电影，是很费劲儿的。

东北村子的分布不像关内那么稠密，而是很稀疏地散落在长长的山套里。之间的间隔距离，最近的也有八九里，远的要二十几里，而且算的都是山路。想看赶场电影，你就得放学后立马回家吃饭，赶在太阳还没落山之前迅速出发，还可能看个完整的电影。若是稍拖沓些，就只能看个尾巴梢子了。

凡是十几里地外的赶场电影，都让哥哥那帮家伙看了。他们可以强占了家里唯一的破自行车，撇下抓耳挠腮心急如焚的我们，耀武扬威地招摇而去。你还不能要求父母亲逼迫哥哥把自己驮去。他们的理由非常充分，说路太远，山套里什么野兽都有，真要碰到的话怎么照顾得来。

其实，哪有那么多的野兽，完全是借口。他们已经把大人的心思摸得一清二楚。安全问题，正是大人们所担忧的，借此漂亮地甩掉了视之为累赘的跟屁虫。

于是，任我们如何胡搅蛮缠，大人还是坚定地站在了他们那一边决不松口。没有办法，我们只能成群结队地徒步去附近的村子看赶场电影。

大人们的担忧，并不是多余的。那八九里的山路，得走上个把钟头，而且一定要坚持着把两三部电影全部看完。每每回到家里，都是半夜甚或下半夜。

在我们看赶场电影的一整夜里，大人就别想睡个安稳觉，不是担心走丢了，就是怕半路上碰到了什么东西。直到娃崽们如数回来了，方敢睡去。这时，留给他们休息的时间已经不多了。

看赶场电影带来的眼福，已不仅仅是影片里的视觉享受。更多的，是一路上疑神疑鬼地自己吓自己，刺激得很。

一群小孩子，慌慌张张地走在回家的路上，任何一点儿动静都会引起所有人的惊恐。黑黢黢的大山像个蠢蠢欲动的魔鬼，路边坟地里的磷火像小鬼忽闪的眼睛，脚下“沙沙”的脚步声像有什么东西一直跟在自己的屁股后，甩也甩不掉。

这个时候，谁也不敢说话，只是一个劲儿地疾走。头发根都竖了起来，脖颈上飕飕地尽冒冷气。谁要是惊叫一声，或是跑动一小步，每个人都会撒丫子狂奔起来，像一群被围猎的小兽。待回到家里，衣服早被汗水浸透了。

回回如此，又回回不知悔改，依然狂热地去看赶场电影。

眼睛盯着银幕，最好别叫嘴闲着。边吃点儿零食，边看精彩的影片，那才是仙人般的享受呐。

那时，每个人家里都不富裕，能吃上饭填饱肚子已算不错了，哪还会有多余的食物供我们享用，这就得解放思想多打些歪主意。其实，也没有太多的歪主意可想，无外乎经常搞点偷瓜摸枣之类的旁门左道。这也是每次放电影时，大人们最最担忧的地方。

我的老家地处东北地区东北角，受气候影响，生产不出什么丰富诱人的瓜果梨枣。除了野生的山果外，也就只有屋前屋后栽种的不同品种的沙果和李子。而且，还要用杖子（也就是关内人说的栅栏）密密实实地围起来，以防外人采摘。要不的话，恐怕连果树的枝叶也不会留下。

每到电影队来的时候，便是果树主人最伤脑筋的时刻。

他们看电影的欲望和我们一样强烈，决不会轻易放弃每月一次的难得机会，却又顾虑园子里沙果李子们的命运。左右不能兼顾，真是难为死了果树主人。于是，他们自以为是地想出个聪明主意，就是在电影放映前，拿个手电筒在园子里照来照去，且大声地咳嗽，以便让那些馋嘴又猴子般机灵的孩子们知道，我今晚没去看电影，就在园子里看护着，看谁敢来偷我家的果子。一旦听到广场上传来电影的声音，他们便会忘了一切，撇了园子，三步并着两步地往广场赶。

这样的障眼法，一两次还行，多了便失去了防范功效。于是，待他前脚刚离开，后园里便涌进了几个蹑手蹑脚的贼影子。第二天，他只能对着满地的树叶和缺胳膊断腿的果树傻看，有气无处撒，有火没处发。

另一部分伤脑筋的人们，是各生产队长和护青的人。

集体的田地里没有可口的吃食，有的只是有些甜味的玉米秸。折了来，像啃甘蔗般地咀嚼，吸食里面那点儿甜水。其实，这是一种极大的破坏。试想，一棵玉米可以结出两到三颗玉米棒子，成熟后就可以收成半斤左右的玉米。现在折了来无聊地啃食，且积少成多，集体将遭受多么大的损失。因此，每到放电影的晚上，各个生产队都如临大敌，加派护青人员。明哨、暗哨、流动哨，到处都是防贼的眼睛。也有个别倒霉蛋栽在护青人的手里。得到的处罚是，被自家大人毒打一顿，让生产队开会批评一通，年底的时候再被生产队扣发几斤粮食。所以，这样的口福，我们一般不会去冒险享受。

至于冬天，家家都会炒一些自家产出的葵花籽。每每放完电影，广场上必会扔一地的瓜子皮，等候那个瘸腿老人来收拾。

如是这样也就罢了，偏偏我们还不满足，非要去偷些冬季里零食中的上品——松子——来享用。

我们村子有一处林场，肩负着山区植树造林的重任。每到冬天，他们都会在地窖里储存些松子，留待开春育苗用。为防虫蚀，往往要在里面拌上些药物。

我们不知道，如老鼠般挖掘些松子，也不清洗便吃下肚。第二天，林场的人理直气壮地找到学校，要求处理。

开始，学校比较为难，说谁知道是哪些馋嘴的猢狲偷了嘴，不好查。林场的人就说，好查，你只要把肚子疼或是拉肚子的学生统计出来，个个儿都是贼，没个跑。

果然，那些个小硕鼠们被一个个揪了出来。在被零食中的上品折磨的同时，还要接受学校的处罚。之后，又好了伤疤忘了疼，继续做些硕鼠们的勾当，再继续遭受折磨或是接受处罚，屡教不改。

五

在遥远的童年时代，遥远的东北老家，那些久违了的看电影的日子就这么如此清晰地呈现在我的眼前，日夜撕缠着挥之不去。

或许，我所思念的，不仅仅是看露天电影的本身，而是在看电影过程中沉淀了永不磨灭的印迹，需要我用一生的时间去品咂和回味。正是在这样的过程里，我的本性得到赤裸裸的展现，我的童真得到最大限度的发挥，我的品质也在不断地得到反省和修复。

正这么呆坐傻想的时候，楼下的门“嗵嗵”地响起来，是妻子和女儿看完超市门前的露天电影回来了。

妻子是在晚饭后被女儿生拉硬扯地拽去的。果然，一进门，妻子就哈欠连天地嘟囔道，困死我了，你爷俩拖地吧，我得上床睡觉了。女儿则叽叽喳喳地说，放的什么破电影，尽是打打杀杀的，一点儿意思也没有。又说，我也困死了，老爸多辛苦辛苦，把楼上楼下拖地的干活儿一并承包了吧。

我就笑，笑妻子的老毛病又犯了，笑女儿的懒散和狡猾，也笑自己的矫情。

这么大的人了，一回想起童年的时光，竟也像回到了从前，重新变成了一个地地道道的小孩子。还要把当时的心境和经历细细地装饰包裹起来，小心翼翼地安放到本已沧桑了的内心深处，再时不时地拿出来翻捡浏览一番，借此安慰日渐空虚的情感。

这时，忽然感到可怜起来。可怜妻子永远享受不到看电影的乐趣，可怜女儿永远体验不到看露天电影的情趣，更可怜自己永远失去了童年露天电影带给我的身心愉悦和难以言说的幸福。

怀念雪国

一

脑海中一直蹦跳着这么一个词：雪国。这个词就像跳拉丁舞一样不老实地上下左右乱窜，蹦得你心慌意乱神不守舍。

这种情形，从昨天傍晚灰蒙蒙的天空中飘落下几片细小的雪花时就开始了。随着一夜的雪花飞舞，这词也便在脑中蹿了一夜。

今晨一起床，就急忙趴到窗户上向外窥探。外面的世界已是飘摇于漫天飞雪中，茂密的楼宇也心情愉悦地接受着大自然的精心涂抹和装扮。

这时，这词已经不是在跳拉丁舞，而是跳起了疯狂的迪斯科舞，跳得头都大了。有一种沉甸甸的感受压在胸口上，眼里涩涩的，心里酸酸的，却不难受，也不伤感，有的只是欣喜和舒畅。

雪国，一个久违了的名字，一段久违了的情感，一种久违了的怀念。在昨夜和今晨，竟如此强烈地俘获了一个逃离北方故土二十余年的漂泊之人，连同一颗奔波于中原大地疲惫不堪的漂泊之心。2004 年的第一场大雪，就这么突如其来地飘落在鲁地的河流山川上，飘落在浪迹天涯的游子心田里。

不管刮多大的风，下多大的雨雪，总是要上班的。而且，女儿上学最是雷打不动的，甚至她的上学比我和妻子上班还显得尤为重要，这是我们一家三口人的共识。

今早带女儿出门，出人意料地顺利痛快。女儿像变了个人似的，一改往日的磨蹭和拖拉，连饭都顾不上吃，就要主动积极地踏上学校的路程。她还掉了个儿似的嫌我磨磨蹭蹭拖拖拉拉，说一个大男人还不如个小孩子有紧张气儿。我知道，都是这场难得一见的大雪招惹出来的。

推着自行车，和女儿踉踉跄跄地走在飞雪飘舞的马路上。女儿赞一声真美，喊一句小心喽，又不时地被大街上人仰车翻的场面逗得手舞足蹈爆笑喧天，惹来众多人怒目斜视。

我不想阻止女儿的乖戾和无礼，任由她一路童言无忌地放肆下去。从她的举动中，我终于找到了遗失多年的心绪和身影，就这么活灵活现地呈现在自己的眼前。

透过大片大片的雪花，远远望去，白茫茫的天际深邃空灵，色泽晶莹剔透而又温湿凝重。吸一吸鼻子，竟有股近乎陌生了的松香味儿。

我知道，我遥远的雪国在沉寂了二十多年后的今天，终于记起了离散他乡的孩子，以她柔软滑顺的发梢，洒落漫天飞雪，前来亲近呵护我了。

一种无言的感动涌上心头。记忆在悄悄复苏，把心迹牢牢牵定在相隔着千山万水的北方雪国。那个我久已忘却了的群山围裹着的小山村，连同遗落在那里的童年故事。

一直以来，我总是把冬季里那个坐落在黑龙江省东南部冰雪覆盖的偏僻小山村称为我的故乡。尽管我的祖籍地在山东，且现在自己正工作和生活在山东，而小山村也仅生养了我十几年的光阴。但是，总有一份沁入骨髓的牵挂，让我无法割舍。

2004年的这场大雪，注定要让我再次踏上故乡的回忆长途了。

二

记忆中，亲身经历过最大的雪，应是在我十岁时的那年深冬。

雪是从傍晚时分下起的。初时，如牛奶样稠的灰白色天空中洒下零星细碎的雪花，不到一袋烟的工夫就变成了大片大片的如棉絮状的鹅毛大雪。刚开始时，那雪花还能分清六棱角或八棱角。渐渐地，已没有了棱角，只是一大朵或一大嘟噜的棉絮、柳絮，连平日婀娜洒脱的飘摇姿势也顾不得显摆，就那么蜂拥而下，一头扑到地面上。上看下看，左看右看，除了茫茫大雪，还是大雪茫茫。

雪地里只有张牙舞爪着的我们一群小孩子，借了雪光的反照，在用雪团相互攻击厮杀。想象着革命京剧样板戏《智取威虎山》中杨子荣的光辉形象，那种天地之大唯我所有的野心和豪气荡然于胸中。

还是有比我们更厉害的角色。一个身影远远绕过我们，顶风冒雪地向着白茫茫的远山行去。于是，立马停止革命性的攻伐，开始了另一场智力比拼游戏，猜想那个人的身份和外出的目的。

多数人猜定的是，那应该是个猎人，正要去自己挖就的陷阱里捞取自投罗网的美味佳肴呐。接着就猜，取到的是黑瞎子还是狍子，是黑瞎子肉好吃还是狍子肉好吃。再接下来，就不自觉地分成了两派。黑瞎子派和狍子派的观点当然不会统一，就又一次引发了革命性的厮打攻伐。

在雪盖过脚面的时候，我们终于停止了雪地里的狂奔疯野。因为，原本破旧的棉鞋和裤腿里灌满了让体温焐化了的冰凉雪水。鞋里用于保暖的乌拉草也已结上了冻，脚指头被冻得麻木不堪，都不知是长在脚上还是长在腿肚子上了。

偷偷地溜回家，三下五除二剥光衣服，刚想悄悄钻进热热的被窝里，就听东屋里已躺下的大人一声呵斥，说狗爪子冻掉了吗。浑身一哆嗦，吓得寒冷都不觉了，颤颤地回道，还没有。又问，蹄子又弄湿了吧。使劲儿吸吸鼻子，狠一狠心说道，没，比被子还干呐。

细听东屋里长时间没了动静，寒冷这时却又回来了，牙齿磕蹦得如咀嚼着一口黄豆粒。立马跳上炕，钻进暖暖的被子，心里还在想着那个人得到的肯定是狍子。

正梦到自己漫山遍野地往陷阱里赶狍子的时候，就觉浑身一凉，屁股上狠狠地挨上了一巴掌。睁眼一看，已是到了清晨，父亲正站在炕前。他一只手拎着湿漉漉的棉鞋，一只手举在半空中，脸阴黑着。

太笨啦，简直笨死啦，昨晚咋就忘了把棉鞋放到火炉边烘烤呐。一动不敢动地撅着屁股，等父亲的第二巴掌。

就在这关键时刻，救星来了，是前院的刘爷。他顶着一身雪花，进门就哭咧咧地说道，他那个精神有毛病的闺女二丫儿不见了，一晚上都没回来。

父亲扔下鞋急道，得赶快找，要不，这冰天雪地的非冻干了不可。说罢，就吆五喝六地召集村人去四野里寻找。

这千载难逢的热闹当然不能错过。立马出溜下炕，登上湿棉鞋相跟着跑出家门。

外面仍然肆虐着铺天盖地的鹅毛大雪，地上的积雪已经到了我的大腿。兴高采烈地随着大人们摸爬滚打地在山岭沟岔间的厚厚积雪里奔跑，与漫天飞雪共舞，再肆无忌惮地扯直了嗓子拼命呼喊二丫儿的名字，自是比小孩子间的打闹过瘾得多。

忙活了一上午，再聚首的时候，都没有找到二丫儿。

在大人们垂头丧气的时候，忽地想起昨晚看到的那个身影，就大着胆子说，可能她去了南大河的方向。

父亲威胁道，你要是敢胡说八道耽误了大事，看我不剥掉你的皮。说罢，便马不停蹄地带着众人向南大河的方向奔去。因为他们已经六神无主，实在没了办法，任谁出个主意也会听从的。

胆战心惊地跟在大人们的屁股后，心里一个劲儿祷告道，二丫儿，你可千万要在这个方向上等着呀，千万千万！

果然，二丫儿还真就在那儿等着。是蹲在大河南沿的山顶上，已经被冻成了一坨冰雪块。摸一摸胸口，还有点儿热乎气。

有救啦！众人一片欢腾，抬起二丫儿就往村子里跑，一直跑进就近的农户家。

找来一把剪子，把她的所有衣服剪碎，让她一丝不挂地躺在屋地上。就有人端来一盆盆冰凉的雪，在她的身上使劲儿地搓着，搓得皮肤鲜红，像要有血淌出来。这时，就有几个精壮的小伙子脱光了上衣，露出精壮的肌肉。一个个依次趴到二丫儿的身上，以自己热腾腾的体温来驱赶二丫儿体内的寒冻。肌肤间就不断地结出一层层薄薄的冰碴儿。

一直折腾到了傍晚，二丫儿竟真的活了过来。虽然还不能说话，眼睛却能直直地扫视着这群忙活的人们。

当时，刘爷满脸泪水地跪在了众人面前。满肚子的感激话一时说不出来，只是一个劲儿地哽咽着。当晚，他还把自家辛辛苦苦养了大半年的肥猪宰了，让大人们痛痛快快地大喝了一顿。

后来才知道，人冻狠了后千万不要放在火热的地方烘烤。那样的话，人就死定了。要先用雪把冻僵了的血脉搓开，再用人体内的温度把寒气逼出来。待被冻人血脉畅通后，人就能活过来，其肌肤和器官不会受损，也不会落下残疾。

这种疗法到底有没有科学依据，我不得而知。但二丫儿的确是活了，在我离开故乡时，还是疯疯癫癫地在村子里四处游荡着。

一想起这件事，我总有一种深深的感动。当然不是因了刘爷自此把我当作救命恩人来对待而感动，而是感动于我的雪国和雪国里这群舍己为人的耿直善良的亲人们。

面对当时的尴尬场面，没有谁会想到别的，只是一门儿心思地倾尽所有来挽救一个行将远去的生命。而我的雪国在设置了一个考验亲人们的陷阱后，还是用洁净的白雪把这生命鲜活地恭送回来。

那场大雪一直下了两天两夜，地上的积雪有一米多深。

三

现在回想起来，最令我后怕的雪，应是在十二三岁的时候。那时，我们的疯野已到了无以复加的地步。

先是在一个雪后初晴的午后，我们一小撮人去上学的路上，看到一群低年级小孩子在费力地滚着一个硕大雪球。立即上前驱散那帮小屁孩儿，硬生生把已是半成品的雪球抢夺过来，一路张扬着把它滚到了学校。那雪球也就变成了十分合格的成品雪球。

如是就此罢手，什么事情也不会发生了。但是，谁让这种事情摊到我们这一小伙儿人身上呐。不弄出点动静来，就算白过了少年期。

也不知是谁出的馊主意，说老师站在讲台上讲课太辛苦啦，有时还得翘着脚尖伸长了脖子来监视着我们的举动，挺不容易的，得想法给老师做个高高在上的椅子，让老师舒舒服服地管教我们。

所谓贼心所向，一拍即合。齐心协力地将那个雪球径直滚进了教室的讲台上，还别出心裁地在上面用雪做了一个椅子，就像电影《智取威虎山》中座山雕坐的那把太师椅一样。

到了上课的时间，一位女教师推门进来。看到这么一个古怪的东西，她先是愣了片刻，接着就明白过来，眼泪都气出来了。女老师一句话也说不出，双手捂着脸转身跑出了教室。教室里爆发出恶意的哄笑声和喊叫声。

正得意间，班主任闯进教室。他就像早知道是我们干的似的，一个个把我们拎出了座位。当然也有几个被冤枉的倒霉蛋加入了我们这群罪犯队伍中，他们直喊冤枉。老师也不理睬，却狠狠几脚就把雪球踢得粉碎，接着命令我们用手一捧一捧地把满地冰凉的雪块送出教室，还不准戴手套，更不能留一丁点儿的雪块在屋内。

真是道高一尺魔高一丈，我们怎能斗得过对自己学生了如指掌的老师呐。

待搞净了雪块，被冻的两手通红、龇牙咧嘴的我们又被赶出教室，直挺挺地站在寒冷的雪地里足足冻了一节课。又要赶在放学前，每人写出一份深刻的检讨书，还要回家叫家长签字后连夜交到老师家里。

这一招太阴毒了。怎么冻我们罚我们，我们都没有怨言，就是怕让家长知道了我们的劣迹。家里的处罚可尽是皮肉上的招式，没一丁点儿便宜可讨。

放学后，静悄悄的校园里只晃荡着平日比较要好的我们几位的身影。

一阵大眼瞪小眼之后，还是有人提出了都怕提及却又不得不提的重大现实问题。那就是，回家还是不回家，是现在壮烈地回去，还是半夜偷偷地溜回去。最后，好容易统一了思想，决定还是半夜偷偷地溜回家。虽说有点太丢面子，但那顿打骂能够拖延一时半刻也是好的。

接着，又一个重要问题摆在眼前。现在到哪儿去，做点儿什么事，总不能就这么傻呵呵地蹲在学校里喝风挨冻吧。再说，要是家长找到学校，自己就连躲藏的地方也没有了。

就这么犹豫不定漫无目的地瞎溜达，不知不觉中来到了村头的大路上。

这条大路，是连接深山伐木场与县城火车站的必经之路。路面被拉木材的大卡车压得光滑如河中封冻的坚冰，在清冷的月光反照下泛出明晃晃的光泽。

有眼尖的就大声喊道，有拉木材的卡车来啦。

确实，顺着大路望去，远远的山套里有车的灯光在闪烁。立时，一股搞恶作剧的冲动理所当然地驱散了所有畏惧和惶恐。怎样愉快地打发掉这寒冷冬夜的机会，已呈现在眼前。

经过短暂商议，胆大包天的我们开始了紧急行动。每人负责从公路下搬运五块大雪块，全都堆放到路中间，垒垛成一道厚厚的雪墙，以拦阻那些吃着公家饭却整日趾高气扬不可一世的臭司机们，也让他们尝尝山村孩子的厉害。

只用了十多分钟的功夫，一道满意的雪墙便横卧在光滑闪亮的路面上。这时，卡车已渐渐驶近了。马上四散潜伏在村头邻近的农户墙角院落里，屏息静气地等待着一出好戏的上演。

果不出所料，驶近的司机待发现路上的障碍物，就紧急刹车。路又滑，笨重的车身在路面上滑过来，又慢悠悠地翻倒在大路上，像一条僵硬的短尾巴蛇。

魂飞魄散的司机们狼狈地从驾驶室里滚爬出来。他们知道自己中了坏人的圈套，就一齐扯起变了腔调的喉咙叫骂，并从歪倒的车上抽出打火用的摇把子，大骂着向我们藏身的地方奔来。

这种杀气腾腾的场景，是我们始料不及的。一种大祸临头的恐惧笼罩全身，恐惧中透着绝望。于是，纷纷起身奔逃，谁也顾不了谁。

我慌不择路地逃进就近的人家。闯进屋内时，倒把屋主人老李头吓了一大跳儿。刚要问我想干什么，就听到屋外传来恶狠狠的咒骂声，便立时明白我又造了一回孽。老李头的婆娘一把扯我进了里屋，连脱带剥地扒光我的衣服，把我推上了热烘烘的土炕上，又扯过被子罩在我身上，嘱咐我千万别吱声。

气急败坏的司机们开始挨家挨户地搜，叫门敲窗的声音渐次传进我近乎麻木了的耳朵。

终于听到了敲门声。门响后，就有外地口音在屋内爆响，无非是问有没有人刚进来过。回答当然没有。偏偏那人不信，还闯进我躲的屋里查看，并指着已在被子里缩成一团的我问道，这是谁。老李头的婆娘赶紧回道，是自己的崽儿。那人还是不信，非要掀开被子查看。

就在这紧急关头，老李头一把摘下挂在墙上的猎枪，用枪口指着那人厉声喝道，咋啦，你是什么东西，敢来我家指手画脚的，活得不耐烦了吧。

看着眼珠子都有些泛红的老李头，那人胆怯了。他乖乖地收回伸出的手，说，别见怪，是找坏人呐。说罢，灰溜溜地退出了屋子。

此时，老李头也和我一样，泥儿般地瘫倒在了地上。

那天晚上，是老李头把我护送回家的，交给快要急疯了的父母跟前。他郑重地对我父母亲说，要好好待我，千万不要再把孩子逼出去做傻事。父母亲破天荒地没有打骂早已失魂落魄的我，就此免除了一顿难以想象的皮肉之灾。

这次遭遇，给了我刻骨铭心的记忆，我疯野的历史也就此结束了。以后的日子里，我慢慢长大了，变成了另外一个人，成为乖巧又善解人意的好孩子模样，并一直延续到现在。

呵，我的雪国，我雪国里待我如己出的亲人们！

现在想来，还能说些什么呢。

四

傍晚下班回到家。刚进门，就一眼瞥见女儿哭丧着脸，独自闷闷地坐在沙发上。急忙问，是谁欺负你了。女儿咕嘟着嘴说道，是雪呗。

再细问，得到的回答是，女儿在放学路上吃尽了雪滑的苦头儿，连着摔了几个重重的屁蹾，惹得同学们嘲笑了她一路。最后，她发誓说，再也不想看到下雪了，有什么意思嘛。

这时，心里就有一种很沉重的失落感。是关于雪，关于雪国，关于雪国里的人和事。

我想，应该尽早领孩子去一趟我的故乡。最好在冬季，在大雪飘飞的日子里，让她真正领略一次雪的纯洁和美丽，感受雪的舞姿和精魂。

看来，这已是迫在眉睫的事情了。

童年伙伴

一

这段时日，在空闲的时候，一直忙着整理以前写过的一些涂鸦文字，算是对过去的日子里一些思考创作的小结。

忽然就翻出一首小诗。大约是20世纪80年代初期，我从东北老家刚刚来到祖籍地山东求学，在满腹乡愁无法排遣的心境下信笔涂写的。

诗很稚嫩，字里行间堆积着小学生作文里常见的稚气，但很真情。我想，在写它的时候，肯定有奔突的情感在心底沸腾过。因为，时至中年渐渐看淡尘间世事的我，在夏日炎炎的正午，轻拂着这首小诗，依然有一种难以按捺的情愫将我紧紧缚住。让我静默良久，沉思良久。

这首小诗，是为纪念童年时一位早已撒手人寰的伙伴而写的。他在大约十四岁时，因为一场突如其来的怪病，一夜之间，被硬生生地夺去了鲜活的生命。

六年后的我，坐在千里之遥的鲁地夜幕里，开始了一场萦绕一生的缅怀之旅。今日的缅怀，当是这漫长旅途中一个小小的驿站，甚或这小小驿站里不经意间被夜风触动了的夜梦的边缘。

他的乳名叫波儿，比我大一岁，且比我高出半头，当然是在他死前的时候。在当时，这样的差距一直让我耿耿于怀。

现在还能清晰地记得，因了羡慕他长着尖头顶、一双长腿和一个长颈鹿般高挑的脖子，自己一个人先是偷偷拿来母亲用的镜子，对着镜子里自己平平的头顶轻叹。因为母亲说过，尖头顶的孩子长大后肯定是个高个子。然后，再把自己的双脚紧紧拴在苞米楼子上，一个倒悬吊在半空里，想把发育还算正常的身体再扯长些。

其实，在刚倒吊了几分钟后，我便后悔莫及。那血脉全都涌向了脑袋，头涨耳鸣，浑身酸痛如肢解了一般。想翻身上去，手和腰身又使不出一点儿力气，连喊叫的声音也嘶哑了。就这么倒悬了大约五六分钟的样子，直到有路过的大人发现后，把我从苞米楼子上解救下来。原本红润的脸部，已经变成了猪肝的颜色。

那次教训，让我再不敢将心中的耿耿轻易付诸实践，只能暗藏心底。直到今日，我的身高也并不出息。不到一米七的高度，且已有了渐要萎缩的征兆。

记忆中，波儿一直是我们的头儿。也就是现在所说的老大或领袖之类，终日率领我辈东游西逛、招摇惹事。我们便如小喽啰般忠心耿耿地簇拥着他，跟随他东跑西落。

这样的地位和号召力是如何拥有的，我怎么也记不起来了。个子高，又胆大敢为，是一个原因。更为重要的原因，恐怕与他的家境有关。波儿的父亲是当时拥有五个生产队的大队支书，是一个跺跺脚全村子就闹地震的硬邦邦的厉害角色。或许，幼时的我辈统统秉承了祖父辈基因中特有的官尊民卑的遗传信息，便一股脑儿地拜服在他的麾下，任之驱使而无怨无悔。

这样的解释，世俗得很。但除此以外，也没有什么更好的答案。毕竟，我们只是一群平凡的山里孩子，还没有任何迹象表明，我们之中会出息一位顶天立地的非凡人物。

从祖辈错综复杂的谱系牵扯中，我们两家还沾点亲戚关系，我要把波儿的父亲叫姨夫。但是，不知什么原因，大人们相处的关系很是僵硬，近乎到了世仇家恨的地步。他们永不走动，甚至连句话也不说。走在路上相遇了，各自昂着头，就像对面没有人一样。他的父母更是依仗权势有事没事地暗算上一回，我的父母便没少吃亏。于是，两家的关系越加恶化起来。

处在这样的环境里，我和波儿却一直友善地相处着，感情复杂地一点一滴修复着大人们不断制造出的伤痛和裂痕。直到波儿的离去，直到二十多年后的今天，甚或在今后更漫长的岁月里，波儿的身影都没有且也不会走出我的心地。

或许，这是父辈们永远想不通的地方。

二

对于波儿的追忆，我无法从头到尾有条不紊地叙述。

一来，我们相隔的时间太久，很多的记忆早已模糊成一片，理不清头绪；二来，流水账式的叙述不仅让写的人厌倦，读的人更是厌烦透顶。我只能粗略记录几个印象颇深的事情。

那时候的记忆，大多与吃食有关。这或许是六七十年代那个艰苦岁月里特有的印迹。

我们长年累月地与干瘪的肠肚做斗争，整日盘算着尽可能果腹的东西，以缓解这不见天日的营养匮乏。但是，我们仍然坚强地生活着，并快乐地寻找着一切可以引发快乐的源泉。这最好的源泉，就是美味的食物，以及咀嚼并消化这些食物时所带来的快感。

记忆中，我只去过他家一次。是在十一二岁的时候，而且是唯一的一次。他却从未到过我家。这是很无奈，也很伤我们感情的事情。

我们一直对各自的家庭充满了好奇，却又难以满足这好奇心。大人之间的隔阂，让我们每次路过对方家门的时候，都会探头探脑地张望一下，再匆匆离去，决不会轻易踏进对方的门槛。这里既有自尊心作祟，更多的是怕被大人遇见。那将是多么尴尬的场面。

我们都对各自的大人们充满了敬畏。随着时间的推移，这敬而远之已经变成了一块心病，随时随地沉甸甸地压在各自的心头。

那次去他家，全因了嘴馋的缘故。

端午节，家家要包粽子、煮鸡蛋吃。我们家没有糯米，包不成粽子。父母亲便给我们兄弟每人煮了俩鸡蛋，就算过节了。转眼之间，俩鸡蛋下了肚，便心满意足地跑去找波儿一块上学。

远远看见波儿在踢毽子。拙笨的动作，夸张的手势，似在有意招惹着别人的注意。

还没跑到跟前，他早已瞥见我，一脚把暗绿色的毽子踢向我，高声叫道，接住！

我想都没想地一把抓去，却抓到一把湿软黏滑的东西，竟是一个被踢得即将散碎了的粽子。

看着手中经年难得一见的美味，慌忙咽下口唾液，故作淡然地说道，波儿，你作死，把粽子当毽子踢。

波儿“咯咯”地笑着说，这两天净让我吃粽子，都吃腻了，还让吃。

我又情不自禁地咽下一口唾液，有些不舍地把粽子扔掉。

波儿问，你是不是也吃腻了?

我不能说我家没有包粽子，但又不好撒谎，就把话题岔开，问波儿，老师留的作业写完了没有。

波儿说，谁撒谎是小狗，你家肯定没包。

我笑笑，不再理他。

第二天，好像是星期天，反正都没有去上学。

吃完早饭，趁大人不注意偷偷溜出家门的时候，迎头碰见波儿正在我家门前的大街上鬼祟地溜达着。

波儿瞥见我，招招手，把我引到僻静的小巷子里，龇牙笑道，你敢到我家吗。

我也笑，说，你敢领，我就敢去。

他说，咱拉钩，谁不敢去谁就是小狗。

我想他在愚弄我，就与他拉钩设誓，并摆出一副只有电影里将军们才会有的大摇大摆的样子，径直来到他家门前。其实，我心里紧张得很，不时地拿眼瞟波儿，希望他赶快发出善意的坏笑声，以便尽快结束这看似无聊的游戏。

波儿却站在门口旁，伸出一只手臂说，请!

我这才知道，他没有跟我开玩笑。但在我看来，这种极具危险性的游戏一点儿也不好玩。我问，当真呀。

他保持着请的姿势，不说话。

我忐忑地问，里面有敌情吗。

他挺得意地说，一个敌人也没有，他们要到中午才回来。

于是，在他的积极引领下，我终于踏进了他的家门。他家与我家没有什么两样，都是三间屋，里面同样堆放着一些日用物品。只是他家的东西要远比我家多些，便显得越加凌乱。

这时，波儿端来一大盆粽子和十多个煮熟的鸡蛋，说，快米西米西的，不吃白不吃，不吃是混蛋。

我猜想，波儿引我到他家，肯定是在昨天上学时就预谋好了的。于是，就老实不客气地去抓粽子。刚抓到一个，还没剥开苇叶，就听波儿悄声说，鬼子进村了。那粽子又脱手掉到了盆里，脑门儿上顿时冒出一层细汗。

波儿坏笑着道，平安无事，平安无事。

我瞪他一眼，急三火四地享用着散发出阵阵清香的近乎陌生了的美食。在吃了两三个的样子，波儿又说，鬼子真的进村了。我以为他又在吓唬我，就没理睬。

波儿忽地跳上炕，趴到窗台上朝外张望，马上又跳回到地上急道，我妈怎么回来了。

我也听到了他母亲的说话声，立时心跳加速两腿发软，两只眼睛也似乎向外发散着蓝光。波儿瞪着同样似乎发蓝的眼珠子，团团乱转地四处寻找着可以藏身的地方。情急中，他一把推开后窗说，跳！我便如一块土坷垃般摔倒在后窗外的硬地上。

他母亲没有进屋，只是在院子里找了个什么物件，便匆匆地走了。惊魂未定的我俩相跟着，一起逃出了他家的院门。就此，狼狈地结束了这唯一的危险拜访。

此后，我也曾向他发出过邀请，也到我家去一次，并且准备好了一堆熟透的洋柿子，也就是西红柿，算是对他那次招待我的一次回谢。他似乎对那次的惊吓心有余悸，断然回绝了。他还安慰性地搂着我说，你把洋柿子拿出来吃吧。

我照办，但也就此阻绝了他踏进我家门槛的脚步。

三

也就是那次危险拜访的第二年年初，在冬末初春的时候，我家断顿了。

虽然断顿的不止我们一家，但谁家摊上这种事都不会好受。这时离公社下发救济粮还有几天日子，而越来越闹腾的肚子却不会让你安稳地等上一天半日。那几天，父母亲急得如热锅里的蚂蚁，四处打借粮食，却收获甚微，嘴角上急出了几颗水灵灵的燎泡。是的，在那个艰难的日子里，谁家还会有多余的粮食来救济他人呢？

上学的时候，波儿看我无精打采的样子，惊讶地问，咋跟小瘟鸡似的，也断顿啦。

我早上只喝了半碗玉米面糊糊，没有力气搭理他。他转身跑掉了，我以为他生气了。

谁知，一会儿的工夫，他又跑回来。他从书包里摸出一块玉米饼子，塞给我说，还热乎呐，快吃，别叫我姐和我弟看见。

在父亲偷偷背回一筐冻土豆之前的两三天里，我每天都会享用一块波儿从家里偷出来的玉米面饼子。以致父母亲都犯嘀咕，说家里人一个个都有气无力的，唯独我活得虎窜猴蹦怪滋润的。我绝不敢告诉父母，说波儿整天偷饼子给我吃。这种事情，不管是从大人恩怨的角度，还是从我和波儿安全的角度来看，特别是波儿的安全那方面，都是打死也不能说的。

那筐冻土豆，是父母密谋了一个晚上，由父亲胆战心惊地从生产队的地里偷挖回来的。这虽然有效地解决了我家日渐严重的饥荒，却又让我父母患上了更为严重的心理“饥荒”。在随后的一两个月里，我的父母寝食难安，惶惶不可终日。

事情的经过既巧合，又在情理之中。

我家粮食告罄后，整日以剩存无几的玉米面糊口度日。大人们可以咬牙坚持，我也勉强仰赖波儿每天一个玉米面饼子凑合。哥却不行，整天吵嚷着，饿，饿！这样的声调，再加上他面黄肌瘦的可怜相儿，足以让父母亲下定不怕牺牲铤而走险的决心。

那个时候，生产队里的活计抓得很紧，一环紧扣一环。秋收还没结束，冬季农田基本建设就开始动手。还没干到一半，又大雪封门。于是，整劳力全部被赶到山里伐木，直到第二年开春化冻了，再回来准备春耕生产。人是连轴转，连点儿闲暇的时间也没有，却老也填不满肚皮。这既有生产积极性的问题，更有责任心在作祟。

在老家的农作物里，土豆的收获较晚。土豆刨好了，却不急于运送回来，而是就地挖坑埋起来，说是等到农田基本建设完成后，再运回来，分给社员。谁承想，那年的大雪来得早，紧赶慢赶地拉回一部分，剩余的那些土豆便一股脑儿地给封埋在地里，无法拉运。待开春化冻的时候，那土豆早已冻烂成一窝泥水。即便是冻坏的土豆，社员也不敢动用丝毫，因为那是集体财产。

急红了眼的父母亲，便打上了冻土豆的主意。

我不知道父母亲是怎样预谋的，并且是怎样胆战心惊地度过了那个不眠之夜。反正在早晨吃饭的时候，锅里不再是清汤寡水的玉米面糊糊，而是煮了一锅黑乎乎的泛着冻青味儿的土豆。

我们边大口吞咽着还不算难吃的冻土豆，边好奇地问母亲，这是从哪儿弄来的。

母亲拉着脸，恶声恶气地回道，只许吃，不准问，更不准说。谁要是说了出去，我非扒你的皮抽你的筋不可。

父亲连冻土豆也没有吃，只是神魂不定地蹲在屋角吸烟，满脸的惊惶之色。

上学的路上，波儿照例把藏在书包里的玉米面饼子偷偷塞给我。我的肚子里已经填满了冻土豆，就对波儿说，我吃饱了，以后不用再给我偷饼子啦。波儿惊讶地问，你家有粮食了。我点头。波儿说，公社的救济粮要到后天才能运来，你家从哪儿弄到的粮食。我不说，因为母亲在上学前反复交代过，不准说出去。波儿生气了，把饼子狠狠地扔到路边的水沟里，转身跑了，一整天都不理我。

我也觉得对不起波儿，但又顾虑母亲的警告，整整憋闷了一天。直到傍晚，我实在憋不住了，就在大街上拦住波儿，将冻土豆的事说给他听。

波儿突然冒出一句，这不是偷集体的东西吗。我也愣住了。是的，父母亲的确是做了违法的事，而且很严重。波儿慌乱地四下看看有没有人在偷听，接着便溜掉了。

回到家里，在吃着用玉米面掺和冻土豆做的饼子时，我自作聪明地悄声对母亲说，你和爹做了违法的事了。母亲瞪大了眼睛，追问道，谁说的。我说，是波儿。在知道了我把冻土豆的事告诉了波儿后，父亲一脚把我踹下了炕，而母亲竟吓得连打我的力气也没有了。

这个时候，我才后怕起来。的确，波儿知道了这件事，他的父亲又是大队支书，没准儿会把这事泄漏出去，而他父亲巴不得有整治我父母亲的机会。真要是这样的话，我的父母亲就完蛋了，我家也会跟着一块完蛋。

我急忙跑出去，想找到波儿，嘱咐他千万不要说出去。可是，波儿一直待在家里，就是不出门。这一夜，我是在眼巴巴盼着天亮的焦虑中度过的。我的父母亲竟是一夜无眠。

第二天一大早，在父母亲的责骂和敦促下，我做的第一件事，就是找到波儿，千嘱咐万叮咛地求他别说出去。波儿也诅天咒地地发誓说，绝不说出去。我心里有了稍许轻松。

傍晚吃饭的时候，喇叭里忽然通知说，要开社员大会。

父母亲刚听到这个消息时，紧张得手都抖起来，一起拿眼神往我身上瞄。我知道大事不好，脚底抹油溜出家门，就去找波儿，问问他是不是不守承诺，把我父母出卖了。

波儿也在大街上四处寻我。见面就说，也不知是谁告的状，说生产队地里的土豆被偷了，生产队今晚开会要查呐，你家千万别承认。我说，一定是你告的状，你是个叛徒。波儿说，不是我，我谁也没说。看我不相信，他竟急得哭出声来。我也哭着说，要是你告的，我跟你没完。

在慌慌张张地奔回家，将波儿的话传给父母时，父亲脸色苍白。母亲急忙把剩余的土豆一股脑儿地扣进了猪食槽里，看着那头长得如刺猬般的猪吃了个一干二净。

那晚的会议，果然是追查谁偷窃了集体的土豆，并让各小队组织人员相互检举揭发。但闹腾了一个晚上，也没有弄出什么结果。我的家人真正相信了波儿，他没有食言。以后的一两个月里，生产队一直在追查此事，最终不了了之。

从那以后，父母亲似乎不再反对我与波儿交往，但也没有允许过让波儿到家里来玩。

对我而言，这已是意外的惊喜了。

四

波儿是在 1978 年冬天的一个夜里突然死去的。

在此之前，没有任何征兆。甚至在死的头一天，我们还满山遍野地用爬犁拉柴火，并且约好第二天去冰封的南大河里滑冰。但是，这个约定已经永远不能兑现了。

那天夜里，突然就下了厚厚一层雪。

早晨刚刚起来，正穿衣服的时候，父亲带着一身寒气进到屋里。他惊恐地说，波儿没了。母亲就骂父亲大清早的胡说八道，我也说不可能。父亲不再吱声，默默地坐在炕沿上吸烟。

我兔子般跑到大街上，直奔波儿家。他家的门口聚集了忙里忙外的人，并有撕心裂肺的哭声从屋里传来。我知道，父亲没有胡说，波儿的的确确是去了。

关于波儿的死因，众说纷纭，莫衷一是。有说是因突长白喉死的，有说是突发脑溢血死的，还有的说是突遭厉鬼横死的。大队赤脚医生忙活了一上午，最终也没能讲出个所以然来。

我没能见上波儿的最后一面。因为我想趁着人慌马乱的时候进去看看波儿的样子，却瞥见波儿的姐姐正拿眼在剜我。我只得放弃这一企图，一整天围着他家院子前后乱转，从未敢跨进院子半步，直到第二天波儿入土为安。

又因为他是少亡，不能直接进入村北的墓地。怕他人小心大，死后会搅得村人不得安宁，便把他掩埋在离村子十多里远的一处荒坡下。我曾去过两次，孤零零的一座小坟，四周长满了荒草，风声与虫鸣出没于前后，令人不敢驻足久停。

这么多年过去了，细想起来，波儿的音容笑貌依旧那样清晰，且亲切如初。都说，人的童年美好若朝阳，可以光照一生。看来，我没有这样的福气。我的童年毕竟掩埋了一段难以割舍的情缘，一段永远无法弥补的缺憾。

逝去的，早已随风散去。只残存些零碎的记忆，偶尔在心空里飘来荡去。而我们还活着，并有漫长的旅途等待着自己一步一个脚印地去丈量。我们肩负了太多责任，疲惫已使我们苦不堪言，内心又承载了更多负重。我们有太多的事情要做，却又不能轻装上阵。

或许，这就叫做磨砺。是生活的磨砺，让我们细细地体验人生，并把那些还没来得及感受生活和体验人生的人的繁重工作，由我们活着的人一并承担。

此文动笔之初，正逢炎炎夏日，却直到百草凋零的暮秋才收笔。中间的两个多月里，我的文思一片空白，浮躁的心绪如十几岁的孩子。

也许，我正在进行着最艰难的磨砺之旅。坚持着写出来，算是为保证走完这段旅程所进行的必要减负。我们依然在走着，没有丝毫的犹豫和停留。

那是一首散文诗，名为《给亡友》，是这样写的：

六个春秋的枯荣，你曾在天边掀起一片鲜红，又陨落于飞溅着泪水的大海，终于到了归宿的龙宫。

是你的名字在推澜么？波儿，海的天子。

我本应清静的沙岸，起伏着潮汐。轰然而来，带着窒息的苦咸和泡沫；悄然而去，留下了贝壳的五彩和海水的悲鸣。

你匆匆逝去，为何不扯断背后思绪？让这细细的丝线，一头扯着心的悸动，一头拴着一个孤魂。其间，聚满了昨日遗梦。像未愈的伤口，流溢着浓浓的苦水和甜蜜。

你不该来，只带着十四片娇嫩叶片，最终又埋藏我心底。

于是，一粒种子开始悄悄孕育。

开花了，诗句化成的灰烬；结果了，清烟缭绕着的哀思。

又是一年月圆时

客厅里电话催命似的响起来的时候，我正半睡半醒地赖在床上，打熬着星期天里秋日的时光。

妻子和孩子都不在家，我不去接，那电话就吵得你不得安生。急忙提着裤子光着脚丫连蹦带跳地奔过去一接，竟是母亲打来的。说，八月十五快到了，别惦记给家里买东西，家里什么也不缺，有空儿就回来看看，单位要是忙就算了。

这才想起，在上下班的路上，似乎看见过小摊上已悄悄冒出了一些月饼。还不时地有大小车辆后腚上驮着一些花花绿绿的礼盒，匆匆淹没在车水马龙的大街上。没想到，中秋节的脚步已经踢到人们的屁股上了。

放下电话，怔怔地出了半天神儿，心绪就怅怅的，无心继续去做刚才的美梦了。

又是一年月圆时。日子飞快地从指尖上偷偷溜走，生命的年轮又陡然增加了一圈。面对镜子的时候，心里就虚得很，怕见眼角上日渐堆垒起的褶皱，怕见越来越稀的头发上悄悄爬上的白发丝儿。

就是在这不经意间，许多的中秋往事早已尘封于岁月身后，偷偷地褪色霉烂，快要消失殆尽了。母亲的一个电话，又把这些陈年旧事翻捡出来，晾晒在今日爽爽的秋日阳光下。

小的时候，一年中最盼的节日，也就是两个：中秋节和春节。

春节可以满足放鞭炮穿新衣的心愿，再能有几天惬意的放纵发疯的休假。中秋节也就是一门儿心思地想着吃月饼，吃完后，得立马投入到繁重的三秋大忙中去。所以，儿时对中秋节的期盼，远不如对春节来得那么强烈。

随着年龄的增长，对节日早已没有了太多期盼，但节日还得照常过。过节的时候，心绪就完全掉了个个儿。春节的心情忙乱又欣然，中秋节的心情凝重又悠远。

记忆里过中秋节，印象最深的有两次：一次是儿时在家乡，一次是少年时在离家千里之外的一个小镇上。

儿时的那次，大约是在我七八岁的时候。

东北的农村一踏进仲秋这道门槛，各种谷物、稻米、黄豆就精神饱满地立在北方清凉的秋风中，迎候着农人快点把自己收回暖暖的粮仓里。大人们就不分白天黑夜喜滋滋地收割着一年的辛勤和汗水，劳累的脸上始终堆满了欣喜和欢畅。苦就苦了我们这些小孩子，不得不整日跟在大人的屁股后面，装模作样地应付这没完没了的活计。

这个时候，向大人提出一些平时就是打死也不敢提的要求，大人一般都不再嘿三唬四地叱责一顿。最大的要求，就是中秋节的月饼能不能多分几块之类的事情。大人就慷慨许诺说，好好干活，谁干得好，谁就分得多。于是，如何在大人跟前好好表现自己，就成了我们兄弟之间钩心斗角的常事。

终于熬到了中秋节的傍晚。

欢天喜地地大口咀嚼着母亲炖制的鸡肉，就盼着父亲快点儿把月饼分给我们。父亲从炉洞里掏出一包油纸打开，露出几块我和哥朝思暮想翻箱倒柜了大半个星期也难以看上一眼的油光光圆溜溜的月饼。不多不少，一人两块。虽然没有兑现什么论功行赏的承诺，但毕竟有了月饼吃，也就顾不得许多了。于是，鸡肉的味道儿又被月饼的香气冲淡。

三下五除二，两块月饼下了肚。吧唧吧唧嘴巴，竟没能品出月饼的滋味儿来。哥比我老道，在我狂吞月饼无暇顾及的当口儿，把自己的半块月饼偷偷藏了起来。待家人吃完饭而我又想品味一下月饼滋味儿的时候，他则在我面前一小口一小口地细嚼慢咽着。

这时，我才发现，这月饼是白糖馅儿的，里面还夹杂着红的绿的小丝丝。真是的，弄得馋虫都爬出我的嗓子眼儿了。

一心想品品那小丝丝的味道儿，可自己的已经装到鼓鼓的肚子里去了。只能厚着脸皮，央求哥赏点尝尝。结果当然是预料之中的事，不仅没尝到小丝丝，差点尝到了哥的一巴掌。

马上理直气壮地到父母跟前耍赖皮，要求哥分一块给我。小的优势总是在这个时候显现出来，父亲有些蛮横地让哥掰一块给我。哥不得不满怀委屈地掰下一块搡到我手里，随口恶狠狠地递出一句话，早晚得让你给我吐出来。

其实没用多久，也就是十多分钟的时间。

哥阴险地说，要带我出去玩。我正心满意足地沉浸在胜利的喜悦中，哪会想到哥刚才的警告。况且，哥又是头一次主动约我，平日里只有我借父母的威风强迫他带我出去的。我就大意地放松了警惕，欢天喜地地跟在哥的身后溜出了村子。

一到村外，哥便迫不及待地原形毕露了。伸手一巴掌，紧跟着就是一顿拳脚，招招围着屁股转，打一下还说一句：快吐出来！

我拼着死命要往家里跑，哪儿跑得了，只有顺着哥的意图大声地号哭。哭到最后，真的呕吐起来，不光是他的那块小小的月饼，连一整天的饭食都出来了。吐完后，就有气无力地趴在地上，浑身虚脱得说不出是什么滋味儿。

哥吓坏了，知道自己把事情弄大了。他就老驴拉磨似的胆战心惊地围着我瞎转悠，不停地向我赔不是，并许诺今后一定无条件纯义务地带我出去玩，直到我同意为止。他又忙不迭地捧起路边水沟里的脏水，卖劲儿地清洗我的脸，洗掉泪痕，再千叮咛万嘱咐地把我护送回家。

回到家里，我的狼狈样子，当然引起了父母的心疼和追问。哥当时近乎绝望的眼神，到现在还清晰地印在我的脑海里。他是怕我当场反悔，把他再次出卖了。他多次吃过这样的亏。

我几经权衡眼前和长远的利弊，终于撒谎说，是自己跌了一跤，摔吐了。借此，开脱了父母对哥的一顿打骂。哥又讨好地把自己秘密藏起来的半块月饼大方地找出来，硬塞进我手里，并获得了父母亲的一致好评。

从此，哥也信守着自己的承诺，见天儿带着我在外边疯野。由此，让我从小明白了一个道理，诚守信誉，能给自己带来更多的好处和实惠。

中秋节是离不开月亮的，但那晚有没有月亮，我已记不起来了。或许，中秋赏月，本就不是我们小孩子的事。

第二次难忘的中秋节，是在五六年后的 1981 年。

那个时候，哥早已远离家乡，到了千里之外的一个小镇上上班。我是因学业的关系，在这年的初秋，来到哥的身边上学。没过多久，就赶上了远离家乡的头一个中秋节。我们回不了家，只能在空荡荡的厂子里，窝在哥的单身宿舍过节。

那时，我正经受着孤身在外思家想亲人的痛苦煎熬。再加上周围家家户户热热闹闹过节气氛的刺激，那种难以言说的心酸和苦楚，把我搞得整日恍恍惚惚的。有时急了，就朝哥赌气发脾气。哥可能早已度过了这样的焦躁期，凡事都对我百依百顺，天天陪着一万分的小心，看我的眼色行事。

傍晚的时候，哥从外边大包小包地拎回饭菜。有烧鸡、猪头肉、水果罐头等，外带一瓶白酒，满满当当地摆了一桌。大概哥辛辛苦苦一个月的工资，都摆在这儿了。哥又变戏法似的从身上摸出一小瓶红葡萄酒，说是单给我买的。我听说过这种酒，从没有运气品尝过，就满怀欣喜地等待品酒的滋味儿，想家的滋味儿也就淡了许多。

我知道哥的酒量，是八两不醉一斤不倒的主儿。但是，那晚哥喝醉了，醉得一塌糊涂。满桌子的菜还没动多少，就被他吐了个淋漓尽致。他只喝了不到半斤酒，却连爬上床的能耐都没有了。他还一个劲儿地哭，像个挺委屈的小孩子。没办法，我使尽了吃奶的劲儿，才把他连拖带拽地弄上了床，同时也理解了“死沉”这个俗词的准确性和形象性。

打扫完狼藉不堪的宿舍，我让满屋的污浊气顶出了屋子。实在没有地方去，就游荡着来到镇外的河坝上。

这里是镇子的农贸集市。

空旷的场地上生有许多高大的杨树，茂密的枝叶在凉爽的秋风里轻轻抖动着，发出轻微的响声。月亮高高悬挂在晴朗的夜空，洁白如碧水中的玉佩，晶莹透亮，并“咝咝”地向四周散发着微微的毫光，形成一个白花花的光团。就有大片大片的银光铺满了远处青黛色的群山，铺满了近处灰白色的河滩。除了身后镇子里偶尔传来一两声狗叫外，周围一片宁静，宁静中又泛出些许的暖意来，像婴儿伏在母亲怀里一样安逸陶然。

那个时候，我好像真的触摸到了月的光滑，感受到了月亮湛凉的体温，也呼吸到了月光缓缓流动的气息。

月光穿过树冠，被茂密的枝叶搅成细碎的银片，悄无声息地坠落到地上，溅不起一丝尘埃。白天略显肮脏的凸凹地面，现在变得洁净又平坦。走在上面，连磕磕绊绊的步履也仿佛变得轻柔飘逸起来。

这时，心里就装满了揪心般的牵挂。想象着家乡的月亮，也一定是这般皎洁明亮。月光下，父母亲坐在小院子里，摆上一小桌饭菜，斟上一壶谷酒，边数说着今年的收成，边呵斥着围在身边不老实的鸡狗鹅羊。那情，那景，就这么在眼前一直晃来荡去。

不知不觉间，感觉眼角凉凉的，眼泪早就一滴两滴不争气地流下来。心里似有莫大的委屈，堵得胸口闷闷的，喘气都不大顺畅。

走累了，一屁股坐到路边一个土堆上，再顺势仰躺在上面，满脑子胡思乱想，不知什么时候竟睡着了。被霜露凉风打醒时，睁眼一看，已是东方泛白的时辰。再仔细一看，自己竟然仰躺在一家坟堆上。激灵灵地打个冷战，拔腿狂奔。

来到工厂的大铁门前，哪管高矮，爬上跳下，没命地往哥的宿舍跑。终于进到宿舍，却惊讶地发现哥不见了。寻遍了整个工厂院子，就是不见哥的踪影。

过了一顿饭的工夫，哥才跌跌撞撞地奔回来，赤着一只脚，满脸的疲惫之色。见到我，他死死地一把抓住我的袖子，带着哭腔儿喊道：你上哪儿了，你知不知道我找了你一个晚上。

我的泪水又一次顺畅地在脸颊上流淌着。浸入嘴里，苦涩中带着一丝儿酸甜。

以后的日子，我永远记住了月亮的颜色和味道儿。是一种难以言说的感受，陪伴着我度过了若干岁月。一直留存到现在，并将永久地留存下去。

就这么胡思乱想地度过了一天。

到了晚上的时候，有朋友来访，随手拎来一提溜月饼。非常精美的盒子，上面醒目地印着祝福的烫金字迹。

朋友走后，女儿迫不及待地叫嚷着打开来吃。

一个精美的盒子，也就装着四块小小的月饼。捏一小块放进嘴里咀嚼一会儿，竟没有品出什么滋味儿来。女儿跟我的感觉一样，咽下一口后，就再也没有吃第二口。也许，是她吃腻了现今儿所有称得上流行食品的缘故吧。

正感叹间，电话又响了，仍然是那种不依不饶的声音。一接，是哥打来的，说，今年准备回老家过节，问我是不是也一起回家。我踌躇半天回道，尽量跟单位争取一次回家的机会吧。

放下电话，心里泛出一股莫名的感伤来。耳边又一次响起早晨母亲在电话里的声音：家里什么也不缺，有空儿就回来看看，单位要是忙，就算了。

我终于下定决心，不管单位多忙，还是应该回家过中秋节的。

回家过年

一

已是到了岁末。掐指算算，离春节的距离越来越近，刚刚抬起的脚尖已经搭上了过年的门槛。

偶尔到网络上溜达了一圈。所到之处，碰到见到的尽是一个个匆匆的身影，在忙忙活活地搞着各种各样的盘点，细数着今年的收获和来年的打算。心中就有些怅怅的，不知如何盘点自己这些年来都有哪些收成。

日子如流水般在脚下哗哗地逝去。蓦然回首，四十多个春节像一串歪歪斜斜的脚印，丈量着自己从孩童时代到中年时光的平平凡凡却又磕磕绊绊的人生历程。想象着孩童时的幼稚和无知，少年时的天真和梦幻，青年时的狂妄和豪情，中年时的辛酸和疲惫，就越怕对早离已远去的人生经历进行所谓的盘点。

心里明明知道，除了艰辛的跋涉，也就剩了跋涉中的艰辛。除此以外，自己便一无所有了。就像一个沿街讨要的乞丐，行走了漫长路程，洒落了一路汗水和脚印，到头来两手空空，只剩一具臭皮囊包裹着一颗不安分的心魂。

于是，酸酸地一笑，不再去看那些或黯然或欣然的盘点，静下心来仔细琢磨自己下一步的路程。

也就在这时，户外的店铺里传来阵阵音乐轰鸣声。是那位蹲坐在海峡彼岸满面愁容，被小孩子们疯狂追捧过的“忧郁王子”王杰的歌声。歌曲的名字叫《回家》，好像是一首过时了的老歌。

早已不屑于大街小巷里飘过来滚过去的曾经为之狂热为之痴迷过的所谓流行歌曲，但这伤感的曲调竟硬生生地钻进我近乎麻木了的大脑。一种沉沉的思绪在心中漫漶开来，悄悄充盈着空虚的躯壳。

直到这时，才恍然明白，三十多个春秋的踯躅与跋涉，唯一值得盘点的收成，仅是一种快乐或酸楚的心绪。而这心绪始终与家缠绕在一起，如同纤绳一般从瘦削不堪的肩上勒过，紧紧拴着远处清贫却又温馨的家园，特别是在过年的时候。

无意间，我也寻到了盘点的资本，尽管这资本说来太有些可笑和勉强。但是，能与别人一样忙忙活活地盘点一番，也不枉过了这三十多个难忘的春节，连同那些个理不清扯不断的心绪。

二

这盘点，要从童年时的过年开始。虽然距今遥远些，但对我来说很重要。如果说，春节是人生中的一个个驿站，那儿就是我出发的起点。

那时，对春节的心情就一个字：盼。

盼的理由有两个：一个是盼自己快点长大，也早一点儿像哥一样到生产队里干活挣工分，整日大人似的成为家里极受关注的重要角色。劳累了的时候，还可以对家里人发发脾气，摔摔打打地要要威风。父母亲会一改过去的威严，换成一脸笑眯眯的模样，百依百顺地关心呵护着，就像对待一位有着怎样显赫功绩的功臣似的。一转脸看到我，便横眉冷对起来，不是嫌考试不及格，就是指责不帮衬着家里多做些活计，偷懒磨滑。这种天壤之别的态度和待遇，任谁也不会心安理得地接受的。于是，就急迫地盼望过年，并把过年比成过门槛，过一个年就长大一岁长高一截，离与哥争取同等待遇的日子就近一些。另一个理由纯粹是小孩子的心计，盼着早日穿上新衣吃上肉面燃响鞭炮之类羞于说出口的幸福时刻。

这盼望，从每年春节前一百天时就准时开始。采取倒计时的办法，逐日掐算念叨，恨不得把墙上的日历本在一夜之间统统撕完。

终于熬过腊月二十，年味儿渐渐浓起来。先是在农户小院里聚积，接着就弥漫了整个村庄。

这时，学校早已放了寒假。我们小孩子长长地舒一口气，拉着爬犁漫山遍野地狂野一回，再轻松愉快地拽一捆柴火，奔进温暖的家门，兴高采烈地为过年期间的休假提前做着充足准备。大人们更是忙乱。腊月二十二前做好过年期间吃的煎饼，二十四恭送灶王爷上天为我家言好事，二十五开始蒸馒头，二十六宰猪杀鸡，二十八做豆腐，二十九打扫屋墙院落。

到了腊月三十，过年的筹备工作全部就绪。每个人都沉浸在过大年的喜庆气氛里，静候着除夕夜里把自己的脚步从旧年岁月迈进新一年充满希望的时光里。

这时，我们便煞费苦心地忙着为自己制作过年的重要道具——灯笼。

那时的我们，没有现今儿小孩子这么幸福。随便摸出一张票子，就可以站在大街边的小摊儿上，从挂满五颜六色奇形怪状的灯笼中，随意挑选一个布满现代灯光音响等机关玩意的好看的灯笼。我们得亲自动手制作，不然的话，那就只有干瞪眼傻瞧的份儿了。

当时，粗制滥造的灯笼大体有两种：一种是用高粱秸折成六个或八个方框，对角连接起来，就成了四角或六角灯笼的骨架，再糊上各种彩纸，一个花花绿绿的令人满意的灯笼就算大功告成了。有手巧的，还剪一些花鸟鱼虫等剪纸贴在上面，就越发显得喜庆漂亮。另一种，是在家里家外四处抠墙角挖窟窿地寻出个瓶子，偷一缕母亲赶制新衣用的棉线，把线缠到瓶肚的两端，再悄悄倒上点儿照明用的煤油，把棉线浸湿点燃，待一定火候后急忙放进冷水中冷热相激，那瓶嘴和瓶底便会掉下来，一个灯罩就这样被捣鼓出来。点灯笼用的光源，无外乎蜡烛或煤油灯。蜡烛很少用，太昂贵啦，就用墨水瓶自制一个小小的煤油灯充数。

我没耐心去做那好看的纸糊的灯笼，就见天儿盼着父亲喝酒。快把酒喝完了，好用那酒瓶子做灯笼。

终是没有喝完，还有一小拇指肚厚的白酒躺在酒瓶里。不是那酒赖在瓶子里不肯往父亲的肚里跑，而是父亲舍不得一气儿喝完。没有办法，只得偷偷地将那点儿酒倒掉，再煞有介事地晃着空酒瓶子对父亲说，这酒让咱家那只该死的猫今晚逮耗子时弄洒啦。在父亲半信半疑的目光审视下，急忙火燎地赶制自己的灯笼。

忙乱了大半天，在灯笼能亮起来的时候，已是到了点灯时分。

母亲已经炒好了两个小菜，并把煮好的热气腾腾的饺子端上了饭桌。在父亲心满意足的“吱吱”的喝酒声中，我们则狼吞虎咽地塞满一肚子鼓鼓的饺子，急急换上母亲新做的衣服，就眼巴巴地盼着父亲快点儿把从供销社买来的鞭炮、自家产的瓜子及远在关内姥姥家邮寄来的花生分给我们。

终于等到分配的时候了。先得耐着性子听父亲一顿例行的过年训话，无非是如何不要在外边胡闹，如何在除夕夜前后要多说吉利话之类的注意事项。训话完毕，零食的分配正式开始，也就此拉开了我们兄弟间明明暗暗的争夺战。无外乎在有限的东西中，让自己占取尽可能多的份额罢了。占便宜的大多是我，这当然全赖父母护小的缘故。

顾不得高兴或不高兴，拍拍鼓囊囊的口袋，拎起灯笼就朝大街上跑。此时，大街上早已远远近近地亮起了如萤火虫般闪闪烁烁的灯笼来。

四处找拢了同伙。先是仔细查看并找出别人手中灯笼的缺陷和不足，再不知羞臊地夸耀一番自己灯笼的优点和长处，就此又引起相互间的不满和微词。随着狗咬狗般无聊的争执笑骂，每个人都觉得自己煞费苦心制作出的灯笼确实存在这样或那样的缺点。

失望之余，就把贼眼往别人手里溜，特别是那些比我们小的孩子。

遇到精致好看的，便一窝蜂地聚拢过去。这个说你的灯笼太小气，那个说用俩灯笼换一个，你占的便宜大了天边去啦，抢夺之意暴露无遗。小孩子既怕又不舍，情急之间就顿开喉咙杀猪般地大喊大叫，好像我们要杀了他似的。

怕被他的哥哥姐姐们听见引来杀身之祸，却又不甘心这么好的灯笼在我们身前身后招招摇摇地炫耀。就从兜儿里摸出一个小红鞭炮说，借火点个鞭炮行不。不待回答，就把鞭炮伸进灯笼，点燃后，佯装脱手，大呼不好。随之，一声响亮，那好看的灯笼便千疮百孔地跌落在雪地上，又升起一片幸灾乐祸的哄笑声和那孩子绝望的哭号声。

如是故技重演，头半夜下来，可以消灭掉十几个令我们垂涎欲滴的灯笼。

这快乐的时光仅仅维持到上半夜。到了下半夜，灾难和惶恐便影子般紧跟在屁股后，撵得我们个个如兔子般东藏西躲屁滚尿流。那就是，那十几个孩子加起来有几十人之多的哥哥姐姐们穷凶极恶地对我们联合发起了一场围歼剿灭战。凡是被逮住的，除了挨一顿揍外，还得被逼迫充当叛徒的角色，领着他们四处搜寻我们这些漏网之鱼。

于是，如何寻到隐秘的藏身之地，成了我们下半夜里的第一要务。墙旮旯、谷秸垛、仓房，甚至猪圈和厕所里，都不停地闪动着我们慌乱的身影。手中瓶子做的灯笼也仅剩了一根挑灯笼用的小木棍，灯罩早已不知碰碎在了哪里。

坚持熬到快天亮的时候，剿灭战暂时告一段落。每个人必须赶回家去，帮大人们发纸放鞭炮，再吃一肚子新年饺子。

装着若无其事的样子溜回家，想遵照父亲训话的要求，说句吉利话。话还没来得及说出口，屁股上先挨了父亲重重的一脚，就知道晚上闯的祸已东窗事发了。过年最忌讳打骂等事，父亲就不便再打，只是拉着长脸忙活手中的活计。马上乖巧地上前小心伺候着，借此开脱了一顿惩罚。

即便这样，也并不是从此可以高枕无忧万事大吉了。在接下来的日子里，还必须万分小心地提防着那些如狼似虎的哥哥姐姐们继续围歼。直到正月十五以后，我们方可结束这段心神不安的日子。每次过年，总是反复上演着这类恶作剧，不厌其烦，乐此不疲。

现在想来，童年时的过年，是在鞭炮声中，挑着灯笼照出来的年。

三

少年时，对过年有一种莫名的惶惑感。说白了，就一个字：愁。

不知应到哪里过年，怎么过这个年。之所以有这样的心情，是因为我已经远离生养我的家乡，一个人飘荡在祖籍老家的土地上。说一个人，也不是很准确。我所有的本门亲戚都在山东老家，只是自家的父母兄弟们都远在千里之外，不在身边罢了。

那时候，我对老家的人或事还缺乏认同感，觉得自己是在异地他乡漂泊流浪，从没有感受到奶奶叔叔们对自己有过怎样的关切和温暖，陌生得很。他们对我的生活和学习也并不太在意，愿意来就来，不来也想不起去看望关怀一下，同样陌生得很。

平时，都是姥姥对我心疼得很，就不自觉地把姥姥一家当作了自家。星期天或放假，就理所当然地跑到姥姥家过，没觉得有什么不合适。如果长时间没有回去，姥姥必定要找人到十几里外的镇中学送信，催促着回去过些日子。

随着过年脚步的临近，种种不妙的征兆渐渐显露出来。先是舅舅家的兄弟姐妹们纷纷往自家里跑，就有点儿眼热心跳的味儿。再接下来，就有邻人挤眉弄眼怪腔怪调地问我今年在哪儿过年，心里就越发空落落的。

跑去问姥姥，我得去哪儿过年。姥姥心疼地望着我说，按老家的习俗，你得到奶奶家过呢，要是不愿去，就在这儿过年好啦，任谁愿意说啥就让他说去。

这才知道，我过年的地方不属于姥姥家，而是属于自己一直没有好感的奶奶家。

不顾姥姥的挽留，毅然决然地背起书包，孤独一人踏上凹凸不平的土路，向着二十里外的奶奶家进发。

沿途经过了多少个村庄，我已记不清了。但一路上看到无数匆忙而又满脸欣喜的人们，以及四处乱跑乱窜乱甩鞭炮的孩子，我知道，无数的农家小院早已关不住人们迎接新年的喜悦气氛了。一任这喜气漫出院墙，漫过街道，在腊月三十这个特殊日子里悄悄凝聚膨胀着，并毫不留情地将我驱赶出一个个本不属于我过年的地方。

这么想着，心里就一阵阵揪紧。不敢再瞎寻思什么，只是加紧脚步向前疾行，像条丧家犬一般，一路奔逃。

跨进奶奶家门的时候，已接近傍晚。家家户户忙着往门上贴春联对子，饭菜的香气飘满了大街小巷。奶奶瞥见我说，来啦。我说，是。之后，再也没有什么话可说。就拘谨地坐到板凳上，歇歇软软的腿脚。吃饭时，没有了在姥姥家时肆无忌惮的吃相儿，而是一小口一小口很斯文地吃，同时还眼观六路耳听八方地帮婶婶端菜上饭。

吃完饭，就有本家的同伴兄弟前来玩耍。奶奶就让他们带我出去玩，说去认认自家人，别显得这么生分。

赶忙顺从奶奶的意思，拖着疲惫不堪的步子，乖乖地跟着当时还较为陌生的本家兄弟们跑出院子。于是，从一个陌生的家门奔到另一个陌生的家门，在尚还陌生的本家叔伯兄弟间往返穿梭，磕头磕得晕头转向，直到天明。

吃过早饭，前来拜年的人络绎不绝。奶奶对躲在里屋歇脚的我说，还不出去给婶子大娘们拜个年，躲在屋里咋样。

心里就觉得委屈，有种要哭的欲望。就想，反正这年也算过了，还傻呵呵地留在这里干啥儿。偷空儿把书包藏在腋下，悄悄溜出村子，轻松地踏上返回姥姥家的土路。

那是个干冷的冬季。寒风不时地从青灰色空中飘下，径直钻进衣袖裤脚里，路两边的树木不停地瑟瑟发抖。四郊野外没有一个人影，只有远处村庄里传出的一两声鞭炮声，似乎在提示自己，周围还有着那么多快乐幸福的人们。

这个时候，就分外向往此时故乡的大年初一，以及大年初一里正在和将要发生的一些有趣或无聊的事情。孤独感顿时袭来，四周大地也如内心一样变得空旷起来，空旷如无物的晴空。心也悬在了半空里，无依无靠无着无落。这时的唯一期盼，就是尽快见到人，见到生气勃勃的人的容颜。

终于进到一个村子里。街上来往的人群给了我一种踏实稳定的感觉，知道自己并不像刚才想象得那么孤独。还没等舒口气儿，就听到旁边几个农妇在叽叽喳喳地盘算着明天走亲回娘家的事体，并大声呵斥着身边不愿意去姥姥家的孩子。猛然想起老家的习俗，初一在自家过年，初二才拖家带口地到外婆家走亲。

沮丧地止住脚步，踯躅了半天，再转回身去，重新踏上刚刚走过的土路。这时，眼泪早已不争气地滚出了眼眶，顺畅地滑过瘦削的脸颊，纷纷滴落在粘满尘土的衣襟上。

这么多年过去了，我还是不愿回想那一刻的心境。

少年时的过年，应是在异地寒风中，怀揣忐忑黯然的心绪，用脚走出来的年。

四

进入中年时光，事业、生活、家庭等等烦琐事情，都在眼睁睁地等着自己去处理。整日被弄得疲惫不堪，便对节日没有太大的感觉，甚至还有种厌烦甚或逃避的心理。过年的时候，感觉更是比以往强烈得多，就一个字：累。

但是，新年是必须过的，谁也无法躲逃。于是，做好做歹地处理完单位里的公事，就开始盘算着什么时候走亲访友，带哪些礼品物件。更主要的是，给岳父家准备什么样的东西，当然是越多越贵重越好。这样，也好为准备自己父母的礼物提前创造良好的条件，打下坚实的基础。

待一切皆大欢喜地摆布好后，就到了大年三十。赶快携妻带女，马不停蹄地奔向早已回到老家居住且离自己工作地几十里远的父母家。

刚踏进家门，父母亲就迎了出来，一边责备说不该铺张浪费地带这么多东西，一边高高兴兴地领进屋里。屋内，兄嫂已经在满头大汗地张罗着过年的准备工作。

打过招呼，便挽起衣袖一齐动手忙活起来。此时，父母亲就安稳地坐在一边，津津有味地看着我们卖力地忙活，并仔细地听我们天南海北地狂吹海侃，惬意满足的神情早挂上了已经布满皱纹堆垒的沧桑面颊。就这么默默无语地感受着幸福，品咂着生活带来的无穷滋味儿。

待喝完辞旧酒，吃完辞旧饭，说完各自事业中令人欢欣鼓舞的实话或编造出来的假话，就急急地跑到屋外空地上小解，还沉浸在刚才编造出的连自己都不敢相信的天花乱坠般遐想之中。这时，哥也相跟着走过来，对我说，父亲在我们兄弟相互胡吹胡擂的间隙，竟然一个人跑到厨房里兴奋地偷偷抹眼泪。

我愕然，并幡然悔悟。是的，父母亲真的老了，早已没有了当年拎着烧火棍追着我们兄弟围绕房屋转三圈的能力了。而且，儿女们每取得一点儿事业上的进步，生活上的富裕，都成了老人惬意和满足的资本。我们也在无意间，帮助老人美美地完成了这一心愿。

接下来的日子里，我们的目的非常明确。总是把话题往好的方面引导，包括事业上的开拓、生活上的创新、孩子们的学习进步及前景的无限美好。惹得老人见谁都要炫耀一番，刀削般的皱纹里堆满了无尽的欢快和喜悦。

我们当然知道，自己说出的话中，有一半是夸大其词，另一半是有意瞒哄欺骗。但都在认真努力地去做，心里没觉得有怎样的罪孽感。或许这样最好，一个祥和愉快的春节就不知不觉间度过了。

我想，中年时的过年，是在父母亲慈爱幸福的目光注视下，兄弟间漫无边际“侃”出来的年。

五

写下上面这些文字，是否算对我度过的近四十个过年经历的盘点，我不敢断然下结论。但是，那些远的近的过年场景，总是鲜活地飘荡在我的眼前，让我不能不正视并反思它们。

我应该感谢这些走马灯似的一个又一个的过年，让我从中学会了许多意想不到的东西。童年时的过年，教会了我如何寻找快乐；少年时的过年，教会了我如何走向成熟；中年时的过年，教会了我如何懂得去珍惜。

如果这些还算是对自己过年心绪盘点的话，那么，我显然是一个响当当的赢家。

山里人家

奔赴山里

朋友L君是东北人，关外生，关外长，又天生一副好奇探密的脾性。什么地方都想去，对什么都感兴趣。

他曾多次对我炫耀道，中国地儿里数得上的名山大川都溜达过，现正准备向国外进军呐。接着，大嘴一张，就轻轻松松地吐出一嘟噜一大串的地名水名来。东到“天尽头”，西到“吐鲁番”，南至海南岛，北至漠河边，就连毗邻的俄罗斯也留有他自诩为珍贵的足印。说的时候，脸不变色心不慌，且眉飞色舞唾星四溅。大有自己不算饱学之士，也够得上“饱景之士”的自得架势。听得你瞪眼缩脖，无话可接。

前些日子，他又发来邮件，大谈特谈起英国之行。说，大不列颠帝国硬生生地被自己踩扁在脚下，下 步准备先把小日本岛给踹进海底，再向北美进发，接着就是澳洲和南非，等等。好像这偌大的地球，就跟他家里的地球仪似的，想怎么摆弄就怎么摆弄，狂妄得连自己姓什么都忘了。

如果再这么任由他发展下去，实在难以与他继续交往。必须搜寻点儿是他一无所知，且能叫他目瞪口呆的硬通货，狠狠地给他一次致命重创，让他明白，什么是夜郎自大，什么叫“山外青山楼外楼”。但是，这想法虽好，却难运作，更不知该从何处下手才好。

我一年到头呆的地方，地处鲁东南，东临滔滔东海，西靠巍巍蒙山，南近苏北，北接胶东半岛。按说，这里应该是一方宝地，要景有景，要水有水。但细细琢磨起来，这些恐怕都难入他的法眼，甚或他的眼睛早已瞄到月球火星上去了。

一次，居住在老家山里经年难见一面的堂兄进城办事，顺便到我家闲坐。

临近中午，他便要起身回去。这怎么行。左说右拦地安稳住堂兄，就一头拱进厨房，手舞足蹈地忙活了半日，方东拼西凑地端上四碟小菜来。再从橱柜里翻出久已不动的兰陵陈酿，笨手笨脚地打开，酒香溢满了屋子。

随着酒精的浸润，头脑就发热，舌头也异常灵活起来。老家那些陈芝麻烂谷子的旧事，及山野村妇的艳情逸事，也便一股脑地被端上了饭桌，和着美酒与粗陋的饭菜一齐灌进了肚子里。

待晕头晕脑地把堂兄恭送出门，就迫不及待地倒头酣睡。睁眼看时，已是“月上柳梢头”时分。拥被静坐，中午听到的那些逸闻趣事还在脑子里瞎折腾乱转悠，挥也挥不散。

忽地灵光一闪，轻扣额头道，笨死，笨死，何不去山里老家一行。说脸皮薄点儿，是走亲串友拉近感情；说脸皮厚点儿，算是体验生活山区采风吧。

我想，凭L君的心性和度量，再怎么天上人间地狂奔，也不屑于跑到山旮旯里寻兴致的。

山脚亲戚

选定的日子是“五一”长假。

做好做歹地把单位里的事情处理完，已到了晚上九点多钟。再翻箱倒柜地收拾随身携带的衣物用品，待鼓鼓的旅行袋死猪般躺倒在地板上时，我也随之躺倒在床上，昏昏沉沉地进入了梦乡。醒来时，已是天光一片，阳光拥满了凌乱的房间。

匆匆赶到车站，挤上公交车，倒头又睡。迷糊中，额头被狠狠地嗑了一下。睁眼四顾，公交车已到达一个小站。还没看清是什么地方，车又急急地开动了。

猛然瞥见路边一片似曾相识的白汪汪的水，方明白去堂兄家的山路就在这汪水的对岸。站起身扯直了嗓子喊，停车，我到站了。司机埋怨道，早干啥啦？回一句，睡觉哪！便顾不得司机不耐烦的眼光和周围旅客幸灾乐祸的嬉笑声，忙忙地逃下车。

这白汪汪的水面，其实是一座水库。父亲曾自豪地讲，这水库大，其水容量在全省可排在前几位。说的时候，自豪中又透出几许悲凉。

我就暗笑父亲的恋土情结。经过近五十年的沧桑岁月与人生风雨的洗刷，这种情结不但没有冲淡一丁点儿，反而越加浓烈。甚至，与我说话不出几分钟，那话题就拐到了水库底，拐到老祖居住并繁衍生息了我们现今一大群人的老宅。

我家老祖就曾世世辈辈在这片平坦肥沃的土地上快快乐乐地生活着。直到20世纪50年代，上头一纸红头文件下来，说是要建一座大型水库，以确保下游几十万亩良田的收成，动员方圆十几里地几十个村子搬迁。于是，我家就背井离乡地搬到了几十公里外的地方，之后又背井离乡去了东北。堂兄一家故土难舍，就近搬到了附近的山里，看守着老村原有的方圆几里地的山场。

拎着重重的旅行袋来到水边，呆呆地望着浩渺如烟的水面和远处若隐若现的山峦发愁。不知如何渡过去，更记不得堂兄家的确切位置。就后悔此行太过鲁莽草率，心底升出打道回府的意思。

正犹豫着，身后传来一阵阵狗叫声。不远处一家农舍小院门前，站立着一只威风凛凛的狼狗，正横眉竖眼地死盯着我看，好像我手中的旅行袋就是从它家偷出来似的。

有人家，就一定会知道去山里的路径。抱着侥幸心理，生性怕狗的我硬着头皮拖着袋子朝这农家走去。离农舍还有三十米远的样子，我便寸步难行了。

那狼狗已经窜了上来，背毛竖起，龇牙咧嘴地挡在我面前。想起小时大人们常说，狼怕下蹲狗怕哈腰。意思是说，狼一看见人蹲下，就以为人要瞄准开枪；而狗一看见人弯腰，就以为要拾捡地上的石头来打它，从而都乖乖地溜掉。于是，壮着胆子把袋子重重扔到地上，近乎夸张地弯腰慌忙中抓起一块石子。抬眼一瞥，乖乖，那狗不但没有夹着尾巴溜走，反而又窜前几步，作势就要扑上来。想是这世道确实变了，人的那点儿精明伎俩早被狗儿们揣摩得一清二楚，人反而显得愚蠢透顶了。

老老实实地直起身子，将手中的石块轻轻丢掉，并把手掌摊开。好让狗儿明白，我本无恶意，只是友善地来访，心跳却直撞得胸口疼。狗儿却不识抬举，仍旧不依不饶地狂吠着。也尝试着悄悄后移软软的步子，狗儿竟寸步不让地跟上来。想溜也溜不掉，只能一动不敢动地与狗儿对峙着。真是出大汗了，脖颈上的冷汗直淌。又不敢大声喊叫，怕激起狗儿的野性。

正无助间，身后传来一声银铃般的轻喝声。那狗儿立时收敛了些狂妄相儿，尾巴也亲切地摇动起来，但那双狗眼仍旧死盯着我不放。

一个十二三岁穿着水绿色衣服的女孩子，与狗儿并立在一起。她用手轻轻拍打着狗儿的头，待狗儿安静下来，才怯怯地望向我，一副想问又不敢问的惹人怜爱模样。

长长地舒口气，擦一把冷汗，小心地问道，去水那边的山里怎么走？

孩子先是嫣然一笑，遥指远处道，走左边的土路，有十多里路。从水路过去最近，几里地就到了。

立时倒吸口气，就想立马转身搭车回城。

农家小院的木门“吱吱呀呀”地开了，一位老婆婆拄着拐棍依靠在门框上。她叫着女孩道，妮儿，和谁拉呱呢？女孩大声回道，奶，是一个问路的，要到山里去。老婆婆就热情地叫进屋里喝水，小女孩也上前拽衣襟。

就想，反正也去不了山里了，即使去了，也未必能找到堂兄家。而且，城里通到这儿的班车每天只有两趟，下一趟得下午才能来，不如先歇歇脚再说。就乐颠颠地随了女孩和老婆婆进了农院。那只可恨的狗儿竟然也改变了态度，屁颠屁颠地尾随着跟了进来。

是一座简朴却干净的农院。屋子是四间，砖瓦结构，院墙却是黄土夯就的。墙不高，也就两米左右，上面长满了针刺如麻翠绿欲滴的仙人掌。有艳黄色的花朵点缀其间，孤傲地炫耀着馋人的美丽。

一心想伸手摘朵花，又怕让刺扎了手，便摸出相机一顿狠拍。惹得小女孩忽而盯着手中模样古怪的相机惊奇不已，忽而对前蹲后仰的拍照姿势掩嘴嬉笑不止。

老婆婆已经将茶碗摆放到院中石榴树下的小桌子上，招呼喝茶水。

茶是大叶绿茶，壶是小窑场烧制的泥壶，碗是粗制的瓷碗，水却是纯正的清洌甘甜的山泉水。

坐在这样清净的农院里，有嫩绿的树冠太阳伞般罩在头上，有清凉的山风凉毛巾般轻拂着汗津津的身子，有四处觅食嬉闹的鸡狗鹅鸭环围在身前身后，那份惬意，那份舒适，自比城里空调大开乐声四起噪声轰响的茶楼酒肆强了十万八千里。再喝上几口山泉水泡制的茶水，就可怜起城里人装模作样煞费苦心地搞出的那些所谓茶道表演来。

老婆婆正细心地问着，大有警察对身份不明者的盘问路数，诸如姓字名谁、家居何处、来此何干，等等。当然不会是戒备心理的驱使，有的只是对陌生客人来访的惊喜和好奇。

面对如此悠闲的环境和质朴善良的祖孙俩，来客大可以轻松自如地和盘端出自己的一切真实情况，而不会像在城里似的遮遮掩掩半含半露地故弄玄虚。

边问边喝茶，正贪婪地享受着难得的清闲时光，门被很响地推开。五大三粗的男人和壮实的女人肩扛袋子手端瓢盆跨进了小院，引得狗儿殷勤地围着俩人腿边转圈圈儿。

有陌生的城里人大模大样地坐在自家院子里，俩人自是疑惑不解。老婆婆立马将刚刚问出的信息一五一十地告诉儿子儿媳，又问是不是知道我堂兄是哪户人家。

男人不习惯去握我伸出的表示友好意思的手，只是搓搓自己蒲扇般的手掌憨憨地坐下。他边忙着给我续茶水，边瓮声瓮气地问是谁。老婆婆就急催着我说出名姓来，好让儿子能荣耀地为城里人排忧解难。

待我说出堂兄的名字，男人就咧开大嘴笑，说，咱也是亲戚哩，我和他是连襟，他是妮儿的表姨夫。接下来，我受到的礼遇是空前地真诚和热情。

亲戚出其不意地抓住一只在脚边贪找食物的鸡，用草秸缚住扔到院角。女人嬉笑着拉女儿进到锅屋，里面立时传出锅碗瓢盆的撞击声，烟筒里就有缕缕青烟随风散去。老婆婆更是眉开眼笑，继续盘问着我的身世祖脉、父母双亲等。

待要起身告辞时，亲戚急了。他一把抓住我的手腕，如同铁箍子一样硬而有力，像刚才扔鸡似的把我拽到杌子上，说到了亲戚家不吃饭就走，是嫌怠慢了，还是嫌管不起顿饭，想让亲戚们笑话咱哩。女人和女孩也从锅屋里奔出来，与老婆婆一左一右地围在身边，生怕我扎翅飞了。

如若再坚持着走，完全拂逆了一家人的好意。况且，去堂兄家，还要仰赖亲戚领路。于是，就安心地坐下来，任由一家人杀鸡的杀鸡，做饭的做饭，盘问的盘问，倒也其乐融融。

喝着白干酒，吃着满桌子的菜，亲戚的话就渐渐多起来，说他过去如何穷困，现今儿如何在水库里搞着网箱养鱼捞票子的营生儿。今后，还打算如何将现有的二十亩水面扩大到五十亩，等等，眼里现出满足和憧憬的神色。

吃完饭，已是午后两点多种，一家人还想留着多住一夜。见我急于去堂兄家，亲戚就说，我用船送你过去。

船是用白铁皮做就的小船，能容纳三四个人。是用来拉运饲料和捕鱼的船，里面积了一层水。

见我战战兢兢地不敢上船，亲戚憨厚地笑道，不妨事，不妨事！像安慰小孩子似的，反倒把我弄成了大红脸。待坐好，那船在亲戚粗壮手臂的摇动下，在风轻浪静的水面上平稳地向前行去。

据说，城里的生活用水，就来源于这里。

水很清，在午后阳光的蒸照下，水面氤氲出淡淡的雾气。又有折射的阳光四下里照过来，刺得你睁不开眼睛。眯上眼，静听船儿击水的声响，又有水鸟欢叫的声音钻进耳朵，引得你不得不时时微睁双眼四处乱瞅。

观察了一会儿划船的动作，一心想试试大海航行的滋味儿，就接过亲戚手中的桨奋力摇动。船却停下来，并晃晃悠悠地掉转了首尾，左右剧烈地颠簸着，大有把我翻下水去喂鱼的架势。忙乖乖地让出桨柄，蹲下身来，用手使劲儿揉搓着略显迷糊了的脑袋，胃里就有点儿翻腾，连东瞅西望的心思也不敢有了。

半个小时的光景，船轻轻地触到了岸边。

迷迷糊糊地上了岸，顿时又兴奋起来。连绵起伏的群山横卧在眼前，怪石嶙峋，层峦叠嶂；山鹰盘旋，野花烂漫；山径通幽，芳草无边。

许是生性爱山的缘故，见到山就像见到亲人一般，有种说不出的亲切感和踏实感。

山中一夜

进山的路并不宽敞，仅容两个人并肩行走。路面更是凹凸不平，碎石成堆。路边盛开着不知名的野草花，招来成群结队的蜂蝶飞来舞去。

有意将脚踏到草丛里，这样走起来就像行走在厚密绵软的地毯上。亲戚提醒说，小心有长虫。

所说的长虫，就是书本上说的蛇。果然，就见到黑灰丑陋的蛇盘成一团，静卧在松树下乘凉。立时惊出一身冷汗，再不敢随意乱走。一步一小心地踩着亲戚的脚印，深一脚浅一脚地向深山密谷里行去。

越走，山谷越深，两边的峻岭越高，路径也越幽暗。周围的树木更是浓密，松树柏树柞树榆树遍布，杂草荆棘丛生。天日已被高大厚密的树木罩得踪影皆无，仅剩了柔和的光线穿过枝叶透进来。丛林已把来去的路径包裹成了浓绿通道，间或有巨岩怪石伫立在草木丛里，探头探脑地四处张望。

这时，无数的鸟鸣在上下左右响起。或高亢，或婉转；或急促，或悠长。

正当凝神倾听这天籁独具的乐声，头顶上枝叶响动，是两只绿背红嘴黄爪黑长尾的山雀在争斗打闹。旁边蹲坐着几只松鼠，瞪着圆溜溜的小眼睛静静地看着你。刚要抬手向它们打声招呼，手还未抬，声还未发，树叶一晃便不见了踪影，只剩两只山雀在无尽无休地争吵着。

十几分钟后，路突然向右拐去，并渐渐高了起来，朝一道山梁延伸过去。

背着旅行袋的亲戚健步如初，我却被远远甩在后面，大汗淋漓喘若闷雷。亲戚就停下来，让歇一歇，说城里的路比不得这山路难行，要悠着劲儿才行。问，还有多远？他轻松地回一句，还得小半时的路程。

长长地舒口气，不敢再磨蹭，赶紧上路。就想，这山里的人今日出山明日出行的，不觉得辛苦劳累吗？

亲戚的脚步慢了许多，是照顾我的缘故。我便一路趔趔趄趄地努力跟随着。

终于翻过山梁，就见一片山怀里长满了密密匝匝的栗子树。有的高大粗壮，树冠覆地亩许；也有的细若筷杆高仅几尺，均有嫩黄的新芽坠满枝梢。

亲戚说，这就是堂兄承包的山地，有三百多亩。又指着远处栗树丛中隐隐可辨的屋舍道，他的看山屋子就在那儿。

本以为近在咫尺，不想又走了十多分钟，才听到狗儿的叫声。至此，再一次领略了“望山跑死马”这句谚语的形象性和准确性来。

房子一溜四间，用乱石头堆砌起低矮的院墙。院子里打扫得干干净净，房前挂着几十串红红的辣椒，堆放着锨锄镐桶。

屋门挂锁，门前用铁链子拴着一条黑狗。那狗想是与亲戚十分熟悉，待我们走近时就停止了狂吼，代之以轻摇粗尾低声嘶鸣，像是与我们亲热地交流。

亲戚说，堂兄原本住在山那边的村子里，因为要看管林子，才暂时居住于此。

问，此地离村子还有多远。

答，约莫还有十里的路程。

接着，他把蒲扇般的大手握成喇叭状，对了四周密林转着圈喊起来，“快——来——家——哟——”

声音洪亮如铜钟，扩散在丛林里，远处山峦间飘荡起一波又一波的回响。喊山的嗓子名不虚传。

不一会儿，远处又传来一声回应。依旧响亮如铜钟，又比亲戚的柔和了许多，是女子的声音。

亲戚说，是大姐，就要回来了。

果然，不到一支烟的工夫，树林里钻出一个中年山村农妇。粗壮的腰身，高挽裤腿，满脸湿汗，头顶毛巾，肩扛锄头，手拎一个塑料袋子，风风火火地走来。

家里来贵客哩，亲戚把我介绍了一下。

堂嫂立时笑了，说一家人也认不得，真真该死啦。她又像亲戚那样手卷喇叭筒，朝远处密林喊道，“贵——客——上——门

——哟，快——死——回——来——”

远处立即传来“哎——”的回声，是堂兄的声音。

果然，只一小会儿，堂兄就满头大汗一路小跑过来。见到我，自是惊喜万分，说打死我也不敢相信你会来这山旮旯里。

我笑道，这里挺好呵，不用手机电话，信息也畅通无阻，既有益健康，又节省了开支。

堂兄呵呵笑着，忙着洗碗筛茶。

茶还是大叶绿茶，壶碗与亲戚家的没有什么两样。但茶香要比亲戚的醇，想是山上的水质远比山下的好。

已经到了傍晚时分，亲戚早已匆匆返回。堂兄堂嫂忙着杀鸡炒菜，菜的香气溢满小院，给人一种充实又温馨的感觉。

房子不算宽大，却收拾得整齐有序。西墙有木棍搭起的床，铺着干净的床单，单子上垛着折叠整齐的被子。上面趴卧着一只大花猫，正睡得黑天昏地，还打着均匀的呼噜。一溜六个水泥缸沿北墙角一字排开，里面盛着满满的米粮。一张方桌摆在屋子中间，桌面的红漆虽然剥落了不少，但不见有灰尘污垢。由此看出，堂嫂是个能干又利落的女人，自比拖沓的堂兄强了百倍。

户外罩起了一层艳彩，是晚霞在西天燃起来。

橘红色的光线扯满山坳，缀满稠密的枝丫。嫩绿的叶子被浓妆艳抹起来，看得你有些眩晕，好像一下子进入了幻境一般。林里时时传来山鸟的鸣叫，长一声短一声，急一声缓一声，声声悦耳，似在喊山般召唤着妻儿老小快快回家休息。

这个时候，心中一动，竟有种想家的感觉，既脸红汗颜，又妙不可言。

堂兄知道了我此行的意思后，不顾堂嫂嫌外边夜冷风硬的意见，坚持着把方桌搬到了小院子里。他又从屋里拽出连着电线的灯泡。看我惊奇的傻样，他忙指指屋顶说，是用风力发的电。

顺着堂兄手指望去，果见屋后竖着挺高的杆子，上面有风扇一样的四只大翅子在晚风吹拂下不停地转动着。

——能看电视吗?

——能，就是电视才坏哩，没得空闲下山修理。

——这地方真好啊，青山绿水，空气清爽。住这里，连神仙也不想做了。

堂兄狡黠地笑道，要不咱俩换换，我去住你的高楼大厦，你来住我这石窝窝儿。保管不出个月二十天，我没住够你倒先跑哩。

堂嫂接话道，想得你臭美，咱兄弟是啥命相儿。今儿能到咱家来认一家人，是你修的福分呢，倒想癞蛤蟆吃起天鹅肉啦。

堂兄现出一副无赖相儿道，天鹅肉吃不到，倒把你给吃了一辈子。说完，堂兄的脸上浮起厚厚一层心满意足的神情。

堂嫂生气地狠狠拧了堂兄一把，嚷道，守着一家人的兄弟，我也不怕笑话，要不是当年你流氓无赖，我会跟了你?下辈子也没你的份儿呢。

我猜想，当年他俩肯定有段精彩的故事。但碍于堂嫂的面不便细问，只能憋在胸口。

山中的夜晚终于降下来。

山野寂静，青蓝色的天空显得高旷幽深。星斗闪烁，大小错落，晶亮如水晶石。月亮挂起在夜空，硕大而清晰，静静地喷吐着优柔的毫光。黛色的群山似乎进入了梦乡，凉爽的山风从山体内均匀地呼出，轻拂着如毛发般茂密的丛林，发出“唰唰”的轻响。

这个时候，你会不由自主地进入到“明月松间照，清泉石上流”的诗情意境里，呆想着，傻看着。

夜已深了，山中吹来的风寒凉了许多。要不是借着温热的酒气，人早就支撑不住了。就连堂嫂也抱紧了双臂打起了寒噤，不时地催促着我俩快点儿喝完那点儿辣水去睡觉。并骂堂兄道，你长得皮糙肉厚的，蹲门外喂了狼也不管。兄弟长得金贵，让凉风吹感冒了，可咋向弟妹交代呀。

堂兄笑眯眯地应着，帮堂嫂一阵风地打扫着残杯剩菜，说，我今晚和兄弟通腿睡，还有些话没唠完呢。

堂嫂说，就知道你那点儿出息，一见到个人就没完没了地拉呱，少说能憋死啦。

说归说，床铺早已收拾妥当，堂嫂自己走向另一间。临关门时，她对我道，兄弟，别理他的唠叨，好好睡自己的觉。又对堂兄说，好好洗洗蹄子，别熏了兄弟。也别神吹海侃胡说八道的，明天不是说好要回村子吗。

我俩通腿坐到松软的被子里，堂兄点起一支我带来的沂蒙山香烟。我知道，他还不想睡。蓦地想起俩人傍晚嬉闹的场面，就忍不住问道，在嫂子跟前，你一点儿脾气也没有，是城里难找的标准模范丈夫。

——是我对不起你嫂子。别看她总拿话刺我，是刀子嘴豆腐心，对我可真心哩。人又勤俭，地里的活计全赖她照应。要不，我哪儿侍弄过来哦。

——说说你俩是怎么成的亲，行不？

——嘿嘿，这个不好说哩。

——有什么不好说的，我就是想听听热闹。

堂兄犹豫了大半天，终于拗不过，还是答应了。他让我保证，不准把这丑事写到书里，便吭哧吭哧地讲起来。

当年堂兄家里穷，兄弟姐妹又多，日子紧巴得叫人喘不过气来。堂兄是长子，长相差了些。提媒的每每上门说亲，本是冲着他来的，瞥见他两个高爽端庄的兄弟，就立时变了卦，非要说给他的兄弟。父母也是穷怕了，哪管好孬，剜到篮子里就是菜，成一个家就少了一块心病。苦就苦了堂兄，快三十了也没有娶到老婆。父母急了，就想用妹妹替老大换一个。就是这家的妹子嫁给那家兄弟做媳妇，那家妹子给这家兄弟当老婆，美其名曰“换亲”。这个法子在山里屡见不鲜，但成立的家庭大都不幸福。要有一个家庭闹别扭，另一家也得闹起别扭来；倘或一家散了，那家肯定得离婚。堂兄死活不同意，说要是这样，就是寻了短儿，也不能坑了妹子一辈子。

堂兄自己更着急，两只贼眼整日里就往那些被父母逼迫坐等着为弟弟换媳妇的大龄“识字班”（这里的未婚女子俗称“识字班”）身上瞄。还真瞄到一位，邻村的，是堂兄扛着猎枪漫山遍野游荡着打兔子时遇见的。

当时，那女子正坐在地头上愁眉苦脸地想心事，且泪水涟涟。堂兄猜想一定有缘由，就去四下里打探。

原来也是个苦命人，父亲早亡，女子娘咬牙拉扯着姐弟二人过日子。弟弟比她小十多岁，刚上初中，又因了经济拮据而下了学。她原本早到了出嫁的年龄，提亲的踏破了门槛，女子娘就是不答应，情急时还把提亲的骂跑了好几个。就是因为自家的日子窘迫，难给儿子成亲，女子娘便铁定了心肠地用姐姐换亲。而弟弟又太小，即使女子过了三十，也还是到不了结婚年龄。就只能硬撑苦熬着，大把的青春时光如山溪般“哗哗”地溜走，空余满腹的辛酸泪。

堂兄的贼眼当然雪亮起来。他细细探得女子家住在村子边上，孤儿寡母好生孤单，心中顿时燃烧起强烈欲望，烤焦了喉嗓熏晕了脑瓜，便打起了坏主意。

先是在半夜三更时分，堂兄跑到女子家屋前屋后学狼嚎，引得全村狗吠四邻不安。那女子家更惨，整夜担惊受怕苦不堪言。白天上山劳作的时候，女子就显得心神不定，面容憔悴萎靡不振的。

堂兄有意围着女子劳作的地点，装模作样地扛着枪四处寻摸兔子。还上前故意问女子，这儿有没有狼虫虎豹兔子野鸡之类的东西。那架势，就好像山猫野兽知道他要来，都逃得连影儿也不见了，大有英雄无用武之地的遗憾和不甘。

女子正为夜里的狼嚎困扰得神经兮兮的，一听这话，就如落水人狠命抓住了救命稻草一般，再三央求堂兄夜里去为她家除此大患。那泪眼婆娑的可怜样子，惹得堂兄直想当场就抱住她的头狠狠地啃上一口。

傍晚的时候，堂兄真就扛着枪大模大样地来到女子家。美美地享受了女子家的热情款待后，还有意和未来的丈母娘套了半天近乎。天大黑的时候，堂兄说，得外面守着，你们今夜就放心大胆地睡吧，一切有我呐。

半夜的时候，那瘆人的狼嚎声又起，连带起满村的狗吠。紧接着一声枪响，此后便没有了动静。

过了几天，堂兄又借故到女子家要水喝，受到全家人更隆重的礼遇。直夸他是大能人大好人，甚至还把村干部请到家里陪堂兄品茶饮酒。

堂兄自以为火候到了，就请媒人去提亲。没想到，那女子娘就是死活不肯松口儿。堂兄便狗急跳墙，琢磨出了更损人的主意，甚至是不择手段以身试法了。

专等到女子一个人在山上的地里劳作时，堂兄把自家的狗嘴用绳子绑紧，拴到地边的树林里，就绕过去与女子无话找话。听到树林里枝叶晃动，转身看时，一张狼样的狗脸探了出来。女子见了，随即如面条般瘫倒在地，哪还有逃跑的力气。堂兄趁机抱起女子向密林飞奔。待翻过一个山头，把惊吓迷糊了的女子放到地上，她的两只手臂还死死地揽住堂兄的脖子。

接下来的事情，便朝着堂兄早已阴谋策划好的方向顺理成章地发展。稀里糊涂的俩人，就做成了稀里糊涂的事情。

生米已然做成熟饭，女子娘也没了脾气。在逼迫堂兄必须负责承揽儿子长大后所有成家立业之事时，才无可奈何地把自家这棵好菜剜到了堂兄家的篮子里。

我早已笑成了一团，捂着肚子说，这招儿也太阴损了，还犯了国法呢。

堂兄这回没笑。他重重地叹口气道，这不是穷得没法子吗。

就听隔壁堂嫂大声呵斥道，还不快闭了狗嘴睡觉，要给咱兄弟熬鹰吗？

堂兄忙回道，就睡，就睡。说着，麻利地拉灭了电灯，只一小会儿的工夫，就响起了甜甜的鼾声。

院子里的公鸡在打头遍鸣儿，山风漫过丛林旋起的“唰唰”声依旧未停息。月光明晃晃地照进屋内，柔和而清晰。

笑疼的肚子已不再疼，心底却泛起一层酸意来。我想，对于那个岁月，那个岁月里的人和发生在那个岁月里的事，用现今儿的行为规范和道德标准去衡量，是否公允妥当呢？

我不能回答自己，也给不出一个肯定又清晰的答案。

山村逸事

堂兄所在的村子，离承包的山场还有几里山路。

山还是高山，林还是密林，路也还是高低起伏地向着一道又一道山梁延伸。七拐八绕地走了大半天，终于看到一个村落，几十处农家小院松松散散地布满了整个山坳。

细看才知道，每座小院都单独而立，或坡上或坡下，或沟顶或沟底。没有两家并肩直排的，也就没有了借墙搭山之说。房子大多是石墙瓦盖结构。也有少许石墙草苫结构，想是早年间留存下来的。

站在一家的门前问路，屋主人还没来得及出门与你答话，忽然头顶上落下一句：哪家的客呀。仰头望去，头顶高坡上一家门口前正站着一位肩挑农具或谷物的敦实汉子，也在居高临下地低头看着你。你说出要去的人家，话音刚落，还没待那汉子张口回答，脚下立时会响起回声：就在沟底那哒儿。声音都是喊山练就的如铜钟暮鼓般或响亮或浑厚的声音，语调大多为二声和三声，尾音均被拖长，且轻轻上扬，像听一首欢快愉悦的民族乐曲。忙低下头去找寻，就见自己正站在坡下一家屋顶上，院子里一位身体结实面容红润的农妇在卡腰仰头地向上张望着。

就是这么个地地道道的小山村，却村里村外屋前院内疯长着茂盛的樱桃树。有的高达十几米，有的刚刚抽出嫩嫩的枝条。

已是到了五月，樱桃树繁茂的浓叶间缀满了累累果实。大的如李子，小的似珍珠，青中泛着橘黄色光泽，即将走向成熟。诱人的色泽和飘溢的清香引来大批飞鸟山雀，整日蹦跳穿梭在枝丫间，垂涎欲滴地守候在樱桃林里，仔细寻找着每一颗成熟了的樱桃。一旦见之，即疯狂争夺着将樱桃肉一啄而进，只剩一个白色桃核排在密枝绿叶里，再惬意地拍拍翅膀飞向另一颗色艳味浓的樱桃。

走在只能称之为山路的街道上，伸手就可以撕一把即将熟透的樱桃。塞进嘴里，细细地咀嚼，肉肥汁浓，甜酸俱备，还有一种淡淡的涩味儿。味儿涩，全因了那桃儿尚未熟透的缘故。

要想尝尝熟透了的味道儿，就得与鸟儿一争高下，但又困难异常。要想在鸟儿的眼皮子底下，以人蠢钝的眼神与鸟儿锐利的目光相较量，无异于自取羞臊。

待你瞪酸了眼珠子，终于搜寻到一颗熟透了的大而美的樱桃，你笨拙地爬上摇晃欲折的树枝，刚要伸出颤颤的指尖时，忽地一道灰影儿一闪而过，那颗大而美的果实就变成了小而圆的果核了。

堂兄笑着道，这样全都白费力气，要想吃到熟透的樱桃，只能等到过些时日，待樱桃大面积熟透了，鸟儿吃不过来，方才轮到人来享受。这樱桃又搁不了几天，不快摘快吃的话，几天的工夫就零落，树下会铺一层厚厚的霉坏淌水的樱桃。

我连连跺脚说，太可惜了，怎不向山外运呐。城里可很难吃到这样的鲜味儿。

堂兄说，也运的，就是山太深了，路又差，不待运出去就烂完了。去冬政府刚给修了条能进车的路，今年各家各户都憋足了劲儿地想捞一大把票子呐。

堂兄的家处在村子中央部位，有小卖部和小诊所散落在左近周围，算是全村最热闹的地场。

院落与别家没有什么两样，也是院里院外疯长着浓荫的樱桃树。远处看去，找不到进家的门口，只有桃树林立。待行至近前，才发现有条弯曲的小径在树荫的覆盖下静静地通到石垒的院墙，中间现出一扇木门。

堂兄说，到家了。

堂嫂已经打开未锁的家门，说道，好些天不回来，里面都长出草棵子啦。她又急急地进到屋里打扫卫生。

我问，不在家时，也不锁门呀？

堂兄有些不解地回道，锁啥儿哩，又没有偷儿，刮风下雨的时辰还得让左近邻居照看着。

看来，堂兄堂嫂的为人很好。刚刚落座烧水，就有邻人来看望，还提着装满沸水的暖壶。见到我，知道是住在城里的本家兄弟来看望堂兄，都羡慕得不得了，说堂兄天天把我挂在嘴边，俺们还寻思是他在吹牛呐，谁知还真是。堂兄越加得意，现出一副阿 Q 式的嘴脸。

我从参加工作时起，就养成了午睡的毛病。吃完午饭，上下眼皮就黏糊。

堂嫂让我上床睡一会儿，还讥笑我说，城里人就是娇贵，青天白日的还要睡觉，那夜里可怎么睡得着。

堂兄说，城里人都是脑力劳动者，得把脑子休息好了，才能好好地做大事情。哪像咱出大力的，山样的身子顶着个猪脑壳，只知道干活不寻思想事。

暗道声惭愧，也顾不了许多，就急忙上床闭目。堂兄堂嫂躲到大门口，与前来串门的邻居东拉西扯。迷迷糊糊中，听到远处隐约传来吵嚷声，门口上的拉呱声也没有了。想是他们都前去赶热闹了，便不放在心上，依旧沉沉地睡去。

醒来时，已是午后两点多钟。

堂嫂正在和面剁馅子，准备晚饭吃饺子。旁边一个十三四岁的男孩子在打着下手。堂嫂让孩子叫我叔叔。男孩子红着脸扭捏了一阵子，终是没有叫出声。

堂嫂骂道，犟筋儿头，没出息的东西，快去外边寻点儿干松树枝来，晚上好炒菜下饺子。又对我笑道，小村小户的都没见过世面，啥事都有，今天老李家办喜事办出了桩笑话，听了能笑掉大牙。接着，就把中午发生的事一一抖搂出来。

原来，今天是个黄道吉日，是坡下老李家闺女出嫁的日子。

这闺女初中没上完，就坚决辍学外出打工，并与山外的一位小伙子谈上了恋爱，定了亲。两家商定，今天来迎娶。新郎官也带着人马早早赶到，就等新娘出门上路了。

按山里习俗，新娘出嫁上轿前，男方必须往紧闭的院门前一只盆里放钱，美其名曰“添铜盆”，喻为新人今后的日子越过越红火。这铜盆添的次数越多，就越吉利，直到女家满意了，方能允许闺女出门。

想是两家没有沟通好，新郎连添了三次，女家还是不满意。新郎就急，说吉辰快到了，自家又没准备那么多钱，是不是就此打住。女家不同意，就一直僵持着。弄到最后，连新娘都急出了眼泪，父母还是不许闺女出门。于是，双方的人由解释到争吵，再后来把新郎官惹得气炸了心肝肺。他赌气道，你们不嫁闺女，就放家里自己养老闺女吧，我还不要了呐。说罢，气呼呼地带着自己的迎亲人马出山了，留下一院子傻了眼的亲友和哭红了眼泡的新娘子。堂兄至今还在那里说事安排呐。

我也笑，说，怎会发生这样的事，不是自家给自家找难堪吗。

正说笑间，堂兄急急地奔回来。他拽住我的衣襟往外拉，说，兄弟，你快去给想个法子，天下哪有这样办事的。

我说，我能有啥好法子。

堂兄说，你见多识广，去说说，他们肯听。我讲的，他们都听不转呢。

不由分说，扯住我一路小跑地奔下沟坡。

老李家果然乱成了一锅粥。老两口儿唉声叹气地蹲在屋脚里，直愣着两眼不知所措，还要时不时地相互埋怨指责着。亲戚朋友一大堆，都是大眼瞪小眼，不知如何是好。

最惨的要算新娘子，身穿桃红色嫁衣，泪水涟涟地坐在床上。上了彩的脸上被流的眼泪冲成了大花脸，眼睑如熟樱桃般红肿着，活脱脱一副兔子的眼睛。

见到我来，人们纷纷起身让座，又都眼巴巴地盼望我能出个什么好主意来。恭敬中透出太多期盼，仿佛我就是他们家的大救星。

堂兄也在一个劲儿地催促道，兄弟，快想想法子嘛，要不，这孩子今后可咋办呀。那焦急的神情，就像自家闺女没被嫁出去似的。

这个时候，又当着这么多的村人，再推三阻四的，恐怕就要自寻没趣了。可是，事已至此，我又能想出什么拯救的办法来，但还得认真仔细地想，并且实际有效才行。要不，怎对得起这么多善良又信任你的人。

就装模作样地沉吟深思，其实早就憋出了一通细汗。猛然一拍大腿，嗨，不就是因为两家事前没有沟通好，才酿成此事端吗。派个精细又能明理的人下山，把女家的初衷讲明白了，想山外的人家见识多，更不希望看到自家的喜事变成现在这个样子，再把新娘子马上送下山去，今天仍然是个黄道吉日。就把这想法说了出来。

众人都点头称是，说事到如今，也没有什么好法子啦，就去试试。虽说面子上不大好看，可总得把闺女嫁了出去呀。

刻不容缓，立即就有一个小伙子骑着摩托车，带着众人公推出的一位长者向山外疾驶而去。不到两个小时的工夫，小伙子又满头大汗地赶回来，气喘吁吁地说，快让妹子前里走，男方迎亲的人已经在半路上了，去说合的人被留在那家等着喝喜酒呐。

屋里顿时一片欢腾，连新娘子也破涕为笑了。于是，找来几辆摩托车，载着新娘子和送亲的人们匆匆赶了去。

事已完成，就想回堂兄家吃饺子。那老两口儿说什么也不让走，说，闺女有福哩，要不是你这贵人来，俺们可咋收场哟，非得喝杯酒不可。

堂嫂也知道了这边事情的进展，就把包好的饺子一堆地端来。她说，都在这吃吧，这可是特意为俺兄弟包的山菜饺子。那“俺”字咬得重重的。

喝酒间，有人就说，套子还真能办事哩，一去就说成了。有人随道，那得看办啥事，精细的时辰办事情，谁也比不上他；迷糊的光景办事情，他比谁都迷糊。说完，引起众人一脸的坏笑。

忍不住就问，那长者名叫套子吗，挺有趣儿的名字。

不想，我的问话招惹来满桌子人捧腹大笑，有人打起喷呛来。

堂兄忙道，兄弟，你不知道，这套子身上净笑话，就给你说说这名字是咋起的吧。

原来，套子原名不叫套子，而是村人给他起的绰号。并且，只能背地里叫，不敢当面喊。

这绰号源于一次私人事故，是十年以前的事了。

那时，村子里还没有扯上电，更没有电视之类的东西供村人消遣。吃完晚饭后，就立马上床躺下。有妻子丈夫的，一时睡不着，就翻来覆去地折腾夫妻间那点儿事情。

村支书夫妻俩正睡着，就听未闩的大门被撞开。有人急急地敲窗户，叫道，他大娘，快起来哟，去看看俺家里的。当村妇女主任的支书老婆惊悚地爬起来问，咋啦，咋啦。那人回道，套子，套子掉里面去哩。支书一骨碌爬起来说，啥套子，去看看。说罢，他就要动身。那人急道，你咋能去，只能他大娘才敢去哩。妇女主任去后才明白，是那两口子夜里夫妻作业，不小心把日里她给的避孕套弄到了妻子体内，又不知怎样取出来，就只能找给套子的人来解决问题了。自此，村人就送了个绰号给他，叫套子。

捂着肚子笑了半天，酒也喝不下去了，一喝就要打酒呛。

到了夜深的时候，套子们打着酒嗝醉眼蒙眬地回来，说都安顿好了，并交代好了回娘家的日子，便一摇三晃地挪回自家院落。

晚上，躺在堂兄家的床上，一时难以入睡。两天来，听到见到的一切，借了酒劲儿老在脑子里乱转悠。

就这么个深山幽谷，就这么群活生生的人，竟有着这么多的场景故事。就想，够啦，足够啦，把这些景物风情记下来，也不修饰，也不删添，更不评判，原汁原味儿地整理出来，邮给那个狂妄自大的L君，让他脸红汗颜目瞪口呆去吧。

这么想着，便心满意足地进入了梦境。

透进屋子的月光依然那么优柔，户外依旧传来山风撩动丛林发出的“唰唰”轻响。

那就是我

一

我思念故乡的小河，
还有河边吱吱唱歌的水车。
…………

三兴——北国一个默默的小山村，还记得我吗？

我曾赤条条地奔进你的怀抱，而今又远走中原。十几年的异地跋涉，我难忘村前那条小河，难忘河水浮起的天真与求索。是因为我偷走了你的思念吗？

儿时的傍晚，落日余晖给大地罩上一层柔和的轻纱，昏黄的天幕融进几缕归家牛群畅然的音韵。

扛着鱼竿，带上鱼饵，来到轻声哼唱的河边，两道目光的焦点便是水中静立的鱼漂了。猛然，一道弧线带起一条长长的白光。那天幕顿时被割裂了一道口子，欣喜涌进来，柔和中混进了几分纯稚的激动。

母亲来了，带着焦虑与责备的神色。我慌了，连忙高高举起一串长长的“战利品”。目光与天幕融为一体了。

呵！我陡然发觉，自立的种子播进了心的原野。我为自己自豪。

炎热的中午，在玩腻了水的时候，我和伙伴们百无聊赖地仰躺在柔软的沙滩上，让毒辣辣的阳光洒满赤裸裸的身躯。

这时，每个人都在阳光下酝酿着一个又一个小小的阴谋。有人提出，谁敢光腚去把下游正洗澡的女生赶跑，谁就是英雄。众人兴高采烈地随声附和，并开始满人群里寻找对象。最后，目光集中到我身上。

我惶恐又委屈地把乞求的目光向“司令”脸上扫去，但我失望了。我感到发胀的脸上有两条小虫在蠕动。

默默地用裤头遮住不该露出的地方，慢慢向下游移去，后面哄声顿起。我的从父亲身上遗传的精血，忽地被这幼邪的童声激沸。我也呼喊着，不顾一切地向下游冲去，带着幼小心灵的哀号。

我看到了伸在眼前的大拇指。脸上的小虫又开始爬动着，钻进嘴里。我回味不出是甜是咸……

在我好不容易挨到天黑，准备偷偷溜进家门的时候，母亲拎着烧火棍冲出来。我漫无目的地狂奔着，不知谁能成为我的保护人。

——快往水里跑。这分明是“司令”尖细的声音。

蓦地，想起课本中的小雨来。我感激地望他一眼，蹿到高高的河边，一头扎进水底，再小心翼翼地潜到岸边长长的水草下。

“咚咚”的脚步声由远而近，粗粗的喘息声也越加沉重。

——你给我出来，看我不打断你的狗腿。

我大气儿不敢出。周围的一切仿佛都凝固了，真怕自己的心跳被母亲听见。

不知过了多久，我听见岸上传来颤颤的喊声：你快出来，我不打你了，是……是妈不好……

猛然，在我的右前方，一个黑影从岸上滚进水里，又挣扎着爬起来，呆呆地望着河面。

——妈！我忘记了母亲手里的烧火棍，一头扑进她湿漉漉的怀里。

在似要窒息般的紧抱中，我的脑中涌出奇怪的念头：如果我真的溺水而亡，母亲也会随我注入这激流吗？

——别怪妈，可你也千万别学坏呀！

我的心弦被重重地击出一个悠长的颤音，又融入了这澎湃的奔流。泛起的泡沫在我和母亲胸前跳荡着、跳荡着……

噢，妈妈，
如果有一朵浪花向你微笑，
那就是我。

二

我思念故乡的炊烟
还有小路上赶集的牛车
…………

因为学业，我不得不远离故乡，外出求学。

在艰难地做出这样的决定后，天不亮，父亲就扛着锄头，背一筐冷气进山。晚上，再背回一筐药材，披一身凝重的月色。这时候，母亲便天天在庭院里晾晒药材，以便送到供销社卖掉，来凑够远行的路费。

启程的日期终于到了。父亲因上山时崴了脚，不能行走，只好由母亲送我去县城坐火车。

傍晚，我们到了县城。火车到站时间是23点30分，我们要在车站上等四个小时。我闷声不响地坐在母亲身边，一字不落地听她嘱咐，从衣被到卫生，从学习到休息，从饮食到穿戴，一直到火车上的防盗办法。渐渐地，我迷迷糊糊地合上了眼。

猛地，我被推醒。一睁眼，一束伤感的目光射进我的眼帘，眼眶中存有擦拭未净的泪迹。我的心怦然一动。

母亲急急地说，快上车，好找个座。

我急忙扛起行李，母亲拎起帆布大提包，俩人随着人流涌动，挤到了车门前。门小人多，我们被挤在最后。

母亲焦急地四处搜寻了一会儿，毅然放下提包，对我说：我先进去找个座。

她避开人流，走到车边，将前胸紧紧贴在车厢上，眼盯着车门，努力地，一点一点地向人群深处挪去。慢慢地，母亲的影子在我眼前消失了，只有一颗颗左右晃动的人头。

过了一会儿，我听到有人喊我的名字。在我右边车厢的第三个窗口，母亲伸出半个身子，向我摆手。我吃力地扛起行李和提包，跑到车窗下。我又听到了在河岸水草下听到的那种粗重的喘息声。

我紧紧贴坐在车窗旁。第一次单独和这么多陌生人挤在一起，心里翻涌着莫名的惶恐和不安。

——妈，我……

——在路上小心就行了。到了那里快……快来信。

两个颤音交叠在一起，猛烈地轰击着我的心弦。我的眼泪慢慢涌出来。透过这层轻薄透明的膜，我分明看到母亲眼中流动欲滴的泪花。

猛地，一声高亢的汽笛声在我心中滚过，从我和母亲中间滚过。

车窗外的一切开始后退了。母亲随列车奔跑着，奔跑着，一下子撞到一根路灯杆上。

妈——我挥泪长呼，母亲艰难地朝我的方向招了招手。

又一声高亢的汽笛声从我心中滚过，从我和母亲中间滚过。远处一片灯华里，裹着一个小小的黑影……

噢，妈妈，
如果有一支竹笛向你吹响，
那就是我。

三

我思念故乡的明月，
还有青山映在水中的倒影。
…………

我到了山东，到了圣人的故地求学了。

整整六年的飘零，与故乡相连的唯一纽带，就是信封内充满的徐徐山风。我渴望那山风，我的整个身心都会融进那风里。

在我刚刚考入师范学校的时候，收到了一封由大哥转来的信。信是二哥写的，责备我不该长达半年的时间不给家里写信。并告诉我，母亲在送我去山东后就得了一场大病，从此留下了病根，一到阴天下雨，整个右肩膀就疼。语气很是严厉。最后说，母亲准备入冬就去山东看看。

这成了我六年来最大的福音，而思念与盼望更是与日俱增。然而，母亲的真正到来，又陡然增加了我无法承受的愧疚。

那是 1985 年元旦前的一个星期天。

正是中午时分。刚刚吃完午饭，我似睡非睡地躺在床上。一个熟悉又久远的声音清晰而准确地钻进我的耳鼓：华鹏在哪里住？

我的心猛一阵跳动，连忙爬上窗台，向下望去。我住在三楼，又戴着近视镜，什么也没看见。但我敢断定，那个声音一定是母亲的，绝不是梦中的幻觉。

直到现在，我仍然感到奇怪。楼内楼外洗衣打球的噪声刺耳，却只有母亲的声音如此清晰地传进我的耳内。

等我慌里慌张地穿上衣服跑到楼下时，一个 84 级同学正把母亲领进宿舍楼。我愣了，这就是我离别了六年的母亲吗？额上增多的皱纹，使那张越加黑瘦的脸更苍老了。头上也已爬上了根根白发。

六年了，一切委屈和思念，第一次打湿了因六年的风霜雪雨而越显枯漠的眼眶。我愿永远伏在母亲怀里。这儿，曾是我儿时的摇篮，现在仍是。

没想到母亲会这么突然到来。当我俩爬上三楼跨进宿舍时，我不知如何是好。满屋挂着湿漉漉的衣服，地板上一片汪洋，脸盆在地上排着队。同宿舍的人知道母亲来了，都忙着“扫荡”。我想让母亲喝口水，可水壶内空荡荡的。连跑几个房间，个个都是“上甘岭”。

母亲说，不用忙了，我不渴，也吃饭了。坐了一会儿，母亲爬上我的上层铺，翻了翻被褥，说，被子太潮了，得晒一下。

像是嗅到了什么，她不经意间朝床下瞅了瞅。我脸红了。床下塞满了几星期来换下的脏衣服，散发着汗臭味儿。

母亲没说话，只是长长地叹了口气。她把脏衣服塞进脸盆，又向我要肥皂。我忙解释说，这是我准备搞突击的，自己能洗。母亲只是笑了笑。我知道母亲的脾气，便抱着被子，同她一起下了楼。

洗完了衣服，已是下午一点了。

母亲说，要同我出去走走。到了校门口，母亲问哪儿有餐馆。

我才知道，母亲空着肚子从车站徒步走了六里地到学校，又空着肚子洗了一个多小时的衣服。

从餐馆回来，休息了一会儿，母亲就要回老家去。我极力挽留，并已让女同学腾出了床铺。母亲说不愿意麻烦人，看到我也就放心了。

母亲就这么走了。那瘦小身影，缕缕白发，刀削般的皱纹，使我几年来精神上的压抑非但没有解脱，反而越加沉重。

现在，母亲已与我生活在一起，性格上没有一丝改变，总想自己独立地不依附别人地做点事。我改变不了，便时常独自静听一首歌。

妻曾不解地问我，为何迷恋《那就是我》这首老歌。我告诉了过去发生的一切。

妻默然，旋即找出一盒磁带，插进录音机，按下键。那熟悉的旋律又一次缓缓地在屋中流淌……

> 噢，妈妈，
> 如果你听到远方飘来的山歌，
> 那就是我。

仰望马鬐山

一

马鬐山坐落在鲁东南一个叫莒南县的境内。

坐车从莒南县城往北走，十几分钟的车程，就会见到一座突兀而起的山峰。山不是很高，海拔仅六百六十多米。只是在四周秃矮群山的映衬下，才显得雄壮恢宏些。

这山原本属商时的姑幕侯国，周朝时为莒国。随着漫长的体制兴废物事更迭，到了20世纪40年代初，便成了两个行政县的分水岭，山北为莒县，山南就是莒南县。

山却挡不住水，莒县的一部分水可以大摇大摆地流进山前烟波浩渺的天湖里，引来大批的大雁、鸳鸯、鸬鹚等鸟禽栖息嬉戏。也引来老老少少数不清的垂钓闲散之人，面对着比三个西湖水面还要大的天湖碧波，围湖散乱而坐，伸长了粗细长短的脖颈，垂涎欲滴地死盯着深达几十米甘洌碧水中潜游着的银鱼、鲢鱼、黑鱼、鲤鱼及鳖等生灵。想象着饭桌上热气腾腾的美味佳肴，直想一头扎进那汪清澈湖水中，也变作一条诱人的美味佳肴的鱼了。

连水都挡不住，长手长脚的人更是挡不住。山南的小姑娘要是看上了山北哪家的小伙子，不管家人态度如何，总是义无反顾地嫁了去，气得山南的小伙子捶胸顿足怨天咒地。气急了，山南的小伙子便绞尽脑汁理直气壮地专挑山北漂亮的姑娘往家里娶，还美其名曰“换亲”。弄得山北的小伙子们整日防贼一样地守护着身边即将成熟了的姑娘，不敢有丝毫懈怠。

怨是怨不得的，防也防不住。这横在中间的山，便成了天造地设的媒人，把山前山后的青年后生摆布得晕头转向。最后，连自己也晕头转向起来。娶进家门的新娘，远远论起来，可能是新郎的姑或姨辈的；新郎也可能是新娘的叔或侄儿辈的。尽管不是近亲，但远远近近地理论起来，或多或少总有些亲情瓜葛在里面。

在坐车或步行到一个叫城子的小山村，就算到了进山的南大门。

山脚下分出三条路，一条“环湖路”向左，沿山脚下的天湖石岸蜿蜒曲折地伸进茂密幽暗的树荫里。一条向右的“盘山路”，可以行驶车辆，让状况极佳却动如蜗牛的汽车，把惊吓得魂飞魄散的游人送到修建在半山腰的停车场上。最中间的那条陡峭崎岖的上山小路，叫“石阶路”，是从沟汊山岩间人工开凿出来的，如脐带般若隐若现地直通山顶。

如要看景，最好爬中间的“石阶路”。可以边爬边憩，再擦把热汗歇口气儿，慢慢观赏马鬐山旅游指南上登载的四奇、四怪、四险、四秀之说。所谓四奇者：芦苇长上马口石，银鱼万条游天池，山顶黑土不见底，金蟾绿背红肚皮。四怪者：马鬐山四方像天台，山顶倒比山帮矮，十万巨石天外来，陕北山丹丹遍地开。四险者：七十二道鹰愁涧，钻天鹞鹰飞三天；八十一座擎天峰，峰峰高耸入云端；千丈悬崖如刀削，猴子见了也胆战；万仞绝壁倒卷帘，神仙看了也心寒。四秀者：三面碧水四面山，流泉飞瀑挂山川，云海冲腾托红日，古松老藤伴月眠。

其实，这样的描述，放到任何一座名山大川或名不见经传的普通小山上，都能通用。不管到了哪里，我都会怀疑那些所谓“十景八怪”之说的真实性，那里面到底能挤出多少水分来。并小心提醒自己，要捂紧羞涩的钱袋，千万别轻易上当。

如果非要逼迫着说一下马鬐山的景致，不说不足以标明写文章的用意的话，我只能简单解释一下这山名的出处。

此山虽有众多景点的旖旎风光，但最引人注目处，当属马口石。是由三块高达八十米的天然巨石垒叠而成，状如仰天咆哮的马口，望东南日夜寂静地嘶鸣不息，远离十几里地就能清晰望见，即为此山的姓——“马”。该石上，又生长着翠绿茂密的芦苇，想是飞鸟的功劳。这芦苇酷如烈马的鬃鬐，浓密郁葱，令人惊诧称绝。这山的“鬐”字，便由此而来。至于山上诸如承天门、通天门、双龙大峡谷、百丈崖、叠翠峰、观星台、杨光峡、棋盘阵、甘露寺旧址、金蟾泉、金鳌献瑞、天池碧波、演武石、女娲石等，实不敢与遍列各地的名山胜景相媲美。

爬山，只是为了出一身臭汗。待狼狈不堪地归来后，向未爬山却又一心想去遭罪的人们大大吹嘘一通那里的风光秀色。再回过头来，安慰自己说，只当是锻炼了一回身体罢了。

二

曾在山脚下的姥姥家住过，又在山下的一所中学教过书，对这山很是熟悉。

知道山上植被丰富，仅《本草纲目》中记载的名贵药材就达三百多种。至于奇珍异兽，如绿背红肚皮的金蟾、通体透明的天然银鱼，以及野鸽、山鸡、狸獾等满山乱窜，甚至还有连林业人员都叫不出名字的乔木、灌木、藤萝等，杂横遍布其间。

因了马鬐山山依水，水衔山，山清水秀，水润山美的诱惑，每年清明的时候，都要去爬此山，细细数来已不下十次。去的次数多了，就懒得去爬，只想远远地仰望它。

傍晚的时候，坐在天湖整洁气派的堤坝上，隔着波光潋滟水气蒸腾的天湖，与山默默地对峙。端详着山的雄姿，探询着山的故事，揣摩着山的心事。恍惚间，自己也成了山的一部分，与之同呼吸共荣辱，心底便生出一种神奇和豪壮的情感来。

少时，跟姥姥在田间劳作。特别是在秋日里晾晒地瓜干的时候，眼神儿不太好的姥姥总是提醒我，要时时注意马鬐山上云雾的变化。说，要是有云雾像帽子一样扣在山顶上，就不敢晒地瓜干了，有道是“山头戴了帽，阴雨就来到”。而且，这山预报天气的准确率极高，很少落空过。

那时我就想，这山在当地人的心目中，已不仅仅是一座山了。它深深融进了人们的心里，成为农人生产、生活上的行为指南。自此，对马鬐山的神异本事着了迷，一心想更多地了解它的神奇之处。日积月累，便知道了一些鲜为人知的故事和传说。

相传，当年岳飞抗击金兵，战功显赫，却遭秦桧陷害，在风波亭就义。其坐骑白龙马悲愤嘶鸣，驮着岳飞的忠魂奋蹄狂奔北上至此，化为巨石，怒目昂首南天，不忘抗击外侮之志。

据说，每到深夜，当地人仍能听到烈马嘶鸣悲壮之声。千百年来，人们把马口石奉若神明，成为一辈辈传承久远的保家卫国的图腾。

有确切史料记载的，当属南宋时期。抗金英雄杨妙真在此山下寨，率十万精兵，奏出一曲巾帼不让须眉的英雄乐章。至今，山上仍有杨妙真的摩崖石刻大字：“嘉定九年四娘子此山下寨”。

山顶有兵营旧址和生活用的石碾、石磨，残留的碑碣及古城墙、点将台等遗迹。其实，我一直对着那几个大字犯疑。觉得字迹有些单薄粗劣，根本不像早年间遗留下来的古迹，但这并未冲淡了人们对杨妙真的崇敬与爱戴。

曾多次站在点将台上，面对着深峡幽壑，想象着当年一夫当关万将莫开的烽烟岁月，却难撩起一丝幽古思今之感。或许是岁月的烟云早已被凛凛山风吹干，而尘间的喧嚣之气又塞满了偌大山体的沟沟岔岔。满脑世俗气的我辈，便连点儿附庸风雅的机会也捞不到，只能望山慨叹自己的愚笨和可怜。

这也是我不愿爬山，却愿意隔湖仰望它的原因之一。

三

还是坐在天湖对岸，在晚风轻拂的惬意中，凝神静气地望着渐渐没入浓浓夜色的山体。

耳边就会传来宋朝的战马铃銮声。一员白袍将军，率领着一队精武之师，奔走在山下荒芜的小路上，向着塞北沙场疾驰。

这时，说书老人就会故弄玄虚地停顿下来，装上一袋旱烟。听书人马上替他点燃，并急急地催促道，快讲，快讲！老人满意地品味着，过足了瘾后，才慢条斯理地说，那就是奉旨扫北独撑大宋江山威震辽番的杨家将杨宗保。

又是宋朝，而且都是乱世飘摇中顶天立地保国安民的忠臣良将，至今出没在巍峨耸立的山峰中，鲜活在当地人淳朴善良的心里。这不能不让人惊讶和感动。

接下来的故事，很是让我着迷。

说是杨宗保正疾行间，忽然座下的马蹄被一条颇有灵性的青蛇绊住。军情紧急，哪敢延误，杨将军以枪指蛇慨然道，扫完北，必来扫你。十年后，杨将军凯旋而归，途经此山。原本荒芜的山道突然冒出参天大树，将杨将军死死困住，并有一蛇精携雷电带风雨，与他打斗拼杀，天昏地暗地打拼三昼夜难分胜负。杨将军疲惫不堪，而蛇精却越斗越勇，毫无倦意。杨将军就知此事蹊跷，忙派人四处查访。果有一妇人前来，道明原委。原来，此精即是十年前绊马蹄之青蛇，愤于将军的浩然气概，便一心修炼成精，好与之比试，以图一举成名天下。偏偏又贪淫无度，修建了皇城，开辟了御花园，虏来美色妙龄的三宫六院七十二妃供自己消遣。这还不算，竟连它的姨娘也不放过，一并遭到奸淫，也就是欲雪此奇耻大辱的妇人。所以难分胜负，是因为那蛇精有两副身心，一个在与将军拼杀，另一个却去山涧喝水休整，待恢复了斗志再去替换那一个。解决的办法只有一个，就是在蛇精喝水的山涧边布满锐利的尖刀，在它疲倦焦渴中，晕头晕脑地狂奔到纯美甘洌的山泉边时立毙其命。果然，一条水缸粗细十几丈长从头到尾被豁膛的蟒蛇，便干净利落地结束了这段神奇传说。

同时，说书老人又遥指离山十里的一个叫花园的村子，说那就是当年的御花园，山南那个叫城子的村庄就是皇城。

这样的指证，不由你不信。都伸长了脖颈，对那几个错落的村子怔怔地呆想一阵子，想找寻出一丝当年华丽堂皇的蛛丝马迹。

这故事当然不见经传，但听了许多遍后，却不感乏味。你还会从中体会出很多值得玩味的东西，如民心民意、因果报应、伦理道德、民间创作与百姓意愿的相互容纳等。

更有甚者，一位靠说书混饭吃的盲人，蹲坐在南方的市井街头，娓娓讲述道：

那山高九九八十一万尺，方圆九九八十一万丈，有山顶神泉直通东海，神仙洞府终日烟雾迷锁。想当年，八仙之一的张果老用驴从北向南搬运两座山去填东海，途经此山时，不小心被高高的山顶磕绊了一下，两山就被跌落在山南八九里远的地方，成为两座大小形状一般无二的山的模样，就是现今儿被称作双山的地方。因了这一绊，山便向东南倾斜。没有办法，只得在山南五六里的地方支起四根柱子顶住，就是现今东西前后四个名叫高柱的村子。

由此可见，马鬐山的故事和传说早已传播到大江南北。只是没有形成权威性的著述流传于世，便显得小家碧玉般足不出户，整日翻腾在当地人的心底。同时，又天长日久地沉淀成一种精神寄托、生活意愿和人生观念，一辈又一辈地流转传承到了今天。

很多的时候，我总在想，马鬐山到底是怎样一座山。它原本普通的山体，承载了多少寄托和期盼，又有几多热烈想望和质朴情感充盈在被峥嵘岁月洗礼过的群峰山巅。

千万年来，它就这样默默地雄踞于这一方水土，雄踞于这一方水土养育了的一辈辈普通人的心间，并将继续默默地雄踞下去。

四

三年前，当地政府决心开发这片潜在的旅游资源，为当地人寻一条沟通山外世界的路径。倡议老百姓整修山路，有钱的出钱，有力的出力，共同维护山上的古迹景点。

百姓迸发出意想不到的热情和回应，上至七十岁的老人，下至十几岁的半大娃娃都踊跃上了山。其场面之壮观与感人，至今仍印在人们脑海里，令人感叹不已。

在听说这件事的时候，心里就有一种释然的感觉。

我似乎明白了，这山已不是普通的山，而是当地普通百姓心目中永恒的山，是有血有肉同呼吸共心动的山，是维系博大情感的山。你必须带着虔诚带着敬意，匍匐于山脚下抬头仰望它，用赤诚之心去亲近，去解读，去感悟，才会真正走进并领会它的神奇与壮观。

又想起一千五百年前的梁武帝时代。长衫袭地的刘勰，静静端坐在百里之外的浮来山前怀里，或徘徊于那棵古老的银杏树下，潜心修正着《文心雕龙》这部旷世文论巨著。累的时候，抬头向南一瞥，睿智的目光穿透暮霭烟霞，与马鬐山对视。有沸腾的民心和深邃的智慧扑面而来，又倾泻到纸砚笔端上，浸润了一部沉甸甸的《文心雕龙》，连同一颗跳动不息的文人心魄。

山养育了的，已不仅是一方普通人，而是普通人无意间沉淀并升华了的文化底蕴和乡土情感。

对于马鬐山，我只能仰望它。在内心深处继续虔诚地仰望着，没有止息。

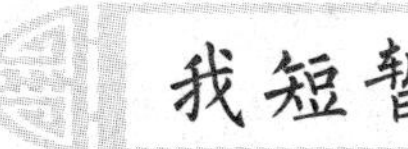

我短暂的教书生涯

一

每每与教育界的同学朋友们在一起聊天，或是品茶啜酒兴致上来，就把胸脯拍得“啪啪”山响。连声说，我也算是老教育啦，都别在我面前玩深沉充大瓣蒜噢。

他们都露出一脸不屑和嘲弄的神情，说，你也敢自称老教育？掐着脚指头满打满算才两年的教书时间，误人子弟不说，还为了自家前程灰溜溜地当了逃兵。有人随道，其实就算你不跳槽，教育界迟早也会把你这种用心不专的人给开除“咔嚓”了。

说的时候，一副义愤填膺痛心疾首的样子。好像我一失足成千古恨，地地道道一位十恶不赦的终身叛徒坏蛋了。

也有点儿理屈词穷的尴尬味儿。还是不甘地回一句，我教的学生可对我好着呐，二十年过去了，还是念念不忘我，每年春节都天南海北地跑到我家里相聚的。朋友们嬉笑道，瞧瞧这副十足的阿Q式嘴脸，他们是专程来参观现今儿叛徒堕落到了怎样可耻下场，以此接受教育以正己身呐。说罢，便哄然大笑。我无言。

说来挺惭愧的，从参加工作到现在，工作换了好几个，职务也是一小步一小步地往上挪动，但每每想来，只有教书那段时光让我惦念牵挂，其他的便了无生气地说过去就过去了，引不起丝毫的心动和激情。但是，这样的心里话只能憋在心里头，万不敢说出来给朋友们听。否则，不仅自讨羞臊，还会在“十恶不赦”的后面再缀上诸如虚伪、自得、作秀等罪名，那叛徒的冤屈便永无平反昭雪之日了。

前几天，在我曾教过书的那所中学里当教师的表弟来家作客，就顺便打听现今儿学校的情况。想听的没听到，反倒被灌了一耳朵表弟倾诉出的满腹苦水，什么今非昔比物是人非啦，什么学生难教老师难做啦。

我被弄得一头雾水，忙问怎么回事。

答，现今儿的孩子就像掉到土灰里的嫩豆腐，吹不得打不得，难教难管难摆弄。一不小心，还会反过头来把老师教训一顿，弄得你无可奈何。还说，现在的师生关系就像监工与劳工的关系，既要斗智斗勇，又要软硬兼施，不然的话，就等着让学生炒你的鱿鱼吧。接着，又列举出一个又一个例证加以说明。

我默然，不敢随意评判现今儿的师生关系。更不敢把当年自己教书时的那种惬意心情和时至今日仍然难以割舍的情怀显露出来，以免招来表弟如朋友般的戏谑和嘲讽。但是，仍不能理解他的烦恼和牢骚，怎么会是这个样子呢。

这些时日，一直老想这个问题。不敢去问同学朋友，就问妻子。没想到，得到的是妻子与我那些狐朋狗友们一般无二的嘴脸和腔调。

实在憋闷得难受，就想把自己在过去两年零两个月的教书生涯中，亲身经历和感受到的一些事情场景写出来。别人愿不愿意看，是别人的事情。只当自己对着自己倾诉一回，以释心中苦闷罢了。

二

第一次参加工作，就是教书。

那时候，我只有二十岁，一个好做白日梦且又满脑子激情幻想的师范生。连自己今后将会做出怎样惊天地泣鬼神的丰功伟业都不知如何编排好了，却偏偏被分配到了一所听都没听说过的偏远乡镇中学去教书，而且还是东跑西落托亲戚熟人帮忙说情办理的。要不的话，还有更偏远艰苦的学校正等着你的光临呐。

报到那天，空中飘着小雨。地上却不显泥泞，概因此地为山区，且中学又处在山坡上的缘故。

学校再有两天就要开学。此时，校园内寂静如空谷，荒凉若沼泽。

好不容易撞到一位正急着往厕所里跑的人。还未来得及开口，人却闪了进去。只听“噗”的一声响，接着又传来重重的舒气声。

总不能这么傻站着让雨淋吧，便也跟进去。边装模作样地小便，边对蹲在身边正使劲儿的那位问，校长家住在哪儿。

那位憋着气回道，不知道，我是来玩的。

扫兴地出了厕所，背着行李拎着脸盆家什转到一排套着院墙的家属区。琢磨着，校长是学校里最大的官，肯定不会住在两头替下属站岗放哨的。认真地数了数住户，共五家，就上前敲中间的那户碰运气。果然就是校长家。

把盖着教育局大红公章的介绍信递过去的时候，校长不是认真地看介绍信，而是老盯着我愣看。好像我不是来投奔他的麾下当兵的，而是一个地道的街头痞子来他家找碴儿闹事的。

其实，这都是因为我的着装形象出了问题。以致引得他在我教书的头一个月里，像特务似的对我展开了一系列鬼祟的明察暗访，看我是不是块教书育人的材料。

据学生后来讲，我当时的形象的确不怎么样。刚刚 1986 年的时候，就留着盖过耳朵的头发，穿着绷紧的牛仔裤和一件白底红点碎花的衬衣，操着一口不太标准的普通话，整一个街头游荡巷尾爬墙的痞子相儿。校长当然担心，怕我会把学校交到我手里的百十号天真烂漫的孩子教育培养成一群痞子集团。

在审视了半天，弄得我正心里发毛浑身冒细汗的时候，校长才仔细地看了看手中的介绍信。他还反过来覆过去地端相，怕我弄个假的来冒充糊弄他。最后，校长虽然对我不放心，但还是相信了手中的介绍信。他安排了我的宿舍和课程，叫我带两个班级的语文课，并把初中一年级二班交给我管理。

事后才知道，并非校长看中我是个什么人才，把语文这门主课和班主任这样重大的责任放心地交给我。而是原定做这些事的老师改行走人了，其他老师或不愿干或已经干了重要工作，无奈中让我捡了个漏儿。

别看我外表不佳，工作激情却是火热高涨。特别是在由学生一下子蜕变为老师的当口儿，任何事情都考虑得细微妥当，生怕别人瞧不起自己。

开学的头一天，老教师们还在慢条斯理地整理自己的小窝儿时，我一个人就开始打扫教室和学生宿舍里的卫生。还把本班学生的名单一一写到床铺上，免得学生报到时安排不及乱了套。

开学那天，前来报到的学生及陪送的家长蜂拥而至。全因了事先的准备工作充分，才勉勉强强地没有乱了阵脚。但还是出了点儿小纰漏，虽不是什么大事，却给我狂热的脑门儿上泼了点儿凉水。就是一个名叫庞聪的学生，本以为是个男孩子，也没细看性别男女，就把名字写到了男生宿舍的床铺上。谁知，她却是个女孩子。她在女生宿舍里找不到自己的名字，就急得哭啼不休。家长不知道新来的班主任是谁，就找认识的老师和校领导，惹得几个人满天下地找我。

待把贴错了的名字调过来后，那学生立刻擦着被眼泪冲成的大花脸破涕为笑了。现在，这个抹眼泪的小女孩已经是一所中学的骨干教师了，不知她是否也遇到过像当年她那样子的学生。

由此想到，别看这群孩子已是初中生了，其感情脆弱程度与懵懂无知的小学低年级毛孩子没有什么两样。不定什么时候，你稍不留神就会触犯他（她）的自尊，碰碎感情的玻璃瓶子。

三

第一次上课非常紧张，不知该说些什么。就拼命地追忆自己上学时老师都是咋讲的，一时又记忆不深透。

这时，方才后悔自己过去万不该整日吊儿郎当地混日子，越觉出老师对我们种种的好来。虽然那些好处在当时的我们看来，都是些罪不可恕的条规框框。

刚登上讲台的时候，往下一瞅，黑压压的一片小脑壳儿，忽闪着一双双惊奇略带点儿兴奋的眼睛，对你上下左右地观察审视着，与亲如父母的小学老师细细地比较着好与孬。这阵势，弄得自己心里先就乱了阵脚，慌乱万分。

曾想按照老教师指点的那样，努力绷紧了脸皮现出一些威严的貌相，给学生一个下马威，以防日后镇不住让学生翻了天。不想，自己反倒被学生们扫射过来的目光先弄了个下马威，搅得心里忐忑不安的。在我早已离开教师岗位后，曾问过一些学生，当时对我的第一印象如何。他们皆笑而不答，或王顾左右而言他。

在点名时，这才细看学生花名册。别看我是老师，他们是学生，所谓“一日为师终身为父”，其实我与最大的学生仅仅只有五六岁的年龄差距。要不是师生关系，我们完全可以兄弟姐妹相称的。

即便到了现在，学生见了我一律都叫老师，见了妻子一律称师母。我的孩子见了他（她）们，却要逐一敬称叔叔阿姨，他们也一律或心安理得或笑眯眯地慨然接受了。有的还嬉皮笑脸道，就得这么称呼。仿佛这是天经地义般自然而然的事情。现在想来，已经乱了套的辈分称呼，其祸根早在我们第一次照面时就埋下了，非后天努力可以扭转的。

待排好列队准备安排座次时，又有了新的发现，就是学生之间高矮不齐的落差让你目瞪口呆。那排坐在后面的几位，长得粗壮魁梧，比我还高出半个头；那矮的，仅到我的胸脯，简直就是个毛孩伢子。心下掂量着，若是师生间起了冲突动起手来，毛孩伢子当然不是我的对手，我却更不是那几位高个儿学生的对手，凡事还真得小心谨慎些为妙。

现在回想起当时的想法，觉得挺可笑，完全一副小孩子的猫腻心理。说明我们之间根本不存在所说的“代沟”，是能够相互沟通的。恐怕这也是我们几十年来仍然能一如既往地相敬相交的根本前提和基础。

接着成立班委会，以协助老师管理班级。方式是，由老师指定，学生通过。

这多少有点儿独裁专制的意思，却也没有办法。面对着还算陌生的孩子，你不可能准确地知道谁有领导才能，谁具备文学艺术体育方面的天赋，谁又是日后大款的材料，还有谁是将军的雏形。对于学习委员的指派最容易，不管大小高矮男女胖瘦，谁升初中的单科成绩好，就是谁的单科学习委员。至于那些班长、副班长、宿舍长、纪律委员、生活委员、卫生组长等大小官员的人选，就得玩点心眼儿，专门往那几个高个儿的头上扣乌纱帽，既能压众又能达到自我管理的目的。

这招儿挺灵验的，保证了两年后我能够在一片痛惜挽留声中人模狗样地离开校园。而不像朋友恶意攻击的那样，被教育界开除“咔嚓”了。

再接着是训话，也就是讲明校训班规。

心里一个劲儿地祷告这群小祖宗们，千万别跟我上学时那样专门和校训班规过不去，弄得老师不高兴同学受牵连。学生们都很可爱，听得认真，记得清楚，还有个别学生主动举手细问。就觉得当老师确实好，你即便随意说点儿意见定点儿规矩，也有人听有人遵守，便有些得意起来。

正式上课的时候，第一课就是古诗。待我把古诗的写作背景、表达主题、诗句的意境等讲清楚后，就开始课时讨论堂上提问，教学方法自然与小学老师的截然不同。学生感到新奇，学习热情高涨，就不断地操着当地浓重的土音提问释疑。

忽地灵机一动，当堂郑重宣布，凡课堂期间的所有对话，必须使用普通话。话音刚落，教室里鸦雀无声。

还没意识到这一规定可能带来的后果，就点名提问。提一个名字，人是满脸通红地站起来了，嘴却紧紧地闭着。再问一个，还是如此。直到下课钟声响起，教室里除了我惊讶质问的声音，再没有了学生的任何声响。

满腹疑虑地离开教室，数学老师已经等候在门口了。

坐在教研室里正纳闷呐，奇怪着这群孩子怎么忽然之间就变成哑巴了。数学老师匆匆走来，不悦地说，这儿的学生哪像城里人会讲普通话呀，一个个的都不敢说话了，幸亏你规定只在课间说，要是在校园里也必须说的话，咱学校不就办成聋哑学校啦。语调神情间堆满了不屑与嘲讽。

忙跑到教室，红着脸修正刚才的规定。除了我上的课还得努力讲普通话，别的课程就随便啦。

第一次上课，就这么洋洋自得地开始，又灰溜溜地结束了。

为了保住自己那点儿可怜的威严，也为了让学生在语文课上以至今后能流利地使用普通话，我连吃奶的劲儿都使了出来。后来自嘲道，我是自作自受。学生们贫笑道，我们是受益无穷。

四

第一次遭遇校长亲自听课，是在开学一个月后的一天上午，我上的第一节语文课。

前面我曾说过，校长对我的第一印象很不好。他实在不放心这百十个孩子落到我手里，会出息成什么样子。

我呆的教研室是由语文和政治两个教研组合二为一的，除了教研室主任是个满腹经纶却又不大合群的老语文教师外，其他语文和政治老师都贫嘴惯了，整日油嘴滑舌没大没小地说黄段子讲笑话，很少能有正经的话题，特别是对我这个初来乍到的小同事。间或有同事悄悄告诉我，说校长这段时间经常私下问起我备课教书及管理班级的情况，而且还在我讲课的时候躲在教室前后偷听，让我时时注意着点儿。我以为他们是在吓唬我，就没往心里去。

那天上午第一节课，是二班的语文课。上课的预备铃刚响，我夹着课本晃晃悠悠地朝教室走去。远远看见原本乱窜乱蹦吵嚷如麻雀的学生们，一个个顺眉顺眼规规矩矩地跑厕所或进教室。就纳闷，怎么一小会儿的工夫，都变得如此斯文起来了。

刚到教室门口，校长从教室里走出来，说，今儿过来听听你的课。

乖乖，听课咋不早言语一声，也好叫人家有个思想准备呀。但这话没敢说出来，只是“喔喔”了两声，便没了话可说。校长也觉没趣，但为了这百十号嫩苗子能顺利成为祖国未来的栋梁之材，还是忍辱负重地硬着头皮端坐在教室的最后面。

上课了，我把语文课本放到讲台上，就瞥见校长的眼眉皱了起来。大概看见我只拿着课本，再没有了其他备课簿之类的东西。

我这人懒得写备课簿，觉得那纯粹白费力气。只要把课本吃透，参考书摸清，再找些相关的背景资料记熟，调整好课堂节奏和课时安排，一切就只看你怎样随机应变地启发诱导学生了，那备课簿根本派不上用场。

那天的课正好赶上鲁迅的《从百草园到三味书屋》，比较难讲的一课。课时进行得很顺利，学生发言积极讨论热烈，有时相互争论不休如集市上的商贩子。我要的，正是这样的课堂效果。校长却坐不住了，悄悄地从教室后门溜掉了。

这堂课上得心里一点儿底也没有，不知是福是祸。回到教研室与同事一讲，同事说，校长可是教了十几年书的老语文教师，你是碰到茬儿上啦。这越发弄得我惶惑不安，一副大祸临头的样子。

傍晚的时候，教研室主任找到我说，校长今天去听了你讲的课，总体印象很好，启发式教学新颖灵便，学生反映很好，就是要加强备课，还要注意语速不要过快。话至此，就完了。

后来才知道，当时校长是看不惯教室里吵嚷的气氛，闷着气走的。本想狠狠教训我一顿，又想，再多掌握些证据，就背着我找了部分学生了解来自最基层的意见。没想到，学生很愿意接受这样的教学，且当场较好地回答了校长提出的一些涉及课本内容的考验题。校长这才对我的态度来了个一百八十度的大转弯。

万岁，我亲亲的学生们！心里陡然冒出这么一句。

要是没有学生们的齐心挽救，我怎能过得了校长这一关，又怎能在老教师面前站稳脚跟儿。

以后的日子里，校长不再偷听我的讲课，只是要定期检查老师们的备课簿，特别是我的。不认真的，就开会点名批评。

五

第一次与学生面对面地交锋，全是金庸等武侠小说作家们惹的祸。

那个年代，武侠小说刚刚开始流行。特别是《射雕英雄传》《七剑下天山》等，充斥着大小书摊。再加上《少林寺》等电影的推波助澜，全社会尚武成风。老的为强身健体，少的为行侠仗义。

我的学生们，便以神游江湖苦读“武侠”为己任。不仅白天黑夜课上课下昏天黑地地苦读，就连吃饭蹲厕所也是捧着本武侠小说晕头转向地不撒手，恨不得也一头拱进书里当一回书中的主角。这就对班内的学习氛围形成了强烈冲击，必须立即加以制止，但又谈何容易。

那些“苦读”生们机灵得很。上课的时候，把课本竖起来遮人耳目；下课了，远远溜到校园的围墙角落里，或是干脆跑到校外荒郊里攻读。晚自习的时候，又一手握笔装模作样地趴在铺满书本的桌子上，全身心地投入到桌底下那些刀光剑影侠骨柔肠的场面里，如痴如醉。他们绝对安静，又绝对安全。因为，下一个准备接替攻读的人，正尽职尽责地警戒着四周老师们的任何举动。一旦有风吹草动，立马以咳嗽示警。转眼的工夫，手中要魔术般地换成了课本或与学习有关的书籍。

擒贼先拿赃，没有证据，你只能干瞪眼没辙儿。突击抓了几次，甚至还学日本鬼子那样搞扫荡，就是突然搜查学生的书包，结果一无所获。

实在气急了，更主要的是被这种不利于学习的态势急红了眼，就在晚自习停电时，借了夜色和室内蜡烛微弱光亮的掩护，学一些间谍特务们的行当，悄悄溜到教室的窗前门后偷窥，立刻就发现了目标。几个箭步蹿过去，不待示警声响起，已经人赃俱获了。

心里窃喜，盘算着如何摆布这个倒霉蛋，以起到杀鸡给猴看的效果。想来想去，来个狠招儿，以绝后患。让他登上讲台，先做深刻检查，再就着讲台上的蜡烛，自己亲手把那本心肝宝贝烧了。这招果然奏效，班里从此再没有了剑客侠女的身影。

过了几天，班长专门找到我说，老师你也太狠了。那本书是他从书摊上借来的，就这么给烧了，摊主见天索魂似的催他还书。他又不敢回家要钱赔，夜里经常偷哭。

心里就有些懊悔，当时不该太简单莽撞了。但在学生面前，还得装出一副打击歪风邪气决不手软的架势。

到了晚自习时，班里有学生大打出手，就是被烧书的那位和为他警戒的那位。原因很简单，一个埋怨警戒的不尽责，一个嫌他攻读得太专心，两下里话语激烈，便以拳脚代替了口舌。

把两个昔日盟友今为冤家的学生叫到办公室，先训斥再调解。待俩人相互认了错后，留下被烧书的满脸愁容的那位，单独进行解释安慰工作。末了，拿出钱让他去赔摊主儿的书。学生死活不接，并立誓说，要是今后再偷看，就把自己的爪子也一并烧了。

面对这么倔强又懂事的学生，我无法相信表弟所说的糟糕的师生关系。

六

第一次深切感受到学生的团队精神和集体力量，是在两次文体活动中。

一次是学校组织歌咏比赛，要求各班必须拿出两个大合唱节目。

初时，我不以为然。心想，把学习抓好了就等于抓好了一切，那唱唱跳跳的东西仅是应景点缀罢了。因此，别的班级已是轰轰烈烈地排练的时候，我班却如黎明时分静悄悄。

学生们却急了，班长领着班委会的所有大小官员齐齐地拥到教研室，带着全班七十多名学生的意愿和呼声，理直气壮地与我对话。他们把这次活动的重大意义提升到了相当的高度，诸如班级形象、集体荣誉、年级地位、学生凝聚力等。

我愕然。这好像应该是老师对学生说的话，却从学生嘴里冒了出来，而受话者竟是一贯高高在上如真理化身般的老师。惭愧中透着感动，感动中流淌着一股热流。立马拍板道，唱！而且还要唱出水平来。

紧锣密鼓地排练。学生中，有的嗓子哑了，有的感冒发烧了，一律轻伤不下火线。学生还在教室后面的板报上写下了一句至今仍让我感动不已的话：为集体而唱，为荣誉而战！

毕竟时间仓促了些，比赛的时候，班里只夺了个第二名。

到教室上课时，发现学生们情绪低落神情沮丧。就问，这是怎么了。有几个女生委屈地哽咽起来。班长解释说，我们没拿第一。

只这一句话，我的眼泪差点儿滚出来。向学生鞠个躬，说，在这件事上，你们让我懂得了团队的伟大，集体的力量，你们是我的老师。学生愕然，我则坦然欣然。

另一次搞的篮球挑战赛，纯粹是同教研室的人没事找事自作自受。

一位姓解的老师经常与其他教研室的人吹嘘，说我们教研室的人干什么都行，吹拉弹唱蹦跳摔打样样精通。人家当然不服气，说他净吹牛。他说不过人家，竟私自做主胆大包天地在教导处门口挂了一个牌子，写着：语政室向学校篮球联队挑战！

这下子可捅翻了马蜂窝儿。以体育教师挂帅组成的学校联队立刻接受了挑战，并气势汹汹地到语政室叫号道，谁若不到是孙子。祸已闯下了，再怎么埋怨也无用。

下午自由活动时间，我们被逼到篮球场上，在全校师生幸灾乐祸的嬉笑声中，开始了自讨苦吃地奔跑争抢。仅上半时，比分就被落下一大截。场地上嘘声四起，全冲着语政室这群不知天高地厚的疯子们来的。脸面早已丢尽了，仅剩了满头满脸的热汗和老牛般呼哧呼哧的喘息声。

正要放弃比赛愿赌服输的时候，身后传来如爆雷般的喊声：

老师加油，老师加油！声音整齐划一，强烈的节奏感像大海里汹涌着的涛声，淹没了所有的嘘声。

转身看去，自己的学生不顾其他老师和学生们的呵斥叫骂，蹦着高儿声嘶力竭地狂呼大喊。心里一热，就想，自己不要脸面也就罢了，总得给这群可爱的学生们争口气才行呀。于是，重整旗鼓，拼了命地奔跑争抢。那喊声，一直伴随着比赛终场的哨音响起而终止。结果是，我们以几分之差落败求饶。

灰溜溜地向宿舍走去，立时有群学生尾巴般跟随在屁股后面。他们边递毛巾边安慰道，老师，别灰心，下次你一定能把他们打得落花流水。

我的眼前一片模糊。赶忙装作擦汗的样子，把就要滚出眼眶的泪花狠狠擦去。说，当然，那是一定的。

七

第一次家访，也是我唯一一次不成功的家访。

一位姓张的学生在上课的时候总是心事重重无精打采的，学习成绩也不是很好。找他谈心交流，又吞吞吐吐地说不出个所以然来。找同村的同学了解情况，只是得知他的家境不算太好，但也不会到了交不起费用上不了学的地步。

他总是在下午自由活动时间隔三岔五地往家里跑，再深更半夜地爬墙回到宿舍休息，人很憔悴的样子。我多次追问，他只是掉眼泪，一句解释的话也不说。我想，必须到他家去看看，是不是学生本身出什么问题了。

在一个星期天的早晨，我骑着自行车朝十几里外的村子进发。

进到村子后，左打听右询问，总算找到了他的家门。推门进去，不大的农家小院收拾得挺干净，院子里还栽种着几丛盛开着的花草。屋门没锁，招呼了几声，也没有什么回应，就进了屋子。屋子里的陈设很简陋，但收拾整齐，排列有序，说明主人是个干净利落和热爱生活的人。

正打量间，东屋的门被推开，一个男子如拉风箱般呼哧呼哧地喘息着走出来。相互询问了一番，知道这男子是张的父亲，近两年不知怎么患上了支气管炎症，久治不愈，连地里的一般农活都干不了，全靠女人和张两人支撑。说话间，满脸的无奈相儿，满眼的辛酸泪花。就这么默然对坐着，静等张从地里回来。

过了许久，张同母亲扛着锄头回家吃早饭。看见我，惊讶地叫了一声老师，就跑到屋里烧水泡茶。

这时，有同村同年级的学生和家长听说我的到来，都急急赶来看望，并向我数说张的早熟懂事及其家境的窘迫贫寒，包括家里地里的活计也全赖他帮衬主持。

我说起张的现状，并希望家长能尽力配合好老师的工作，把张的学习搞上去。张的父母说，老师这么大老远地跑来，都是为了孩子好，就凭这儿，大人今后再苦再累也不敢耽误了孩子。这样的家境，这样的人手，让我对家长的许诺一点儿也不放心。

在费力地推却了盛情挽留后，我让张一个人送到村口。张一直不大说话，只是低头看自己的脚尖。

我说，你跟老师说心里话，是咋想的。

张第一次抬头正视着我说，你都看到了，有几次我想跟你提退学的事，一是舍不得咱班的同学，二是怕你失望难过，就一直这么拖下来。但是不退学，家里的日子又怎么过呀，不得把我娘给拖累死了哦。

说的时候，瘦削的肩膀抖动着，有大颗大颗的泪珠子接连不断地从眼眶里滚出来。我似乎看到了“责任”二字在他单薄的体内挣扎着，呼喊着。

无须再说什么，重重地拍拍他的肩膀，说，你已经是个男子汉了，自己的事情要靠自己拿主意，但任何时候都要挺直了腰杆，轻易不要流泪。

张擦擦泪，忽然冒出一句：你应该当我的父亲。说完，撇下目瞪口呆的我跑回了家。

张还是退学了，书籍铺盖也是让同村同学拿走的。我没有阻拦，只是叫人捎话，让他没事时经常到学校来看看，学校永远是他的家。

张只来过一次，是赶集时顺便来找我的。一副结实的身板，说话也爽朗了许多，就是眼里的忧郁神色还没有褪尽。问起家庭现状，满嘴吐出一连串儿的“好”字，让人不由得起疑心。

临走时，拿出点儿钱想接济一下的意思，被他断然拒绝。他说，我天天赶集卖布匹，家里的日子强多了，老师应该相信我才是呀。

我相信了。责任是一个人生存和发展的理由，成熟是一个男人顶天立地的资本。这些，他都做到了，还有什么叫人不放心的呢。

八

第一次改行离开学校，是在 1988 年 10 月里一个秋雨绵绵的早晨。

走之前的一段日子里，我很是苦闷。整日没有事情可做，就学会了吸烟。

早在暑假开学时，学校教导处主任本着对学生负责的态度，对我说，你就要改行，学生也要升初三了，要是调走时现调整老师，怕教学上不接茬儿，影响了学生的中考成绩。

我答应下来，而且坚决不去教室，尽量避免与学生交流，好给新任教师一个充分培养师生感情的空间。但是，心里却惦记得要命。只要一听到有人议论班里的事情，就不由自主地伸长了耳朵，还忍不住替学生争辩几句。

一开始，学生也来我的宿舍，说一些学生对某某老师的看法或情绪等。我发觉这样很不好，不利于师生间的教学配合和感情交流，就制止或批评他们。渐渐地，学生便来得少了，间或来了也是略坐坐就走，没有了往日的随意和默契，似乎我们之间疏远了许多。弄得我更感到苦闷孤独，有一种人走茶凉的感触慢慢爬上心头。

一天晚上，无聊至极，就抱着吉他，自弹自唱常宽创作并唱红的一首曲子，名字好像是《爱在深秋》什么的。在一遍又一遍不厌其烦地低吟浅唱声中，我不知道晚自习结束的钟声已响，更不知道宿舍的后窗和门口已经集聚了一群学生。

猛然听到一声闷响，又传来杂乱的跑步声，伴着“嘿嘿”的嬉笑声，很快又归于沉寂。推门察看，原来是门前一段花墙因了学生的踏压而倒塌了。

是的，学生也是想他们的老师的。今晚，学生们悄悄聚集在这里，只是想听听老师的声音而已，他们心里有我的位置。后来，我把这种心绪写成了小小说《失落》，署名游人，发表在《短篇小说》月刊上，又被《小说月报》转载。

走的那天早上，正赶上早课结束。看到几个老师正忙着替我往车上搬东西，一大群学生跑过来，也不说话，只是争抢着抬箱子拎东西。

要上车的时候，一位女生悄悄地叹道，怎么就调走了呢。一位男孩子说，不走咋办？在这儿教书，连老婆都讨不到，你让老师打一辈子光棍呀。

这对话，引得四周的老师和学生一阵哄笑。我也想笑，却没有笑出来，感到喉咙里哽咽了一下。我是不善于表露感情的人，却不能不被学生特有的关怀和真情所感动。

至今，我还能清晰地忆起那两个孩子对话时的神情。

九

零零碎碎地写下上面一些文字，都是在我短暂教书日子里遇到的类似事情的第一次，像流水账一样无波无折无起无伏。

在别人看来，这似乎有些乏味，有些厌烦。因此，还有很多的第一次，就不敢一一写出来。但是，对我而言，这些都是一笔笔难得的财富，让我终生受用不尽。

时至今日，我总在想，师生之间确实存在着主动与被动、施动与受动的关系，但在很多时候，二者之间没有始终不变的主次位置，而是一种相互影响相互激励相互转换的互动过程。只有勇敢地承认这一点，摆正各自位置，老师才能成为学生心目中的老师，学生也是老师心目中的好学生。

生活，是每个人最好的老师；学生，是每位老师最好的镜子。

我是这样认为的，也算是对表弟的忠告吧。

怀念金明善先生

2014 年 5 月 11 日中午时分，突然接到王海玲女士的短信。她说，老社长金明善先生突发心梗，于 5 月 10 日零时去世。

我愕然了许久，就是想不明白，金先生怎么会突然逝去了。其实，从我们最近一次见面讨论书稿至今，才仅仅两个月的时间。讨论书稿期间，金先生神采奕奕，清癯的眉额间散发出的浓郁书卷气息，能让你直面感受到随和的音容与严谨的态度中封锁不住的智慧之光与豁达心境。

我揣测，可能是海玲女士弄错了。随之又想，王海玲女士是出版社总编室主任，又是《遍地杏黄》的责任编辑，其勤谨的工作态度与细腻的待人情怀，绝不会犯下如此要命的低级错误。直接打电话给她，得到的依然是金先生准确无误的噩耗。

我心沉痛，良久无言。

在这个暮秋傍晚时分，残阳如血。清爽的秋风拂面而至，携来西天残缺的夕照，连同驻留在我心间挥之不去的记忆。

是的，时至今日已过去五个月了，我是应该说些什么，来纪念那位于我交接虽浅但受益匪浅的良师益友——金明善先生。

其实，我与金先生交往的次数并不多。总共只有三次，且每次见面的时间都很短促。

我于几年前创作了一部长篇乡村小说《遍地杏黄》（最初的书名为《不灭的村庄》），只在互联网上连载，一直没有出版面世的机会。连载后的五年里，虽然网上评论颇多，支持亦多，但苦于无处安身就市，黯然的心境自是难以清空。

一个偶然的机会，山东省委党校的魏磊先生把我封藏数年的书稿推介给了山东人民出版社丁莉女士。丁莉女士以她惯有的旺盛精力和洞察璞玉的精准眼光，立即接手编辑此书。后来得知，为准确定位，及时出版，丁莉女士和海玲女士四处奔波多方联系，将书稿推荐给各方大家进行评估和认定，其中，就重点推介给了金明善先生。

此期间，在与丁莉和海玲女士的频繁通话中，始终有一个名字出现在耳机里，就是“金社长”。从言谈语气中，完全可以感觉到二位女士对金先生的敬重与爱戴之情。

今年3月5日，接到海玲女士的短信，邀我到济南改稿。急促地安排好了手里的工作，于8日上午赶到济南，约好下午在出版社小会议里谈书稿。那天，正是马航MH370失联的第一天。冥冥之中，是否藏匿着隐隐的预兆：我将失去一位值得尊敬与爱戴的兄长和导师。

先与丁莉女士和海玲女士见了面，以为只有我们三人来讨论书稿，得知还有金先生参加，而且他还是谈书稿的主角。我想，这位“金社长”一定是位气质高雅谈吐脱俗，有着挥手如云俯察天地般不容亲近的大家风范，心里便稍涌忐忑之意。

丁莉女士把金先生发给她的对书稿初步审核意见的短信给我看，心下才稍有释然。在这则近千字的短信中，金先生对书稿进行了全面分析和中肯评价。对人物塑造、语言特色、故事情境和情节逻辑给予了充分肯定，并对原书稿中情感欲望的描写，以及故事的完整性，提出了不容置疑的异议和批评。

我心里多少有了些底，同时也感到惊讶。这部书稿100余万字，如不能认真细致地通读的话，绝不会有如此精辟的分析与评价。

下午，我提前赶到小会议室，等待谈论书稿的时间。

时间刚到，推门进来一位手捧一摞打印好的厚厚书稿的长者。身材清瘦，衣着休闲，神情间涌荡着一股扑面而来的书卷气。我意识到此人可能是金先生，便有些含混地叫了一声“金老”。后来才知，金先生并不老，还不到60岁。想是金先生没有听清，稍一愣怔，问道：“什么？”我立即意识到自己的唐突，便改口问好。

金先生认定我就是著作者，便回应了一声，坐在了会议圆桌的对面。他细细地打量着我，还拿出一支烟递过来。就是这支烟，让我彻底打消了原有的忐忑心念。我开始以零距离的心态，直面这位初时“神秘”实则平善又睿智的老人。

讨论书稿期间，我们有过急切地解释，有过冷静地分析，甚至有过搁置不下的争议。但整个过程，始终在严谨与活泼相互交替的氛围中度过，不留遗憾，更没有缺漏。

金先生对书稿内容精准地把握，不得不让人钦佩这位清瘦的老人体内，装载了多少博学的分量和睿智的光芒。在讨论的间隙闲谈时，我才得知，金先生对名不见经传的著作者创作的这部书稿，默默地付出了艰辛劳动。他得戴上老花镜，昼夜通读这本厚厚的书稿，对需要商讨的细节均作了详尽的标注。其严谨的治学态度和提携新人的博爱情怀，令人感叹动容。

其间，我又得知，金先生也是农村出身，并在农村当过村干部，是高考制度恢复后，让他脱颖而出离乡远走，步入了著名出版人的行列。至此，我有些释然。

或许是书稿中的乡土情结和人文情怀，激起了内心深处终难熄灭的火种，让他如此痴迷地埋首于这部书稿，犹如投身于自己心目中的美好家园；或许是烙印在儿时心间永难飘逝的故乡情韵，接续起了几十年蹉跎岁月依然消磨不尽的爱乡情感；或许是爱才心切慧眼识珠的情怀，让他不顾身体有恙，抛开医嘱静养，只为一位真正的职业出版人应有的责任和担当；或许是书稿中诸多熟悉的音容相貌与家长里短，扯倒了记忆中的藩篱，与他臆想中早被唯美化的父老乡亲和故土家园有了某种情感对应。总之，他已深入其中难以脱身了。

晚上吃饭的时候，这种猜测似乎得到了些许验证。

席间，我与丁莉、海玲二位女士悄声继续着下午的讨论。忽然都觉得有一种很有意思的对应，丁莉女士的行事作风像极了《遍地杏黄》中的女主角木琴，而海玲女士就是书中的凤儿。那位主宰杏花村数十年且始终如秤砣一般象征着平衡与公正的男主角酸杏，就应该是金先生。正窃喜间，金先生疑惑地询问，待听到这样的对应归属，则又爽朗大笑。那愉悦的神情，似乎说明了对于这种对应的认可。

丁莉女士曾几次对我说，在金先生一生的编辑出版生涯中，从没有哪一部书稿能让先生如此上心如此投入过。

我想，是我与金先生的缘分吗？不，应该是书中不熄的乡土情结与唯美情怀，才触发了他终其一生又猝然而止的乡村情愫。

第二次见到金先生时，就感觉无意中发现的这种有趣对应关系越加明显。

按照金先生的修改意见，独自在宾馆里闭门改稿的一个星期里，我被折腾得疲惫不堪。

其实，在第一次讨论书稿之余，金先生就想到了改稿的地点问题，既要清净，又要有必备的写作条件。让我想不到的是，他如接待亲朋好友一般，提出让我到出版社他的办公室里改稿。这样，饮水、上网、查阅资料、闲余休息都方便，并把钥匙直接递给了我，没有丝毫的戒备与防范。也许他把我当成自己的熟友了，或许他待人接物从来都是赤诚相见坦荡如君子，尽管我们才相识了不到三个小时。

我的确在第二天早上去了他的办公室。但因电脑里文件版本的差异，不能顺利写作而退回到宾馆，就此辜负了先生的一片诚心和爱意。

一大早，我再次来到出版社准备交稿。海玲女士说，金先生本应今上午就要听稿的，但因身体不适而去了医院查身体，下午才能赶来审稿。我隐隐生出一种愧疚，问是不是日夜审阅书稿累出了病，丁莉和海玲女士均以为是。

下午再次见到金先生时，我们说了这样的猜测。金先生极力否认，说自己这是老毛病，没什么大惊小怪的。他还向我炫耀自己身体有多棒，说他一直在习练书法，能一站四个多小时而不倦。丁莉女士接话说，金先生的书法已有很深的造诣，问我想不想求幅字回去。我当然求之不得。对我而言，当初求字的想法是一种奢望。现在，已是永远无法补救的缺憾了。

谈到修改后的书稿，严谨与敏锐又一次回到了商讨中。金先生一丝不苟地审阅着每一处修改过的地方，不时地提出自己的见解与评判。有时为了说服我，他会毫不隐讳地摆出自己所处潍坊乡村中符合情理的自然情境和逻辑判断，来纠正书稿中似乎不那么站得住脚的情节与人事。仿佛这部书早已了然于心中，与他所对应起来的心目中的乡村浑然一体不可分割了。

时至今日，我似有所动。或者，可以这么说，金先生已把自己全身心融入书稿中的那个艺术化的杏花村里，并把她与自己完全消融在了一起，与之同呼吸共命运。也许，从乡土中亲历跋涉出的青春印记，在经历过数十年岁月风霜的浸染之后，越加艳丽如初完美如画，容不得任何人轻率染指和随意挪动。不管你是这个乡村的创作者，还是维护者。

书稿终于审定后，坐在车里前往饭店时，我跟金先生开玩笑说，如果这部书一天不出来，您肯定会一直不满意；如若出版后，您想必会说，这部书真的是一部没有缺点只有优点的作品吧。他听后又是一阵爽朗的笑声，就如第一次见面，说他就是书中的男主角酸杏一般愉悦。

5 月 12 日，我急如星火地赶赴济南，与金先生做最后的道别。这也是我与先生第三次见面的日子。

许是心急的缘故，我早早乘车出发，司机建龙为了赶时间，把车驶向了新开通的一条估算距离最近的高速公路。谁知事与愿违，新高速公路限速厉害，车子不敢加油直驱，反而耽搁了不少时间。赶到济南环城高速北出口时，已是 1 点钟。

在路边草草吃过午饭，又驱车直奔粟山殡仪馆，却遇到维修道路，无法直接通过。建龙怕耽误了下午 2 点钟的最后告别仪式，便果断地直驶立交桥。却又因车载导航出问题而被困在了立交桥上，如是往返数次而找不到殡仪馆的门口。

我在车中暗思，难道是金先生嫌我没有把他臆想中的美丽乡村描绘好，而有意不让我跟他做最后的道别么？或是我书中描述的杏花村，远没有他心目中的乡村更美更好而不屑与我见面吧？否则，就该在冥冥之中，指引一条通畅的路，不要耽误了我们最后告别的时辰。

直到建龙与丁莉女士的司机小张取得了联系，我才跌跌撞撞地赶到了金先生追悼会的大厅门口。此时，遗体告别仪式也刚刚开始。我暗自庆幸，看来金先生还是满意的，才让我及时赶了过来。

站在金先生面前，望着熟悉的面孔。面额清癯依旧，早已僵硬的眉宇间，似乎依旧涌荡着挥之不散的书卷气息。

丁莉女士说，金先生生前一直在审定我的书稿，即使样书出来后，仍在认真地进一步推敲完善着。力求尽善尽美的执着精神，着实让人感动和钦佩。直到突发病症之前，他的家中还摊摆着《遍地杏黄》的样书。她和海玲女士原本想等我早到一些，在他仍审定的样书上签署三人的名字，随金先生一同焚去，让他在另一个世界里继续修正完善着他心目中的理想乡村。因是等不及我，而改由她俩签字焚烧了。

这是我的又一个遗憾。我反倒觉得，金先生是不会怪罪我的。毕竟，这部书稿里已经承载了他的博爱思想和乡土情感。他所熟知的乡村田园，他所熟悉的乡亲父老，他所熟读的山水人事，尽被他悉数带走，没留缺憾。我相信，天堂里也会有他的亲朋文友，一同举杯欢畅，共享这天地之间息息相通且永远不散的乡村盛宴。

失联的马航 MH370 仍在人们永不放弃的搜寻视野里，而金先生早已漫步天堂一去不回。

此时，已是秋风飒飒兮的暮晚时分。坐在夕照余烬的光亮里，我心怅然若失。

坐在深秋里怀念一个人，不为悲秋，更不为心瘦，只为那深切地缅怀，连同恍如昨日的清晰记忆。

就用我的散文诗《清明时节》中一则诗句，来结束此文吧。诗曰：

爱我者，因爱而繁荣；我爱者，因爱而永生！

附：

一地哭声

一

爷爷终于咽下了最后一口气。

午夜的窗外，秋风正爽，助纣为虐般地吹打着小院里略显拥挤的树枝。枝丫间零星缀着散乱枯叶，不时地发出“唰唰”的声响，像是无情催促着这位饱经风霜的老人快点走完人世间的漫漫红尘大道，立马结束这无奈而又痛苦的生命时光。

远远躲在大人们背后，借着低矮房屋内十五瓦灯泡发出的昏黄暗淡光线，我自始至终目睹了一个人的生命，是如何在无可奈何的境地里凋零败落，以致最后悄无声息的平静逝去，进入到另一个神秘莫测的时空。

用微弱的光线为一个曾经艳丽曾经沉浮的生命送行，这不是孝子贤孙们的过错，而是一生吝啬的爷爷自作主张一手为自己造成的，怪不得任何人。年轻时因莽撞出名而不幸伤了眼睛的大姑父，在执夜班时，曾为这只弄得自己两眼抹黑的灯泡大为光火。他指责说，老爷子熬了一大家子人，现今儿老了，老了，竟只给这么点光亮，眼睛也都像我一样瞎了么?

据说，在大姑父指手画脚慷慨陈词的时候，尚还保持清醒头脑的爷爷，就用深深抠进眼眶的浑浊眼球，狠狠地瞪着大姑父。原本想借机好好表现一番孝道的大姑父，便甚觉无趣，像泄了气的皮球一样，闷坐到堂屋门后黑黢黢的阴影里，一直坐到东方泛白阳光普照为止。

自此，关于灯泡的事，大姑父便视而不见，只字不提了。

一切都是按照值班流程，毫无差错地进行的。

特别是今晚，所有的交接班，都是在三个月前大伯和三叔激烈争吵后召开的那次家庭紧急会议上所制定人员、时间、职责“三到位”的规定下，有条不紊地进行着。我敢说，今晚的值班纪律，是三个月来执行得最好的一次，当然也是最后一次了。

按值班日程，上半夜是爹和四姑值班。尽管四姑夫是远离三十里外一个村子里的支书，是个跺跺脚全村就晃悠的响当当人物，但摄于“三到位”的家规，丰满且细皮嫩肉的四姑也不得不暂时放下官娘子的身价，在这深秋的夜晚，熬眼瞪皮地守护在爷爷床前，不敢有一丝懈怠。

上半夜，风平浪静。爷爷安稳地仰躺在床上，下巴高高地翘着，整个人瘦得就像一具骷髅骨。如果不是细细察看瘦骨嶙峋的胸口上还在轻微地起伏，没人相信爷爷还活着。

这期间，四姑和爹一直在不停地说话，借此打发这难熬的漫漫长夜。更重要的是，四姑对直挺挺躺在床上面色黯然的爷爷有一种近乎恐惧的心理反射，从不敢独自一人待在爷爷的床前。

其实，并不是四姑不孝。我以为，四个姑姑中，就数四姑对娘家人最关怀备至了，甚至都关怀备至到了叫四姑夫忍无可忍的地步。多年来，她两口子有数的几次争吵打架，全是因为四姑太看护娘家人所致。导致的结果是，四姑夫一直对我们一大家子人持有只能郁闷在心又说不出口的成见。平日里，他对岳父家里的事从不大感冒。

毕竟四姑才三十刚出头，是我们家父辈七个兄弟姐妹中年龄最小的一位，娇生惯养些自是难免，心理承受力弱些也是自然。除了当乡信用社主任的三姑夫曾背地里讥笑过四姑外，其他人都很宽容，从不安排她执下半夜的班。

四姑有一搭无一搭地数说着一些家长里短的琐事。爹除了不时地察看照顾一下爷爷外，就一直坐在床前，静静地听四姑唠叨。

四姑说："大哥又和三哥劲儿上了，都三个月了，俩人咋还是互不谦让着些？"说到这里，四姑又笑了，说："二哥你知道不，那次吵架是谁在背后戳的？"

爹摇头不语。其实，他心里比谁都清楚，就是不愿说罢了，怕引得兄弟姐妹间闹矛盾。

爹一直是个息事宁人统领全家团结严防内讧发生的和事姥角色。有时顾虑太多，就显得窝囊些，但没有私心，大局当前，能舍己为人公而忘私，绝对是不自觉中顶替大伯担当一家之主的人物。他这样做，总是或多或少地损害我家的一些切身利益。为此，娘和爹狠吵过几次架。但爹的这种老毛病始终改不掉，娘也无可奈何。总得安稳过日子吧，娘只能听之任之，不再去管他了。因此，兄弟姐妹们都愿意把知心话朝他讲。

四姑说："就是大嫂子呗，小心眼儿唧唧的。咱爹大年初二住进医院，一住就两个月。不说咱做儿女的，就连孙子外甥们也都轮流跑到医院去伺候。可大嫂连医院的大门朝哪儿开都不知道，还时不时地跟咱娘偷偷要钱。咱爹的退休工资是不少，她也不能这么不盖脸地只进不出呀。咱娘背地里悄声告诉我，那天大嫂又在娘跟前提钱，说栓儿又从大学里打电话要钱，娘没吱声。趁娘上厕所的空儿，大嫂竟在屋里鬼鬼祟祟地四处翻钱，正巧让整日抓不着鬼影儿的三哥遇上了。三哥是啥货色，门儿精，要不，也不会从一个顶班的小工人，弄到现在前呼后拥的县建筑公司副总呀。三哥就拐弯抹角地盘问，大嫂死也不认账。她边骂三哥是知恩不报的白眼狼，边慌慌张张地朝外走。刚到大门口，你猜怎么着，一卷钱从她的裤腿里掉出来。她是拿了钱没处搁，顺手掖进裤腰里，慌乱间没掖好，人走得又急，才出溜下来的。大嫂拾起钱就走，还说是大哥前几天卖猪的钱，不像三哥似的贼人有贼心思，净想着冤枉诬陷好人。二哥你说，这不是此地无银三百两嘛。娘进屋，三哥就让娘看看丢没丢钱。娘也是，对三哥也不放心，还说家里也没几个钱，钱都在你三姐夫那儿存着。三哥就一脸鬼笑地不提这事了。可娘待三哥走后一查，天啊！又少了五百块。”

爹边笑边圆道：“那些日子，大哥真是卖了两头肥猪呢。”

四姑撇撇嘴，继续说道：“就是你宽厚。咱爹出院回来，大嫂从没端过一碗水，背地里净给大哥灌迷魂汤了。还不是当年爹退休的时候，没让大哥顶班让三哥顶了的事，弄得大哥又勾起了当年的火气。三哥对咱这个家也算可以了。钱不说，那么多大事小情的，哪件不是三哥在外边打理。大哥家的栓儿能上大学，要不是三哥跑里跑外，就他那个分数，别说现在的重点，就是二流大学也轮不到他呀。这次找不着茬儿，就嫌三哥不能在家里轮班看护爹。你说，这不是有意挤兑人么？三哥一个大经理，公事私事一屁股，能天天窝在家里不去工作？大哥从没主过事，好不容易盼他拿出个大哥的样子主一回事，竟是一家三天地轮流值班看护爹，还起名堂叫啥‘三到位’。这名词，就是逼死他，他也想不出。肯定是栓儿那兔崽子电话里出的馊主意。”

爹笑了，说：“也可能是从电视里学来的。他家打年前买回彩电，大哥一有空儿就蹲在电视前，一晚上能耗得没了节目才睡觉。”

四姑就拨浪鼓似的摇头，一脸的不屑洒落一地。她依旧不平地说道：“就算是学的，也不能这么折腾人呀。三哥倒是活该，谁让他没事找事呢，苦就苦了二姐家。二姐夫长年外出，在建筑队里打工，三个孩子的吃喝拉撒，再加上五六亩地，让二姐咋顾得过来呀。生小三儿的时候又被罚了钱，本来家底子空，日子紧巴，再这么家里家外地跑，罪可怎么受？现今儿，三秋大忙都开始有一些日子了，谁家里不是火上屋笆一团急的。大哥这不是造孽么。”

爹重重叹口气，说：“看爹的光景，也就在这几时。还是忍耐些吧，陪完了爹就行了。”

就这么断断续续地唠着，不知不觉，快到半夜十二点了。

下半夜应该是二姑和三叔值班。傍晚的时候，三叔打来电话，说公司下属的建筑队出了事故，砸死了一名民工，他得急着处理后事，今晚就不能回家值班了。当时，爹痛快地回道，你快忙你的，我就再守一夜吧。

这个时候，二姑还没有来。她家就住在邻村，虽说只有四五里地远，毕竟一个女人家，又是忙着抢收花生，还要照顾三个不大不小的毛孩子，难啊。爹也没指望她来。

刚到十二点钟，爹就催四姑快去睡觉。他说，我和崽儿守着就行了。其实，我也困得厉害，也一心想去睡，但没敢说出来。

四姑不忍心，说：“你已经三夜没合眼了，是铁打的身子也撑不住啊。不行，我这就去叫大哥来，他的班叫三哥回来顶。他要不来，我就拖他来。”

爹不让她去。正推脱间，二姑挎着一篮子花生拖着疲惫的双腿迈进了院子。

爹说："这么晚了，你咋还来?"

二姑回道："刚摘完日里刨下的花生，要不，又要耽误明天的活儿了。"

四姑接过篮子，顺手放在床前。她刚要转身，一下子停住了，哆哆嗦嗦地叫道："看，快看，咱爹这是咋的了?"

爹快步抢到床前，看到爷爷开始大口大口地吐气，浑浊的眼珠子直往上翻。爹急了，叫我快去喊大伯来，就说爷爷可能不好了。

我连滚带爬地跑出去。屋里的二姑和四姑慌乱地在箱子里翻找爷爷的寿衣。

这寿衣是四姑找人做的，做好拿回后，却一直没有付钱。伯娘说，寿衣必须是闺女付钱。四姑说，爹一个月那么多工资，还差这点钱么。就这么争执了大半年，钱却成了悬案。

秋夜很静。我的脚底板响响地拍在大街上，引得全村的狗追着屁股叫，叫成了一片狗的乐园。

我猛拍大门，喊叫大伯说，爷爷可能不好了。

过了挺大的工夫，大伯才披着褂子出来。他嫌道："鬼喊鬼叫地急啥儿吔，这不是早晚的事吗。"

等我和大伯来到老屋的时候，爷爷确已不行了。出的气越来越弱，原本蜡黄的脸上布上了一层暗暗的死灰色。

我想起人们说，人死前都要有回光返照的瞬间。说人又有了精神，思路清晰，开始交代一些遗嘱，了了心事后，才可咽下最后一口气。我就缩到门后，看爷爷能说出什么样的遗嘱来。但是，没有，没有所谓的回光返照，也没有留下什么遗嘱。

当听到大人们顿起的号啕哭声时，我明白，爷爷真的走了，永远地走了。看来，爷爷一生太吝啬了，吝啬到连最后的遗嘱都不给我们留下。

大伯急慌慌地说："快穿装老衣裳，等身子硬了就穿不上了。"大人们就边哭边手忙脚乱地给爷爷穿年前做就的那身寿衣。

我真的不愿看爷爷的身体。爷爷下腹部上的那根导尿管被爹拽出来时，带出了几缕黑血。下体蚕儿一样地萎缩着，再也不是我和爷爷到村前河里洗澡时看到的累垂的一堆。人的生命是如此顽强，不到耗尽最后一丝能量，是不会心甘情愿地奔赴另一个世界的。

初时，爷爷得的是前列腺炎，后又查出是癌症。接着，就住院开刀插导尿管。从此，爷爷就整日带着这根两个月就得一换的管子，又顽强地生活了六年。

爷爷不想死。从一次次拔管子插管子，有时都带出一摊血一丝肉块的惨痛经历中，我看到爷爷咬牙皱眉不吭一声，任凭汗水浸湿了衣服。每到月底的时候，都是爷爷主动提醒家人，千万别忘了换管子。这接送任务，当然都是三叔的了。

我曾听到大姑夫背地里嘀咕道，真不如早死算了，遭这罪。但爷爷不怕遭罪，他想活。遭罪的是爷爷省吃俭用熬得村人眼红又嫉妒的一大群人模狗样的儿女们。在每年一次住院例行治疗的一个月中，到医院去陪床看护，就成了大家顶头疼的一件事。

谁都忙得要命，为生计奔波，为官位奔波，为老婆孩子吃喝拉撒奔波。哪个不是整日忙得脚丫子朝天。但陪护就得老老实实地窝在令人厌烦的病房里，搭上工夫不说，还得自摸腰包搭上辛辛苦苦挣来的生活费。更主要的是，有些人忙起自己的事情就忘了爷爷，这就不可避免地在兄弟姊妹间渐渐产生了些许摩擦。

先是大伯嫌三叔不来陪床，接着三姑夫嫌二姑夫光在外边挣钱不来医院看看。二姑夫可是在千里之外一个遥远陌生的城市里做建筑工啊。大姑夫嫌爷爷的伙食不好，一个个都舍不得掏腰包给爷爷改善生活。到了后来，大伯也嫌二姑夫不来陪床，嫌三姑夫整日牛逼哄哄地不把自己放在眼里，又嫌大姑夫整日嘴巴不停地看这儿不顺眼看哪儿不得劲儿。弄到最后，谁对谁的印象都不好，只是碍于面子，不在明面说罢了，背后的议论却是随处可闻。

爷爷的寿衣已穿戴停当。头戴一顶宝蓝色的瓜皮帽，身穿对襟绣花的蓝绸褂子，脚蹬一双绣花的布鞋，裤子外面又套穿了一件打折的裙子样衣服。猛眼一看，除死灰般的脸色外，爷爷活脱脱是一位过去地主的模样。

从来都穿着有补丁衣服的爷爷，恐怕做梦也想不到，败家子的儿女们会违背自己一生勤俭的信条，给自己穿上这么一身奢侈浪费的华丽新衣。如果他还活着，心里不定会生出几多的愤怒和感叹。

老屋里又涌进了一帮子人，有本门本户的，也有主事帮忙的。他们七手八脚地把屋子打扫干净，在地上铺一层厚厚的麦秸，将爷爷装进了他今后将永远居住的家。这个时候，大人们的号啕声又一次响起来。哭声塞满了老屋，悲痛立时笼罩在屋里屋外。

天已放亮，新的忙乱的一天开始了。

这忙乱，要一直持续到三天后爷爷入土安葬为止。这期间将要发生什么事情，谁也无法预料。

二

二爷是在爷爷刚入殓后拄着拐棍一瘸一拐地来了。

爷爷就兄弟俩人，平日里能说上知心话的也就只有二爷了。老哥俩一辈子没红过一次脸，平日里也是相敬如宾的。可以说，老哥俩是相互搀扶相互拉扯着走过了七十多年的人生风雨历程。

如今爷爷先他而去，撇下他凄惶孤伶一个人，二爷的悲痛之情非他人可比。而且，二爷的腿脚也不好，患上了股骨头坏死，身子骨一天糟起一天。二爷的两个儿子一个闺女也不是孝顺敬老的主儿，只顾老婆孩子热炕头地过自己的小生活。到现在，二爷还自己做饭自己艰难地伺弄着几分供自己活下去的田地。

二爷一路哭着进到院子。看到堂屋门口顶着爷爷的棺木，立着爷爷的灵位，他竟一屁股坐到了地上，嘶哑的哭声细若游丝，急剧的喘息也是半口出半口咽，弄得旁边人心里堵得难受。

大伯半跪着想搀扶起二爷，被二爷狠狠地一甩胳膊，不让他搀。大伯挺尴尬地半跪在二爷身边，不知如何是好。爹知道，二爷素来厌烦大伯，嫌他私心重，又不顾全大局，有意使给他颜色看的。

爹跪到二爷跟前说："二叔，爹是今晚儿一点多钟走的。想早点告诉您老，又怕黑灯瞎火的，走路不方便。现今儿一摊子事，得有个主心骨的人镇着，您老不能光这么哭哩。"

二爷慢慢地止住了哭声。他艰难地站起来，问道："后事是咋料理的?"

爹回道："三弟还没赶来，这事想等兄弟们聚齐了，再让您老发话安排。"

二爷顿顿手中的拐棍，说："这事还等咋的？都到西屋议议就是。"

爹不敢逆了二爷，大伯更是不敢吱声，几个人到西屋坐了下来。

二爷说："你爹劳苦了一辈子，攒下这份家业，是勤俭持家的好手，五村十里的没人不知道。现今儿，他两手一摊，手心空空地走了，当孝子的是咋想的？"

大伯懦懦地回道："电视上说，要简办丧事，不让铺张。就想……就想……"

二爷愤愤地打断他的话，说："你就想这么把你爹卷巴卷巴埋啦？"

大伯不敢再搭腔，屋内一阵沉默。

二爷的愤怒也不无道理。爷爷是个老干部，这样称呼似乎不太确切。准确地说，只能算退休的老职工，是计划经济时代应运而生的乡供销社老会计。谨慎小心的爷爷在三十多年会计生涯中从没出过一次错，就是过去那么多的人为运动，也没有损伤到爷爷一根头发丝儿。但村人一直都叫他老干部，既是对一生小气但绝对温和善良的老头儿的尊敬，也是对公家人端着风吹不掉雨淋不着的金饭碗的羡慕。爷爷退休后的工资就有几千块钱，这不仅让村人眼红，也早已成了大伯老两口儿的一块心病。当然，别人也不是没有想法，只是一时还没有显露出来。

正沉默的当口儿，三叔跌跌撞撞的来了。震天响的哭声，足以显示他年轻体壮中气十足的体魄。

看来，三叔的确很劳累。满脸的疲倦之色，两眼通红，就像爹几天来没合眼一样。

他的痛哭，又招惹出一片号啕哭声。二姑已哭得上气不接下气，身子摇摇欲坠。要不是娘在一旁搀扶着，她肯定会泥儿一样地瘫倒在地上。

哭声过后，三叔被急急地叫到西屋，继续商量爷爷的后事。

三叔挺激动，或许是为没赶上爷爷最后一口气而深深自责，想以另一种方式来弥补自己的缺憾。他拍着胸脯说："二叔，一切都听您老的，您说咋办就咋办。爹这一辈子太不容易了，临走，怎么也得风风光光地走。要不，别人还不笑掉大牙呀。"

二爷听了他的话，心里很受用。三叔最能看透别人的心事。别人想什么，他准会做什么。要不，仅几年的工夫，他也不会从一个接班的小工人，"蹭蹭"地就爬上了县建筑公司副总的位置。爹说他聪明，是我学习的榜样。大伯说他是人精，鬼心眼儿一肚子，坏水也装了一肚子。

大伯忍不住插言道："按说是这么个理儿，可不知爹到底还有多少钱。爹的钱都在他三姑夫那儿存着，谁也摸不透。还是有多少钱，办多大事的好。"

二爷真的火了。他厉声呵斥道："有钱好办事不假，这没钱就不能办了么？你们要是还认我这个亲叔，我就一句话搁在这儿，没钱就是借，也得风风光光地把事情办好。不然的话，我可不依。"说完，他瘸瘸拐拐地去找奶奶。

奶奶似乎对此事不太关心，说："他二叔，这事你就做主吧，咋办咋好，就是别太难为孩子们了。"

二爷说："放心，就算难为一下也在情理上，看谁敢现世败脸哩。"

二爷找奶奶的空当儿，大伯嘀咕了一句："自家的事都管不好，还跑咱家里来发号施令，真是的。"

三叔平素不太愿和大伯说话，这次有些憋不住。他冲大伯说："大哥，二叔说得不在理吗？"

大伯赌气地说："在理，在理，可也得有钱哦。我的日子哪像你们这么滋润，栓儿这兔崽子刚到学校没俩月就打电话来又要钱，让我上哪儿掏腾去。爹从来不交权，咱兄弟们在他眼里好像是后爹养的，对谁都不放心，就信着他三姑夫。到如今儿，一个子儿也不见，咋筹划这事?”

三叔不屑地撇撇嘴，说：“推三阻四的，不就是为了爹的那点钱么，这还不到分权分钱的时候。”

大伯“呼”地站起来，瞪着眼珠子就要开腔儿。西屋里的空气就弥漫着一股火药味儿。

爹赶忙把大伯按到杌子上，说：“这是做啥？什么事情都还没个头绪，就自家人闹开了，让人知道了多不好。”

大伯气恼地道：“知道了更好，不知道的，还以为咱家多么有钱有势，自家的苦处自家知道。我咋能跟你俩比，做小买卖的做小买卖，当官的当官，就我一个人刨土坷垃，能刨出几个钱来。要不，就打电话问问他三姑夫，爹到底还有多少钱。有多少花多少，我没意见。”

三叔说：“这个电话我不打，谁爱打谁打。”

爹说：“这个时候打电话，是不好。这样吧，咱三家现有多少钱都拿出来，先凑着。等办完事再结算，平摊，行不?”

大伯又要说话。三叔赶紧插话说：“就听二哥的，我随身带着五千块，不够再叫人送来。”

爹也说：“家里还有三千，是预备秋后给钟儿娘治腰腿病的。”

大伯一直没吱声，用手一个劲儿地搓着脚丫子。

这时，二爷又返回来，进门就提后事筹划的情况。

三叔说：“二叔，想咋个办法就咋个办法，我们都听您老的。钱的事不用焦心，要多少就拿多少，一定让我爹风光一回。”

二爷这才高兴了。他说：“咱村的丧事比别村都简单，可你爹的事就不能太简单了，得叫外人看看咱老宋家的声望。首先，这报丧就得大报丧，不光咱村，所有的亲戚朋友都得通知到。”

三叔插话说：“凡亲戚圈子的人，都得捎个花圈，公家人都兴这个。”

二爷点头认可，又说：“再是，东乡那地儿都兴响器班。虽说咱这儿不兴，咱也得请，让你爹临走也高兴一回。”

三叔又插话说：“咱请两班子，对着吹，那才有声势呢。”

二爷又重重地点头，接着说：“三是……三是……”顿了半天，他实在想不出还能搞出一些怎样的名堂，来祭奠一母同胞的哥哥。

三叔接茬说：“三是赶紧请个风水先生来，给爹选块好坟地，对咱下一辈都有好处。”

二爷真的高兴了。他提醒三叔说：“选坟地的时候，别忘了也给我选个地方。这老胳膊老腿的，也没几日子活头啦。”

三叔忙应道：“不用您老说，我也替您想着呐。”

爹一直没说话，一副听之任之的模样。

大伯越来越紧张了，终于还是憋不住地问道：“这得多少钱?”

三叔眯起眼睛粗略地匡算了一下，说：“七八千块钱，也就差不多了。”

大伯的脑门儿上，立时冒出了一层细小的汗珠子。他的脸哭丧着，比刚才哭爷爷的时候还难看。他闭紧了嘴巴，不敢再吱声。

在这几个人中，二爷铁定了心要大办，爹随着，三叔又激进异常，就剩他自己一个人孤掌难鸣，就算说了也是白说。真要是再僵起来，把这位身穿名牌西服腚坐高级轿车挺着超级将军肚的主儿惹急了，再阴险地附和二爷出个什么坏点子来，那还不知又有多少花样等着自己掏腰包呢。大伯不是没吃过这样的亏。

事情终于定了下来。于是，各自分工。外围请人招揽的事全是三叔的，家里琐杂事情是爹的，大伯的任务就是陪灵陪客陪哭陪说话。

这样的安排，大伯比较满意，总算冲淡了一下刚才受到的憋屈和苦闷。

三

柳爷被爹请来了。

他快步来到爷爷的灵柩前，谦恭地深作一揖，又规矩地跪在地上“咚咚”叩了几个响头，就很响地哭起来。他的眼泪没出来，鼻涕和口水倒是长长地滴落到地上。

柳爷的悲痛，是发自内心的。他是和爷爷从小光屁股长大的。八九岁的时候，在村前发了洪水的河里捞鱼时，他差点被淹死。是爷爷不顾身家性命，拿一根长长的竹竿，费尽吃奶的劲儿，才把他打捞出来。为此，他对爷爷的感激之情持续了一辈子。其实，爷爷在公家做事以及退休后的几十年里，并没有给过他什么好处。他似乎对爷爷的小气也颇有微词，但这并没有影响到他要报答的救命之恩。

我们村的所有丧事，全是由柳爷主持的。周围一些讲究的大家大户有了丧事，也都是请他去主持，全因了柳爷深懂礼节规范的缘故。由此，也惯出了柳爷的傲慢性子。一般人家的邀请，柳爷不太情愿，直至三番五次地登门恳求，才能求动他的贵体。爹去一求，柳爷立马就赶来了，这当然不是爹的面子有多大，而是柳爷奔着爷爷的大恩德来的。再在爷爷的灵柩前哭上这么几声，足以把丧事的规格提升到前所未有的高度。

大伯陪哭的声音比先前提高了好几倍，意在向村人宣告，我们家的体面大上天边去啦。

西屋里已经准备好了香烟好茶。待柳爷大咧咧地坐下，三叔赶忙斟上茶水递上烟，爹就恭恭敬敬地把自家初定的想法汇报了一通儿。其间，二爷不时地插上一两句，意思是搞这么个场面，都是爷爷的孝顺儿女们一致要求的，没有别的意思。

柳爷狠狠地吸着烟，并不时地眯起眼，细细品味这烟的味道儿。他吸的烟，是我们乡下人难得一见的软包大中华。三叔的兜里还有好几盒，就是平时在老家也难得掏出来让大家品尝的。

待吸完两支烟后，柳爷开了腔儿。他说："按咱村的习俗，从来没这么办过。既是孝子们的要求，我柳爷说不得，就板板正正地把事情办周全喽，也叫大家伙儿开开眼，让老哥哥地下有知也高高兴兴地合上眼。"

说罢，他站起身来，说要去看看入殓的事情都周全吧。三叔又不失时机地从口袋里摸出两盒软中华烟，硬塞进柳爷的裤袋里。柳爷推让了几下，也就欣然接受了。

堂屋里显得空旷了许多。原先满满当当的笨拙橱柜及零乱家什全被挪出了屋子，只剩一具灵柩和满屋地上撒满的麦秸。

看到柳爷进来，姑姑伯娘们都远远地让出屋子，竖起耳朵，静听柳爷察看的结果。

柳爷围着灵柩转了一圈，又将棺盖轻轻推开一半。爷爷就齐整如地主模样地呈现在人们眼前，依然是光艳的寿衣和死灰色的老脸。

柳爷问："这是谁做主入殓的？"

大伯忙说是他。大概他看见，柳爷先前对灵堂里的安置表现出了满意神情，就急忙再争取一回柳爷的满意吧。

柳爷轻责道："脸上咋不盖上白纸呢?"

大伯被问懵了，半天答不上来。

柳爷催道："快去拿纸来。"

大伯赶忙递过一张烧纸。

柳爷说："不是烧纸，是大白纸。"

他又解释说，这白纸要盖在死人的脸和身子上，要不的话，死人吸进了阳气就会诈尸。

爹让我赶快去村头小卖部去买。

我兔子般地一口气跑进小卖部，对正低头拨拉算盘的老孙头高声喊道："买大白纸，快点!"

老孙头头也不抬地问道："买几张?"

我忘了问需要买几张，就说："不知道，反正你快点，要不，要不……"

我没敢说出诈尸的话，后脑勺儿上噌噌地直冒冷气。

老孙头戳一下快要掉到鼻尖上的老花镜，慢悠悠地说："不知道，就再回去问问。"

我可真急了，脑子里不断闪现着爷爷穿着鲜艳的衣服，在院子里一蹦一跳四处抓人的情景。就赶忙说："给我一打儿。"

待我抱着一大卷白纸冲进院子的时候，看见四姑正愤愤地和娘说着什么。还好，没有什么大事发生。

我大汗淋漓地把白纸递给爹。爹瞪了我一眼，骂了句："笨蛋！一张就够了，哪儿要这么多呀。"

大伯也跟着骂道："真是败家子儿，拿着钱找乐子。"

爹脸上一红，急忙抽出一张纸，递给柳爷。柳爷把纸捋了捋，轻轻盖住爷爷的脸和身子。

我赶紧溜出屋子来。要是还在他们眼前晃，不知又会有什么错安在我身上。

四姑和娘还在悄声嘀咕着。这回不仅四姑脸色愤愤地，娘的脸色也极不好看。

娘说："大哥就知道找人家的茬儿，咋就不找找自家的呢。钟儿再有不是，可也知道整日整晚地围着他爷爷的床前转呢。栓儿倒好，除了知道他爷爷有好吃的，就跑过来蹭上一顿，平日里给他爷爷递过一杯水倒过一次尿啦？真是的，什么爹教什么子，还有脸说呢。"

四姑也说："谁不知他吔。就说寿衣的事吧，我拿来的时候，就说先叫爹试试，不合适再改。是大哥嫌不吉利，硬是不叫试。这回倒好，袖子短了，就把火发在我身上。你说我冤不冤？不行，找时间，我得和大哥论论理儿，他凭啥说我心疼钱？我再疼钱，也不差这一尺布呀。"

听了半天才明白，我去买纸的当空儿，柳爷又发现了重大问题。就是爷爷身上的寿衣袖子太短了，刚好够到手脖子。这袖子必须盖过手指才行，要不，就主着下辈人中出第三只手，就是俗话说的"偷儿"。

这可是关乎着我们一大家子人今后家门盛衰的大事。

大伯先是恳求柳爷想法子破解破解才好，继而就把平日积攒的闷气借机发了出来。他指责四姑心疼钱，不肯尽心好好做。

"这不是有意坑害下一辈儿吗？"大伯的最后一句话，多少带出点儿火药味来。

四姑哪受过这种窝囊气，眼泪直在眼眶里打转转。有心上前理论，又碍于眼前的场面，再加上娘死死地扯她，四姑才暂且强咽下了这口气。

我知道四姑的脾气，这口气早晚得吐出来。时间长短不好说，但她决不会吃这种哑巴亏的。与娘的叨咕，就是一个明显信号。

这时，三叔偷偷把二姑叫到大门口，悄悄地说了一阵子话。

二姑立马急躁起来。她抓住三叔的衣襟，连声问道："这咋办，这咋办呀?"

四姑和娘跟过去，问咋啦。

三叔说："出事的建筑队，就是二姐夫待的那个。二姐夫也受了伤，脚砸伤了，不算太重，今天准备转到县医院去。"

娘和四姑立即慌了神儿，说："又得陪床又得办丧事，还得看护孩子，这叫他二姑咋受啊?"

这时，二姑已经哽咽起来。

三叔说："公司都安排妥了，二姐你别急慌。"

正说着，三叔的手机响了。接二连三地回了几个电话，又一个电话打进来，说是响器班定好了，明天一大早就过来。两个班共十二人，每人每天要价八十块，说是八八大发。

三叔就骂，说："这是什么事，人死了还发什么发，就六十块，叫他六六大顺去吧。这还得看他们两家的表现呢，表现不好，一个子儿也没有。"

四

徐先生是个六十多岁的小老头，长得精精瘦瘦的。一把银白色的山羊胡子翘在尖尖的下巴上，举止洒脱。脸上挂着一抹浅浅的笑意，随和又不失大家风度，真如电影上看到的那种仙风道骨的模样。

听三叔说，徐先生在东乡一带那可是家喻户晓老少皆知的神人。谁家一旦有个红白喜丧事，没有不请他的。就连谁人得个癌症绝病什么的，也都要去请徐先生来，勘察勘察这阴宅阳宅风水八卦匹配什么的，而且特灵验。比如有个姓朱的人家就一个儿子，结婚十年了，连个人毛也没生下来。这不是要绝朱家的后吗，就请徐先生去勘察。徐先生一进院子，立时抚掌大笑，说，笑死我哩，快把门边的猪栏平掉，再把南门改设东门就行了。看众人不解，徐先生耐心地指点道，这主孕育的方位被几头肥猪占着，是要让人也生猪崽子吗？果然，在改了门平了猪栏之后没俩月，那女人就怀上了，来年一下子生了俩肥头大耳的胖小子。你说这身手神不神？三叔还说，就连县上一些单位有个奠基庆典什么的，也都去专车请徐先生的。

三叔和徐先生很熟。从下车的那一刻起，俩人就不停地说话，别人只有跑里跑外递烟续茶的份儿了。看来，三叔的公司肯定没少请过徐先生。

待烟足茶好后，徐先生说：“宋总，咱还是抓紧时间办正事吧。”

三叔连连点头，准备起身离席，引徐先生到村后祖林上去。二爷就拿眼光连戳三叔，意思是让三叔带他一起去。三叔怎会不明白二爷的意思，就招呼二爷走。还没站稳身子，竟差点叫大伯从后面拽倒了。

三叔明知故问，说：“大哥，有啥事呀？”

大伯扭捏了一下，说：“我也得去吧。”

三叔说：“这儿的事情这么多，你得坐镇招揽，咋能离得了人呀。”

大伯很不高兴。碍于徐先生的面，大伯不好多说什么，脸色却是阴阴地要下雨。

二爷和三叔陪徐先生钻进轿车刚走，大伯就对爹愤愤地说：“什么玩意儿，这看祖坟可是大事情，来不得一丁点儿的私心杂念。他不叫咱俩去，安的什么心？”

爹说：“他看好了，也省得咱操心，就让他看去吧。”

大伯瞪一眼爹，不屑跟爹说话。爹又忙自己那些诸如分配跑腿的人买菜割肉借盘凑碗之类的琐杂事去了。

大伯闷闷地坐在灵屋里，狠劲儿地吸着二尺长的旱烟袋。他的屁股上像长了疖子，一刻不停地移来挪去，不得安生。

约莫过了半个时辰，大伯实在忍不住了。他对我说：“你爹看着精明，其实是个傻瓜蛋。这看祖坟的学问大了去哩，稍有一点偏差，好运气就都让他占先了。”看我一副懵懵懂懂的傻样，大伯又说：“你和你爹一样，笨爹养傻儿，一对笨蛋。”

终于，大伯还是坐不住了。他对我说：“你在这儿看着，要有什么客来，就立马到村后祖林上喊我。我得去看看，他们到底搞什么鬼名堂。”说完，他拍拍屁股，就急急地走了。

其实，我也一心想看看那些人能在祖坟上搞些什么鬼名堂，神神道道的，确实挺神秘好玩的。我便像大伯一样在灵屋里扭来晃去，屁股上也长出疖子似的。

姑姑伯娘们在院子里悄悄地拉呱，叽叽喳喳地，就像往日家长里短拉呱一样。

娘说：“他二姑，你也瞅空儿回家看看孩子吧，这时候也不知吃上饭了没有。”

大娘也好心地说：“他二姑夫伤得不重，你得放宽心才是。”

正说着，大姑和三姑结伴来了，是坐三姑夫的桑塔纳轿车来的。

还没进门，那号啕声顿时响起。院子里马上回应出哭声，老宅立时笼罩在一片悲痛欲绝的氛围里。

那女人们的哭声，最是听不得。缠绵哀婉，一咏三叹，丝丝扣人心弦。弄得你心里酸酸的，眼泪就不知不觉地淌出来。

哭过一阵后，四姑说："都别哭了，喘喘气，往后有的哭哩。现在哭狠了，就没力气哭了。"

众人都止住哭声，相跟着进到灵屋，悉数坐在麦秸上。四姑又把昨晚以来发生的大大小小事情细细地说了一遍。

我不愿意听她们的那些唠叨，一门儿心思惦念着祖坟上的事。趁众人不留意，我偷偷溜出老宅，匆匆向村后跑去。

我们家的祖坟在村后不远的山坡上，离村子也就是二里多地。山坡不是很陡，山石嶙峋，杂草丛生，一个小山凹里散落着大大小小数十个坟头。平日里，我是不敢一个人来的，特别是晚上，连朝这边瞥上一眼的勇气都没有。今天不同，远远看到几个人影在坟头间前后左右地晃动，平日里的恐惧早已无影无踪了。

好像已经选定了穴位，就是埋爷爷的地方。

徐先生正在地上摆弄着一个小小的罗盘，并不时地眯起眼调对着方向。他手上边忙嘴里边说："这块林地，也就只有这儿是上乘的啦，通算起来能打八分。"

大伯赶紧问道："还有打十分的穴地吗？"

徐先生微笑着摇头说："这整个林地就没有十分的穴位。"

听了他的话，其他人的脸上，都挂上了遗憾表情。

徐先生顿了一下，说："就这个穴相吧，艮山坤相，主下一辈的人团结和睦兴旺发达。"

大伯又说："听说，这地儿的穴相都是震山乾相的。"

徐先生有些不悦，还是含笑回道："这地儿的震山乾相，只主发大枝，小枝上的人借力不大。”

大伯急了，嚷道：“可咱这祖林都是这个相口儿，要是改了，是不是不太好呀。”

三叔本就对大伯擅离职守不高兴，又见他有些拂逆了徐先生，就说：“你咋这么多话，咱爹熬下的可不只是你一个。一大家子人都好才算好，就你一家子好了，我们咋办?”

大伯嘟囔道：“还是随大溜的好。”

三叔不再理睬他。他对徐先生抱歉说：“我大哥就是有些顾己，千万别生气。你觉得咋好，就咋定。我就是敬佩您老公正无私不偏不倚的人品。”

二爷也说：“这样好，一大家子都能借力，谁也说不出啥来。”又说：“徐先生您给看看，我以后在哪儿好哦?”

徐先生指指不远处的一个小洼，说：“再好点儿的，也就只有哪儿了。虽说比这儿差点儿，也能打七分。”

二爷问：“能不能把俺老哥俩都放在这儿呀?”

徐先生摇头说：“地方太小，搁不下。”

二爷就有些怅怅地，心有不甘的样子。被晾晒在一边的大伯既气又闷，索性招呼也不打一个，独自一人赌气下山去了。

徐先生尴尬地蹲下来，边收拾地上的罗盘边说：“宋总啊，这看风水是没有深浅的，你再多请几位来看看。一个人总是有偏差，多几个人的眼力，就多出一些成色来。”

三叔急得直跺脚，连声说道：“看徐先生说的，我这辈子只相信您，其他那些我还真没看上眼。”

接着，他又说出一大堆赔礼道歉加恭维的话来。徐先生才慢慢地有了悦色。

这时，山下村子里又传来一阵哭号声。

二爷说："快到送汤的时辰了，咱得下山去哩。"

五

按乡下的习俗，人死入殓后，要早、中、晚一天三次送汤，也就是给故去的灵魂送饭吃。活着的人要吃饭，鬼魂当然也要吃饭的。

所谓的汤，就是用小米煮的清水。把那半生不熟的清水放在罐子里，送到村前一个用石头粗略雕刻的土地庙上。据说，人死后，那魂儿就暂时寄居在土地爷那里，待三日内送了盘缠下了葬后，就要或是骑马或是坐轿到泰安冥府去报到，再申请下世投生的事宜。

这送汤也是有讲究的。

在柳爷的指挥下，叔伯姑娘一干人，都穿着白色长袍大褂，头顶孝帽，腰捆麻绳，长长地摆成一支队伍。柳爷手提瓦罐在前引路，大伯手里捧着一卷烧纸，爹扛着一根梢头上绑着一束香的扁担，三叔拎着一只杌子，相跟在柳爷的身后。之后，又是姑姑伯娘及我家门里的一大串人。

第一次送汤，要先指路。意思是告诉爷爷，你已经不是活人了，成了阴间的一鬼魂，以后要在另一世界生活，并按时接受儿女们的拜祭。这指路是不能哭的，一哭就会把爷爷哭迷糊了，还以为自己是喘气的活人呐。这样就会无端地生出一些事故，弄出一些动静来，俗称显灵，会吓着活人的。

来到村头的土地庙前，柳爷让大伯站在杌子上，一手拿着烧纸，一手举着扁担，对着西南方向，嘴里大声叫道："爹，西方明路，苦处使钱，甜处安身。"要一连叫三遍才行。

不知咋回事，大伯老是走神儿。就这么简单的几句话，他总也说不连贯。气得柳爷直骂大伯笨。柳爷越骂，大伯越急，就越是念不顺溜，引得周围看热闹的人群里不时发出“嘻嘻”的笑声。

这个时候，二姑忍不住哭了起来。此时，我可怜的二姑真是内忧外患。哀痛爷爷，心疼姑夫，又惦念家里的孩子，她不伤心才怪呢。

柳爷大声呵斥道：“不准哭！”

二姑终于强忍着止住了哭声。

这里，大伯总算念完了那几句该死的绕口令。从杌子上下来时，他竟是汗津津喘吁吁了。

地上一片哭声四起。哭声中，柳爷将手中瓦罐里的汤水泼到地上。意为这水在地上形成了一条滔滔大河，挡住了爷爷回家的道路，今后他只能在阴间的土地上四处溜达了。

孝衣飘舞的队伍掉过头来，缓缓地向老宅子走去，准备马上执行第一次送汤任务。

刚回到老屋，大伯早已抛下了刚才的狼狈相。他冷冷地指责三叔说：“咋不光着脚丫子呢，可着这些人，就属你娇贵？”

是的，大伯说得一点儿没错。第一次指路时，要求孝子们必须赤着脚，正式送汤的时候必须穿着草鞋。柳爷曾三番五次地交代过，三叔不会这么快就忘了的。唯一的解释，就是三叔怕自己娇嫩的脚丫子经不起街面上细碎石子磨砺而装糊涂罢了。

大伯不依不饶地狠狠数落了一顿三叔，借机痛快地发泄了一肚子闷气。弄得三叔的狼狈程度，更甚于刚才的大伯。三叔满脸通红，急忙脱掉脚上锃亮的皮鞋，无奈地把自己胖胖的脚丫子伸进粗粝不堪的草鞋里。听说，他的脚丫子可是三天两头地在洗脚店的药水里泡。这回不用再让服务员用手按摩了，只那粗粝的草鞋就能把脚按摩出血泡来。那一走路一龇牙的表情，就准确地说明了这一点。

再马不停蹄地去送汤。送汤与指路的程序差不多，不同的是，众人可以一路上痛痛快快地大哭，哭得越响越好，以此来显示爷爷熬下这一大家子的人气有多么旺。同时，大伯也免去了念刚才那几句话的苦差事。

六

中午吃饭的时候，不见了二姑，哪儿也找不到。

我猜想，她可能太惦记家了。那一群小孩子，还不知在家里闹成了什么样。在大家相互询问时，我说出了自己的猜测。

别人都没再说什么，只有婶娘有些不满。她说："是爹的事重要，还是自己家里的事重要呀。"

可能婶娘理解不了农家里里外外的琐杂繁忙。她是城里人，她的父亲是一位已退休的大干部，三叔的升迁全是婶娘家的人一手提拔的。要不，哪会有三叔现在的神气。不仅三叔由着她，连我们一大家子人都谦让着她，谁也没有给过她一丁点儿的委屈。

在我的心目中，大姑慈爱却没有主见，二姑愁苦却心志硬，三姑懒惰又好事，四姑娇惯却有副热心肠。

饭桌上，大姑闷头吃饭不着一词。四姑风风火火地里外催菜催饭。三姑就紧紧靠坐在婶娘身边，让菜让饭，还不时地贴在婶娘耳朵上叽里呱啦地说上一阵悄悄话。好像全饭桌的人中，只有她俩才是真正的知己。弄得别人都不太舒服，娘和四姑不时地拿眼斜她一下。

婶娘吃饭很挑剔，不是嫌菜咸了，就是汤没味儿。这饭菜可是我爹请了全村最好的厨师做的。听说，大跃进年代公社办食堂的时候，他是首席掌勺的呀。看来，这城乡差别是永远也消除不了啦。

伯娘不大说话。其实，她不是不想说，而是一心想说，却总也找不到插话的空儿。她想和三姑拉呱，但看到三姑一副不理不睬的样子，就只能闷作了哑巴。直到吃完了饭，伯娘才得空儿把三姑悄悄拽到一旁，拉她一中午想拉而又没拉成的呱。

可能是三姑看不大起伯娘，所谓话不投机半句多。没说上几句，三姑就有些不耐烦地丢下句："这事你得去问孩儿他爹，我一个女人家知道啥?"说罢，就陪婶娘到灵屋去了，撇下伯娘自己傻呵呵地呆在那儿。

伯娘半晌儿没回过神来，脸上红一阵白一阵的。看来，她又和大伯一样生了一肚子闷气。

灵屋里只有婶娘和大姑、四姑在场。娘回家喂猪去了，二姑还没回来。三姑竟当着众人的面，把伯娘刚才拉的呱给说了出来。伯娘是问三姑，爷爷到底有多少钱，也好掐算一下这丧事的费用打算。接着，她们就开始七十三八十四地口诛笔伐起伯娘来，把伯娘说得一无是处一塌糊涂，直到伯娘忸怩着进到灵屋为止。

伯娘已然恢复了正常模样。她和众人打过招呼，就一个人坐在麦秸上。别人也不大与她搭腔儿，话也少了些，这灵屋里就显得有些气闷。

这时，叔伯们进来，坐在西屋里边吸烟边商量着明天早上报丧的事宜。

这报丧是件大事。而且，爷爷的事要大办，报丧的范围就大，报丧的人选就要求精细利落。尽管有些人早已得到了爷爷的死讯，但必须在接到报丧信息后才能马上赶来，还必须赶在中午十二点前到，并在灵屋里陪爷爷度过最后的夜晚，俗称守灵。

几个人粗略地掐算了一下，包括爷爷的女婿、侄女婿、外甥、孙女婿等，所有与爷爷和我们本家有干连的外姓人及其父母在内，大约有百多位。按居住区域及路线来排，也得要有十个人明早天不亮就出发。要不然，客人在中午前是赶不到的。

这个重任，直接落到了大伯的身上。大伯也拍着胸脯说："放心，保准误不了事。"

第二天待客及后天下葬等所有生活杂务，自然是整天在外做小买卖的爹来张罗了。所有外交任务，当然是三叔的。

这样的安排，与早晨二爷的分工基本一样。只不过进一步量化了任务指标，有些事具体到了人名和时间而已。

刚分配完了任务，大伯就神神秘秘地说："现今儿，老了人一定要火化。这人烧成了灰，魂还能剩下吗。咱偷偷弄个假火化，日后爹也能给咱下一辈借上力使上劲儿呀。"

这属于外交事务，爹和大伯就拿眼一齐看三叔。

三叔皱着眉头说："这哪成呀，政府管得这么严，要是搞假火化被弄出来，我可是吃不了兜着走了。"

大伯不高兴地说："前村老郁头儿死时就没火化，也没被弄出来。看看人家现在的几个孙子孙女，个个上大学的上大学，发大财的发大财，全是老郁头儿给供出来的。"

爹也眨着小眼睛说："咱搞严实些，不会有事吧。"

三叔直挠头皮，半晌儿不应声。

大伯和爹正轮番开导三叔的时候，娘和三姑进来拿孝布，预备明天来客人好发放。屋里的谈话，俩人就多少听出了一些名堂。回到灵屋后，三姑边收拾孝帽孝带子，边把西屋的秘密说了出来。

婶娘一听就跳了起来，厉声道：“这不是合伙儿挤兑孩儿他爹么?”说完，她就气昂昂地奔到西屋里。

婶娘对老哥仨大发雷霆，说：“你们到底要干啥？真要出了事，你俩倒没啥，可孩儿他爹还想在外面混吗？不也得和你俩一样回家刨土坷垃。”

这么乒乒乓乓地一顿光火，三叔倒是解了围，可怜大伯和爹被婶娘数落得脸红脖子粗。俩人又不能与弟媳妇争执，只能老老实实地吃了顿窝心糕。

没过多大一会儿，灵屋里又传出婶娘的声音。声音响亮，句句不落地钻进西屋老哥仨的耳朵里。意思是，嫌孝带子太窄孝帽子太小，说这么个大家大户的，连块孝布都弄得这般小气，不是要让人笑掉大牙么，得重新扯布裁剪。三姑也一个劲儿地附和道：“就是，就是。”婶娘越发来了精气神儿。她马上把三叔叫出去，让他打电话通知县城的布店，抓紧把布送来。

大伯和爹全愣住了，脸阴得很难看。婶娘不知深浅地胡嚷一通，却不知自己已经闹得过分了。这孝布的裁剪，可是我娘和伯娘辛辛苦苦地搞了两天才完成的。除去辛苦不说，重新缝制，哪能来得及。

三叔握着手机狼狈地回到西屋，眼睛探照灯似的在俩人脸上扫来扫去。意思是探询两位兄长的反应，这电话打还是不打。爹一声不吭地呆坐着。大伯一个劲儿地用手搓着脚丫子。俩人就是不说话，也不去看三叔。

三叔觉察出苗头不对，就自找台阶地说道：“娘们儿见识，不知轻重，别听她的。”说罢，讪讪地坐下，不敢再去理会婶娘。

这事似乎就此结束了，其实不然。整整一下午，婶娘的嘴就没停下过，一个劲儿地提孝布的事。每个人心里都清楚，这含沙射影地不停数说，恐怕矛头早已对准了大伯和爹。于是，大伯就闷气，爹也不自在，但又不好在婶娘跟前说些啥儿。

渐渐地，伯娘和娘也生了气。俩人私下嘀咕道："这是啥时候，净没事找事。嫌布扯小了，她早干啥去啦？打进了宋家的门，就从没过问过家里的事。这回倒好，充起大瓣蒜来啦。再说，咱扯的布在村子里可算是最大气的了，咋就能丢了老宋家的门面呢。就算丢脸，也没丢她一个人，她在这里唠唠叨叨地算个啥儿呀。"

四姑也有点看不惯婶娘的做派。大姑和二姑嘴上不说，心里也有想法。因此，在接下来的时光里，婶娘就不知不觉地失去了人场，没几个人愿和她说话的。

倒是三姑左右围着她转，没话找话地附和上几句。别人又看不惯她的势利相，慢慢地，连三姑也没了人场。她俩人只能暂时结成了一个外无援助内又孤单的小宗派团体，相互安慰相互体贴相互鼓励地晃荡在灵屋里。

到了傍晚送汤的时候，婶娘就赌气没去。这一下子，三叔的日子就不太好过。大伯又一次把三叔埋怨了一顿，爹也在三叔跟前流露出对婶娘的不满。弄得三叔叫苦不迭，却又不敢去说婶娘，只能哑巴吃黄连有苦说不出。

七

第二天鸡叫三遍的时候，灵屋里又一次传出惊天动地的哭声，在清静的晨曦里显得格外响。这是早晨辞灵的时辰，也预示着新的忙乱的一天又开始了。

哭过之后，每个人都按照昨天的分工，匆匆地分头去履行自己的职责。

三叔的手机一直没停，一会儿催促响器班快来，一会儿又过问公司里的事情。爹也匆忙地搞他的采买事宜。大伯更是忙乱，指挥着我东跑西蹿，这个门叫那个门喊，纠集他的人马，好快点去四里八乡报丧。直到早晨送完汤后，我们才简单地吃了点儿早饭。

响器班是九点左右来的。共两个班，一个班五人，一个班七人。

五人班的都是清一色小伙子，骑着贼亮的摩托车，后腚上驮着一捆响器，全是铜管唢呐锣鼓等长长短短的家什。七人班的是坐三轮车来的，老少不一。里面还有一位女的，长发披肩，黢黑的面孔上化着浓浓的妆。特别是那鲜红的嘴唇，总让人想起刚吃了野驴的母狮子。

在老家大门口用篷布搭了个棚子，十几个人就驻扎在里面。没多久，棚子里传出了一阵阵乐器声，是《小放牛》《小寡妇上坟》《小白菜》之类的曲子。曲子哀哀怨怨，幽幽咽咽，倒也好听。把悲哀的气氛烘托得到处都是，好像全村人都在办丧事呐。

这期间，三叔偷空儿给两个响器班的成员开了个小会，会场就在棚子里。会议的内容，无外乎怎样好好吹，吹得好的，能叫三叔满意的班，要多加钱；吹不好不满意的班，就要扣钱。扣除的钱，就奖给让三叔满意的班。这个主意挺损人的。说白了，就是一个班肯定能多加钱，而另一个班必定要被扣钱了。

两个班刚来的时候，还是一团和气。小会一散，马上对立成了两大阵营。两个班主急急地把自己人叫到一旁，碰头研究对策。

接下来，两个班就虎视眈眈地相互较起劲儿来。一班吹罢，一班上场。两个班轮流吹奏，这曲声就没大间歇。有的时候，只能听到乐器声而不闻孝子贤孙们的哭丧声，就此引来了大半个村子的人驻足观看。那种久违了的搭台听戏的场面，竟在爷爷的丧礼上展现出来。

这个时候，老屋的来客渐渐多起来。各种汽车、自行车、农用车等交通工具，满满地排了半个街面。骑自行车和坐农用车的，都是本家亲戚之类的人。而坐汽车的，都是三叔所联系的各色各样单位的人员。

院子里已经放不下花圈了，就一字排开在大街上。立时，整个街面便红红绿绿的一大片。同时，还有送幛子的，就是亲戚朋友来吊孝时，扯三尺或白布或蓝布或灰布，挂在院子内外，上面写上送幛子的人名。风吹幛子飘，就像电影里看到的大染坊一样。

对于大伯和爹来说，这场面，足以让俩人感到一百二十分的满意了。岂不知，三叔更满意的不只是这些场面，而是坐各色汽车的人随同花圈送来的一笔笔吊唁礼金，少的一百、二百，多的上千元。于是，三叔专门找了个令他放心的人，专职登记这些礼金。

婶娘也不时地走过来，查看哪些单位送来了多少钱，脸上当然要现出悲哀的神色，但眉梢间咋也掩饰不住内心的喜悦。就像演戏一样，一个满怀欢喜等待出嫁的准新娘，非要让她出演一个悲伤的角色，真是难为死了婶娘。

三姑夫是坐自己单位的车来的。他也挺着个大肚子，肥胖的脸上红光满面。除了和三叔握握手外，他对其他人一律点点头算是打过了招呼，一副牛逼哄哄的架势。

怪不得大伯顶烦三姑夫。连我也有些敬而远之，不敢上前开口说话。

大伯偷偷对爹愤愤地说："牛啥哩，不就是个乡信用社的小主任么，架子倒大上天去了。"

爹就笑笑，不置一词。

说归说，大伯在过了几十分钟后，不得不屈就尊体，近乎讨好地凑近三姑夫，主动攀谈。这不能怪大伯有怎样的贱骨头相儿，而是最近一个时期以来一直紧绷于头脑中的那根弦，逼迫大伯就范的。说白了，这根弦就是一个字：钱。

爷爷到底有多少钱在三姑夫手里，全家人都是一头雾水。爷爷临死时又把这秘密带进了棺材，这又不能不叫人担心钱的真实数目。我这样说，有些对不住三姑夫，好像全家人都不信任他。但当时的情形，不由人不犯嘀咕。

大伯在主动向三姑夫汇报了爷爷生前死后的事宜后，就试探着说道，爹的丧事是按附近村里最场面的法子办的，也就想让人家看看爹熬下这家子人的旺气。只是这费用大了些，还不知咋整治。

三姑夫是精明人，哪会听不出大伯的意思。他说："大哥，爹存下些钱不假。这次，我也把存折都带来了，就想着等把爹殡下后，再当着娘的面，把这些钱掰扯清了，也不负爹的一片苦心。"

慢慢地，大伯就有些激动。他嘴里不停地说："那是，那是。"手就不由自主地摸向裤兜，笨拙地掏出一盒烟来。他想给三姑夫递上一支，却咋也撕不开烟盒。

三姑夫瞥见这盒我们村小卖部里最好的烟，轻微地皱了一下眉头。他马上拿出自己的“一支笔”香烟，抽出一支，递给大伯说：“吸我的，吸我的。”

大伯憨憨地笑笑，又把自己的那盒烟麻利地塞进裤兜里。

八

中午送汤的时候，大部分亲戚都来了。

四姑夫也到了，就是大姑夫和二姑夫一直没来。二姑夫受了伤，不能前来，也在情理之中。可大姑夫不来，就显得没有理由。

大伯和三叔一个劲儿地问：“他大姑夫啥时来？”弄得大姑就急，直骂大姑夫这个老东西这般不是东西。一直骂到刚吃完中午饭，大姑夫和他那辆大“金鹿”自行车一起来了。不是人骑车，而是人扛着车，满头满脸的油渍和汗水。

原来，大姑夫早早就上路了。但半路上遇到一群羊，大姑夫本来眼神就不好，又是下坡路，便一头拱进羊群里，重重地跌进路边的水沟里。人擦伤了点儿油皮，可自行车圈却变了形，不能转圈。没有办法，只能扛着车一路走来。

刚安顿好大姑夫吃了饭，柳爷进来说：“今晚儿要送盘缠，贵客有不会磕头的，就到村后晒场上去学。”

大姑夫头一扬，随口说道：“磕头还用学啥哩?”

柳爷的脸顿时挂下来，说：“会磕头的不用去，不会的去学吧。”

大姑夫真就没去晒场，而是一个人坐着喝茶水。又见没人陪自己说话，腿上和胳膊上的擦伤还一个劲儿地冒血汁儿，却没人来过问。他心里便不痛快，独自闷闷地坐了一下午。我想，大姑夫这一辈子注定要时不时地为自己的莽撞付出代价。

按村里习俗，死者下葬的前一天晚上，要送盘缠。就是给死者送上一大笔路费，好让他骑马或坐轿，跋山涉水地去泰安冥府报到挂名，以便争取早日安排自己下世投胎。

这个场面要十分隆重，连同下葬那天在村头摆路奠一样，是全部葬礼中最大的看点。这个时候，贵客们也就是闺女婿们是最关键的人物。他们要让人们摆布过来，再摆布过去，成为人们品头论足的对象。聪明的人，就越加谨慎小心，循规蹈矩，以期留下好印象，让围观的人赞叹一回。稍微犯糊涂的人，就会被评得一塌糊涂，留下一生把柄，让人饭后茶余作笑谈。以至几十年过去，这坏印象也消除不了。

在关键的时候，大姑父总是变得不那么聪明，太看轻了这事情。也许是他那地方不兴这个，所谓五里不同俗十里改规矩吧。

我相跟着两个姑夫及几个亲戚来到晒场。足足等了一顿饭的工夫，柳爷才来。

我真不知，这磕头竟有着如此多的名堂。有一揖三叩，就是作一个揖叩三个头；还有什么三揖九叩、四勤四懒叩、大奠叩、小奠叩、三八二十四拜等。名目如此繁多，几个姑夫亲戚的头都大了，却怎么也记不住是先作几个揖再磕几个头，或者顾了作揖磕头，就忘了脚步朝哪个方向迈，连手也不知搁哪儿好了。

柳爷做了几个示范动作，搁下一句话，说："今晚送盘缠的场面大，磕头作揖一定要齐整，别把自己的脸当了腚让村人踢。"说罢，就拍拍屁股走人了。

几个姑夫还是大眼瞪小眼地瞎琢磨这揖和头的关系，迷糊成了一锅糊涂粥。这时间又不等人，一小帮人便互相团结起来，你对着我叩，我朝着你拜，结合刚才的记忆加上各自独创，在晒场上此起彼伏地勤学苦练着。毕竟，谁也不愿意在这样的场合下丢人现眼。

这时，我真的替大姑夫担心。不知他真会磕这种折腾人的头，还是不懂装懂地瞎逞能。

九

送盘缠的仪式，是在太阳刚落山的时候开始的。

正要请灵的时候，谁也没想到，二姑夫一瘸一拐地来了，腿上打着厚厚的绷带。

爹迎上去，说：“你伤着，就别来了。”

二姑夫憨憨地回道：“就是叫钢筋把腿肚子划了个口子，没伤着筋骨。”

此时，大伯正手忙脚乱地在灵屋里请爷爷的魂儿。

大伯在柳爷手把手地指导下，将烧纸撕成圆圆的一小片，再在中间撕个圆孔，就是所谓的纸钱。拿着它往四周墙壁及棺木上放，黏住了，就说明爷爷的魂儿被请住了。可能是大伯在昨天指路时被柳爷骂怕了，柳爷越是细心指导，大伯就越心慌，那纸钱就越请不住爷爷的魂儿。有几次黏住了，却被大伯粗重的喘气给吹下来。柳爷又骂大伯笨。越是骂，这纸钱越是黏不住。

三叔急了，说道：“你闪开，我来。”说着，就要伸手夺大伯手中的纸钱。

这就有些太霸道了。大伯是长兄，而且这活儿也只有长兄才有资格做，哪能轮到三叔呀。

大伯又急又气，狠狠地把三叔伸来的手打开，吼一句：“你给我滚开！”

三叔哪听过这样的言辞。在单位里，只有他说别人的份儿。他就涨红了脸，转身出了屋子，嘴里还清楚地冒出一句："笨蛋一个！"

大伯真的火了。他站起身来，朝着三叔的背影骂道："你个小三鬼儿，说啥呢？"

爹忙扯住大伯的衣襟，催促道："快点儿请吧，这么多人都等着呢。"

大伯恨恨地道："这些日子来，就能了他哩，我跟他没完呢。"说罢，接着再请。他屏息静气地忙活了一回，终于把爷爷的魂儿极不情愿地逮着了。

大伯怀抱着爷爷的牌位跟在柳爷的后面，再后面就是长长的一队孝布晃动的送盘缠队伍。

这队伍显然比昨天指路时要长出十几倍，塞满了整个街面，一眼望不到头。此时，两班响器齐鸣，震耳欲聋。哭号声也渐次响起，百十个人敞开喉咙使劲儿大哭，这声响能传出几里地远。

村西头路边安放着一张桌子，上面摆着整鸡整鱼及馒头等供品。桌前的地上铺着一领大苇席，估计是磕头用的。

果然，柳爷已经神气地站在了供桌旁。他神色肃穆，犹如一尊雕像。我们一大家子人就跪倒在桌边，狠狠地放声大哭。

我发觉，这哭声因人而异，各有不同。

大伯哭声苍老，像冬天里刮着的北风。爹的哭声沉重，如掐碓砸夯。三叔哭声响亮，是夜雨中的雷声。

在几个女人中，伯娘哭声悠柔，一哭三叹；娘的哭声细腻，哀婉凄绝；大姑哭声嘶哑，如扯布断帛；二姑哭声柔弱，却顿挫有致；三姑哭声尖利，如金属撞击之声。四姑的哭声最有意思，她边哭边诉说着什么，用诉哭来形容比较恰当。就是不知，婶娘的哭声有什么特点。今晚她还是没来，估计还在为昨天的事耿耿于怀，不愿轻易善罢甘休呐。

在哭声汇成的浪涛声中，柳爷亮开沧桑的喉音喊道："指——路!"

指路，是送盘缠的第一道程序。长号吹出了震慑人心的鸣声，唢呐叽里呱啦地响成一团，鼓声如鞭炮般响成一片。

这指路的差事，非大伯莫属。可是，今晚的场面与昨天截然不同。那么多的人，那么响的声音，那么多双眼睛盯看着。特别是除了本家人外，大半个村子的人都在四周风雨不透地围着看热闹。让大伯一个人当一回主角，而且还要再说上三遍那几句绕口令般的话，真是害苦了大伯。

大伯紧张死了，两条腿直打哆嗦，并影响到了手，那紧握着的扁担头也一直在抖。杌子就四十厘米高，大伯却连着两次没有踏上去。终于艰难地把脚挪到杌子上，却又踏偏了，大伯摇晃了几下身子，差点摔下来，引得周围看热闹的人发出一片"嗡嗡"的嬉笑声。

这笑声更加剧了大伯的紧张，竟然把那几句话吓到爪哇国里了。他摇头晃脑张口结舌地忙活了半天，怎么也想不起那几句该死的话了。柳爷催促着快点，大伯真是出了大汗，脑门子上冒出了一层汗珠。

爹悄悄地提醒大伯该说什么，但噪声太大，大伯怎么也听不清楚。他只好伏下身子，大声对爹喊道："说大声点儿!"

爹提高嗓门儿说一句，大伯就更大声音地重复一遍。指路就在这二重唱中好歹结束了。

柳爷极不满地瞪大伯。大伯遮头盖脸狼狈不堪地随家人萎缩到供桌东侧，跪在地上不敢再抬头。

柳爷又喊一声："拜——祭——开——始!"

这拜祭是今晚的重头戏，主角就是爷爷的四个闺女婿，其他来客都是配角。到了这个时候，想要体面的人，就开始后悔下午在晒场上学习得不够刻苦认真了。

柳爷在点卯，就像带兵的将军在沙场上点将一样。

第一个点到名的，当然是大姑夫。起初，大姑夫似乎不太紧张。他甩着孝袍，晃晃荡荡地来到苇席边。刚要抬脚上席，两边的响器猛地齐响，如晴空里打了个霹雳。大姑夫一个趔趄，差点跪倒在席子上。

这一声响，把大姑夫的镇静劲儿惊得没了踪影。大姑夫扭头狠狠瞥了一眼响器班，说了句什么。可能不是什么文明话，惹得响器班起了众怒，响器吹得越加响亮。

大姑夫有点懵了。他跌跌撞撞地奔到供桌前，跪下"咚咚"磕了四个响头，转身就要往后逃。四周已笑成了一片。

柳爷就有些生气，呵斥道："你磕的啥头?"

大姑夫被笑声和呵斥声弄恼了。他赖皮地回道："俺那地儿就这么个磕法，咋的?"

敢顶撞柳爷，这可是从来没有过的事。柳爷说："这是宋家村，不是你那地儿，就得按这儿的规矩办。磕头也要合乎礼度呐。"

大姑夫脑门儿上的青筋都鼓起来了。他梗着脖颈子应道："就这地儿的穷规矩多。我磕头不合礼度，今后我还不磕了呢。要是再磕头，我就倒着走出这村子。"

大姑夫真是有点胆大妄为了。这样的场合，他竟说出了这样的话，不仅伤了我们家人的感情，也公然向全村人发起了挑战，没有把上千口子人放在眼里。

人群里发出一阵嘘声，伴着几声喊叫："叫他滚下去吧。"

大姑夫就瞪着不太好使的眼珠子，满人群里找那喊叫的人，一副要拼命打仗的架势。大姑羞恨交加，再加上连日来的伤心劳苦，竟一下子晕了过去。

场面有些乱了。姑姑伯娘们忙着给大姑捶背掐人中。大姑夫手卡着腰站在席子上就开始叫骂，像泼妇骂大街似的。骂的对象，当然是那些不晓名不知姓嚣张叫喊的人了。

这就太不像话了。人群里有几个小伙子，摩拳擦掌地想上前打大姑夫。

二爷怒喝一声："这是啥场合，由着你们胡来？"

"你们"当然是指大姑夫和那几个小伙子。也是这句话提醒了人们，这场合哪能适合打架呀。场面顿时安静下来，大姑也清醒了。爹指挥几个妇女，把大姑搀回去休息。大姑夫也丢人现眼地跟在几个人屁股后，灰溜溜地走了。

拜祭还得进行下去，但早已失去了先前的肃穆和庄重，只能草草地进行着一个又一个程序。柳爷对下面磕头拜祭的要求就不太严格，只想快快完成他煞费苦心安排的标准仪式。至于想借爷爷的丧礼狠狠露一手以显示自己博学多识的念头，早已烟消云散了。这倒让其他三位姑夫多少松了口气。即便磕头的规范动作错了点，也就不那么招人眼球了。

其实，别看三姑夫平时多么牛气，但在今晚的场合，他的紧张不亚于大伯。想磕二十四拜，磕了不到一半就晕头转向起来。有几次本应对着供桌磕，却磕错了方向，他竟对着两边的人群大叩特叩起来。

人群里发出哄然的笑声，多少冲淡了一些刚才大姑夫制造出的紧张气氛。

四姑夫哪敢磕二十四拜呀。他慌慌张张地上场，三揖九叩地逃下来，带着一头细汗。

就数二姑夫磕得齐整。尽管他一瘸一拐的，但不紧不慢中规中矩地完成了令人生畏的二十四拜。这是今晚最合礼仪的一幕。

后面的仪式，如群拜、开眼光、烧纸钱、送西归等，已如深秋里的枯叶，稀里哗啦地落尽，再响起一地哭声。就此，结束了爷爷丧礼中的第一出重头戏。

✦

爹显然有些担心。在开晚饭的时候，他特意嘱咐厨子说，菜要上好菜，但酒不能多上，一个桌只上两瓶白酒和一捆啤酒，多一点儿也不行。

他不是小气，而是怕今晚再弄出什么事来。也是的，真要是有那么一两位客人贪杯喝多了，再出现送盘缠时的一幕，这丧礼真就没法进行下去了。

爹的担心不是多余的。但任凭他多年来做小买卖练就的谨慎细密的心思如何会打算，也没能免除这场狼烟已起的纷乱。

吃饭的时候，三叔几次找爹说，酒不够了，让快上白酒。爹连声应着，就是不给上。三叔就生气，说："咋这么磨蹭呢。"爹不理睬，三叔又不好对爹发火。饭是好歹吃完了，客人们的怨言牢骚声却随处可闻，说什么的都有。

二爷黑虎着脸，叫大伯、三叔和爹到西屋里商量事情。

刚在西屋里坐下，二爷就发火了。他用手指戳点着爹的鼻子说："老宋家的脸面，都叫你给丢尽了。再穷再没钱，也得让客人吃饱喝足呀。"

三叔也说："就是，就是，太丢人了。那些人说得多难听呀，就差骂大街了。"

爹就委屈得要命，忙解释自己的担心。为进一步摆脱自己的干系，他拼命强调说，钱确实不多了，明天的人更多，费用更大，原来的那八千块钱已不够用了。

二爷狠狠地数落了一顿这担心的多余，就又回到了费用上。爹详细地把费用一一列出来，诸如光两顿宴席就摆了四十多桌等。多少有点超支，但不像他说得那么严重。不过，确实需要合计下一步的用度了。

这时，二爷就有些后悔。当初是自己硬逼着搞这么大的场面，只想为哥哥争个死面子，却没想到给哥哥的儿女们带来了多大难为。他自觉理亏，便闭紧了嘴巴，不再说话。

大伯就提说，三姑夫已把爷爷的存折带来了。爹说，存折又不是现金，远水不解近渴呀。

正愁闷着，大伯眨着眼睛瞅三叔说："是不是把今儿送来的礼金先用一下？"三叔不吭声。爹说："也是，今儿可收了不少礼呐。"三叔面有难色地接道："这礼金都在孩儿他娘那儿。"爹催他快去拿，三叔就是坐着不挪窝。

三叔的举动，就勾起了大伯的新怨旧恨。他把茶杯重重地顿在桌子上，愤愤地指责三叔的窝囊和这两天来的无礼。他咬着牙根说道："你的能耐呢？你的精明呢？我是笨蛋，你可是聪明蛋呀，聪明得都成了咱老宋家的总经理啦。再说了，为咱爹送的礼金用在爹的事上，咋就不行了？我看是正用在了地方上。咋的，你还想独吞了呀？"

三叔就有些搁不住脸面，回应道："我和二哥都凑了钱，大哥你凑了多少啊。就凭你是兄长，一毛不拔不说，还净找这个那个的毛病，真是有病了吧。”

就这么一来二去唇枪舌剑的，战争的小火苗便呼呼地烧起来。

恰在这时，偏偏又让好事的三姑听到了。她火速地找到婶娘，添油加醋地一说，把婶娘几日来闷堵的心胸一下子气炸了。

婶娘风风火火地转来，脚踏门槛手指着大伯撇着高腔道：“咋了，大哥？你们家的什么事我们没做到，叫你这么光火？孩儿他爹为这么个穷家出尽了心力，反倒落了万般不是啦。我告诉你，你们欺负孩儿他爹行，要想欺负我，得再次投胎。我们在外边随了多少礼金送了多少礼品，你们谁能知道。这礼金，可全都是回我们的礼呀，谁也甭想染一指头。就是扔大街上让人抢了，我一分也不会花在这里的事情上。”

夹七夹八地一顿，把大伯气疯了。他随手摔了茶壶砸了茶碗，接着又要掀桌子。爹死死按住桌子，咋也调停不了。最后，还是娘和几个姑姑把婶娘拉走了。

二爷气了个半死，哆哆嗦嗦了半天也没说出一句话来。爹也不敢再插言。

正闷闷地坐着，外边又跑来本家侄子，气喘吁吁地说，大姑夫和两位响器班的头儿吵架呐，估计就要打成一团了。

爹顾不得许多，拔腿就往外奔。在门槛上一脚踩空，又扭伤了脚指头，他只得一蹦一跳地来到大门口的棚屋里。三叔也相跟着来了。

棚里的战争，纯粹是大姑夫一手挑起的。

大姑夫不满意送盘缠时响器班人的戏弄，就寻来评理。没评上几句就开骂，骂了一阵子就要开打。要不是爹和三叔及时赶来，这场势力悬殊的战斗就会开始了。应该说，是爹和三叔免除了大姑夫的皮肉之灾。

爹好说歹说地把大姑夫劝走。三叔便出面安抚这十二位就要罢工的吹鼓手。他还许诺说，再把工钱由原来的六十元上调到八十元，奖优罚劣的规定当然继续有效，终于平息了这场意外的战火。

这天晚上也不知是怎么了，接连出事端。也许是爷爷看不惯这群孝子贤孙们铺张浪费的作为，故意暗中显灵惩罚他们吧。

半夜的时候，三姑偷偷地跟娘嘀咕，说她上厕所时，看见二姑和二姑夫俩人躲在黑影里拥抱亲嘴。吓得娘赶紧捂住三姑的那张臭嘴巴，并千叮咛万嘱咐她对谁也不要提起。谁又能知道，三姑已把这消息透露给了多少人呢。

天亮的时候，伯娘又在院子里大嚷小叫起来，说院外院里挂的幛子少了许多。她敞开嗓门破口大骂，叫道："是哪个贪心贼竟敢趁黑偷人家的丧布，是回家给自己的老子娘用吗?"

咋咋呼呼的声音吵醒了四周邻居，村人便把院子围了个水泄不通。要不是大伯狠狠地呵斥住了伯娘，还不知她手舞足蹈不知羞臊地闹到怎样景况。

我想，从昨天晚饭到今天早晨，这院里院外层出不穷的故事，要比送盘缠时热闹多了，也精彩多了。谁又能保证，这最后一天能否平平安安顺顺当当地度过呢。

还是祈求爷爷的神灵保佑吧！别再弄出什么事故来啦。

早晨的饭菜好多了，还上了烟酒。

大概是爹吸取了昨晚的教训，也学乖了，不再顾及什么担忧安全之类的事情。其实，担忧也无用，该发生的必定会发生，不是人力可以阻挡的。先伺候好了各路客人，给自己留下个好名声再说。于是，各路客人渐渐不再说怨言牢骚话。

打框的人早早吃了饭，就去了墓地。他们要在墓地挖掘修筑出双人墓穴，一个给爷爷，另一个就留待奶奶将来用。

吃饭前，三叔打电话请徐先生来。因为调整墓穴相口是件大事，关系到后辈子孙的升迁荣辱。但徐先生一口回绝了，说身体有恙，不能前来，让三叔另寻高人。

三叔当然知道，是那天大伯惹恼了徐先生。他就一个劲儿地恳求，说平生只相信他一个，其他的都信不着。

恳求了好半天，徐先生才松口说，自己确实不能前去，只好让他大儿子去，所有的细节要求都和大儿子讲好，跟他亲自去一样，不会出岔子的。

三叔没法，只得退而求其次，并立即令司机去接小徐先生。

一波未平，一波又起。刚安顿好墓地的事，灵屋里又告急，说是今天上午必须将爷爷火化，车辆人员已安排妥当，只等柳爷来主持，可等到八点多，就是不见柳爷的影子。

柳爷家里没人，家人也说不清去了哪里。我们家人又不知道这里面有什么礼仪顾忌没有，谁也不敢擅自做主，就这么一直靠着。而县城离村子还有三十多公里的路，上午火化不了，下午就没法安葬。

于是，大伯指挥本家的几个侄子，满村子寻找柳爷。终于在菜园子里找到了他老人家。任凭人们好说歹说，他就是推脱不来。

大伯和三叔马上赶到，又是作揖又是赔礼，就差跪下了。

柳爷这才勉强同意，说：“要不是看在老哥哥救命的份儿上，就算天王老子爷来请，也是枉然。”

接下来的事情，就是快节奏了。因为已是九点多钟了，再不快，爷爷就不能按时下葬。徐先生早已交代过，四点前必须下葬，错过这个时辰，恐怕还得再拖上两天。真要是那样的话，可就害苦了我们一大家子人啦。

望着手扶拖拉机载着爷爷的尸体一路颠簸着驶出了村口，许多人心里一个劲儿地祈祷，企盼着爷爷的骨灰能按时赶回来，好快点结束这闹人的丧礼。

到了中午吃饭的时候，爷爷的骨灰还没回来。打电话问三叔。三叔急急地说：“还得等半个小时。”

“天呐！都十二点了，再拖，下午四点的时辰哪能赶得上？”爹在电话里催道。

三叔说没有办法，今天来火化的死人太多了，有三十多个。有的天不亮就来了，现今儿还在等呐。三叔还说，他去得最晚，要不是找殡仪馆长走后门，外带偷偷送给火化工两条烟，别说半个小时，就是两个时辰也不一定排得上呐。

众人听了就嘘声一片，说这死人也会赶热闹，咋都赶在一块呀。有的说，这样也好，爷爷去西方冥路可有伴儿啦，不会一个人孤孤单单的。

众人又笑，边吃边谈。这是爷爷死后客人吃得最轻松愉快的一顿饭。

终于等来了爷爷的骨灰。我们再一次排成队伍，在响器班的伴奏下，一齐到村口迎接。

我不知如何感叹这生命的神秘和脆弱。从无到有，从出生时的一团肉，到成年后的伟岸身躯，再到现今由红布裹着的一个小小骨灰盒。就连这盒子也不属于自己，只剩一把白色骨灰。如果有一阵风吹过，恐怕连这灰末也没有了。由此，就想到了佛门所说的“空”。真是空空而来，又空空而去。唯一留给世人的，只有身前故事和不尽回忆。

随同前去火化的人，已经没有了吃饭的空当儿，必须抓紧时间举行安葬仪式。

柳爷先将爷爷穿过的衣服平整地铺在棺内，又将爷爷的骨灰轻轻撒在衣服上，并拣了一块较大的骨块放到衣领处，说这是爷爷的头骨。柳爷一边摆布着爷爷的骨灰渣子，一边很认真地叨咕道：“自己的头，自己的脚，自己的骨头自己找。”如是者，数遍不停。

我以为，柳爷是在故弄玄虚。就像哄小孩子一样地哄着我的亲人们，以此来安慰悲痛的我们。

在柳爷的指挥下，大伯在中间，爹和三叔在两边，左右又有八个人，将爷爷空空如也的棺材抬出了老屋，安放在大街上。

这时，就要举行一个又一个仪式。周围仍然挤满了围观的村人。

先是扫财。柳爷站在棺材前，他的脚边并排放着三只大碗，碗里盛着米饭、一大块两小块豆腐和插着纸花的馒头。这就是所谓的“富贵饭”。收财的是大儿媳妇，也就是我的伯娘。她早已手纂笤帚怀端簸箕，精力高度集中地站在棺材旁，脸上挂着掩饰不住的激动和兴奋。

是啊，爷爷积攒的一辈子财，包括今后能够保佑住的财，只能由她来扫。而且，还要全部扫回自己家，不让伯娘激动和兴奋才怪呐。虽说这财有些虚无，是不是灵验，也没有谁能拿出什么确凿证据来验证。

柳爷抓起一把五谷，撒向棺材。饱满的五谷在棺木上欢快地跳跃着。伯娘急忙挥动手中的笤帚，往簸箕里扫。柳爷连撒三把，她的笤帚却已扫了十数下，还在贪婪地等待着柳爷再撒。

柳爷说："行了。"

伯娘端起簸箕奔回院子，将笤帚使劲儿扔上屋顶，意为财已进了自家屋子。可能是太过激动了，或是一心惦记着回身抢富贵饭，她把笤帚扔过了屋顶，飞进了后面的人家。大伯急了，就骂伯娘无用。引得围观的人一阵嬉笑。

待伯娘急急跑回来时，抢富贵饭的仪式已经开始了。还是婶娘动作快，一把抢走了当中那只最大的盛得也最多的碗。娘赶了第二，伯娘只能屈居第三。

看来，伯娘虽说扫走了财，却吃不上最好的富贵饭啦。况且，那财也不见得就能得到。或许财早已飞进了邻居家里，伯娘到头来只落得个竹篮打水一场空。

随着柳爷一声："起——灵！"那只盛满了烧纸灰的老盆应声摔在地上，碎裂成了无数瓣。

伯娘们一窝蜂地向前拾碎片，俗称拾金钱盆。这回伯娘满载而归，用孝袍兜起了沉甸甸的一堆。抢完金钱盆后，婶娘又钻进了屋子，并没打算参加后边的仪式。其他人都不太理会她，不知婶娘心里是咋想的。

孝带飘舞的人流跟随着爷爷的灵柩，缓缓地涌到村口，又停住了。

第二个重头戏即将开场，就是举行路奠。意思是，为爷爷乔迁新居举行一场盛大宴会。主角仍是爷爷的四个闺女婿，主要内容还是拜祭磕头。

大姑夫这回真的没有去磕头。任凭柳爷连叫数遍，二姑夫使劲儿拽他，大姑夫只是仰头看天充耳不闻。柳爷不再点他的卯，随口叫其他几位，却已没有了昨晚开场时的庄严。

二姑夫的磕头依旧中规中矩。三姑夫和四姑夫仍是没有什么长进，晕头转向地胡磕一气。

对这回的磕头，围观的人们已不大感兴趣。他们的兴趣，早已被两个响器班的表演吸引去了。

昨晚，三叔将响器班雇金价码提了上去，搞得两个班主暗中较上了劲儿。刚出棺的时候，这响器已是吹得震天响，直到现在，响声就没停过，但优劣之势已渐渐显露出来。

五人班的小伙子们年轻劲足，唢呐喇叭的声响就强。七人班里老少不齐，在力气上渐落下风。任凭班主鼓破了腮帮子，那响声依旧提不上去。围观的人们发出阵阵叫好声，全给了五人班。

七人班的人就急。班主凑到那个女人跟前，也不知说了些什么。那女人把头发一甩，扔下吹器就开始动手脱褂子。脱了一件又一件，脱得人们看直了眼睛止住了呼吸，随之又爆发出雷鸣般的叫好和鼓动声。到最后，那女人就穿着一个乳罩吹唢呐，并不时地扭动着肥大的屁股。

五人班的人傻了眼，只恨自己队伍里没有个女的。

这场面，弄得太不成样子了。大伯和爹顾不得磕头，一个劲儿地呵斥七人班。三叔就破口大骂这帮龟孙儿们不分场合地瞎胡闹，说再不板板正正地吹，就他妈的滚蛋，一个子儿也别想得到。

柳爷早已看不惯这混乱场面。不等所有客人磕完头，他就匆匆地结束了路奠，宣布起灵下葬。

在小徐先生的指点下，三个孝子依次赤脚下到冷森森的墓穴里，拿木锨在空中虚晃了几下，意为给爷爷的新家暖房子。再依次各抱一个圆饼，在墓穴的四壁转动一圈，叫滚模子饼，意为爷爷的新屋里堆满了吃不尽的米粮。接着下葬、筑坟。

这时，三叔看了看手机上的钟表，四点已过一刻钟。他惋惜地直跺脚，又不敢说出来，怕别人笑话。

再接下来，就是圆三日坟。由大伯拖着一支木锨在前面领路，众人跟着排成一线队列，围着坟左三圈右三圈地绕圈。圈子多大，意为爷爷的家院就有多大。因为人多，这圈子就绕得很大。

四姑悄声说道："爹的院子可够大了。"

大姑夫一脸不屑地摇头回道："纯是哄鬼呢，从来只见活人遭罪，没见死人享福。"

大姑狠狠地瞪他一眼，骂道："狗嘴里吐不出象牙来。"

大姑夫立马闭上了自己的嘴巴，不敢再吱声。

从墓地回来，已是大黑了。

远路的人纷纷起脚赶路回家，而且要哭着走出村子。于是，大街上到处传来或高昂或嘶哑的哭声，汇成了一条哭泣的河流。只是光有哭声不见眼泪，是一条干枯了的河床。想是亲戚们几天来的泪水已经哭干，或是本就没有那么多的眼泪，只为应景罢了。

按照我们村的习俗，上完三日坟，亲戚们都要各自回家。没有特殊原因，他们是不能在娘家过夜的。

刚从坟上回来，二姑和二姑夫就急急地回去了。他俩当然不是急着回家拥抱亲嘴，而是他们村子专门来人送信说，二姑家的三个毛孩子中有两个感冒了，还发着高烧，看来得赶紧送医院才行。听到这个信，二姑一屁股坐到地上，半天没能爬起来。她想咧开嘴哭，又哭不出来。她的嗓子已经哭哑了，又急火攻心，只是大口大口地喘气。

四个姑中，我最同情二姑。那么个家庭状况，那么沉重的家庭负担，倒霉事又总是围着转，任谁也得愁苦死。但二姑还是顽强地苦苦支撑着这个屋漏偏遭连阴雨的家。由此，我对三姑生出大大地不满。就仅凭昨晚她对娘偷偷嘀咕的情景，就越加反感她的一些做法。

三姑似乎浑然不觉。她看着二姑两口子匆匆离去，就抿着嘴直乐。娘气得拽她一下，说："你这个鬼样子做给哪个看？"三姑趴在娘的耳边说："做给我自个看呀。"娘狠狠地掐了她一把。

大姑和大姑夫是搭四姑夫的拖拉机走的。

爹曾几次挽留大姑夫住下，说等修好自行车再走。但大姑夫执意要走，还说，与其在这儿招人烦，还不如回家自己烦自己呐。大姑就嫌大姑夫说话难听，直骂他越老越没了人形。俩人一边拌着嘴，一边坐车走了。想是大姑夫对岳父一家人的印象坏到了极点，一刻钟也不想多呆。

本来四姑也应该随车一齐走的，她却擅自留了下来，说是想再陪陪奶奶。谁知道她是真心陪奶奶，还是寻找留下来的借口呢。

三姑和三姑夫没有走。三姑夫还有一项非常重要的任务，就是掰扯清爷爷遗留下的账目。这可是我们一大家子人盼望已久的事情。

该走的都走了，不该走的也都留了下来。在此期间，又发生了一段小插曲，就是三叔与响器班的人干了一架。

打架的原因，是三叔生气七人班的不雅举动，每人每天扣下十块钱奖给五人班。七人班当然不干了，说三叔说话不算数，开会时没讲不兴这儿不兴那儿的，咋的，干完活就要卸磨杀驴啊。那个女人更厉害，挺着胸脯瞪着眼珠子直往三叔身上撞，搞得三叔狼狈不堪。本来自己的理就亏，嘴上的功夫又敌不过那女人，三叔只好乖乖地按原价付费。

五人班空欢喜一场，就大为不满，跟三叔讲理。话不投机，两下里就要动手。幸亏我们本家人多，齐上前替三叔解围。五人班虽是清一色小伙子，但好虎敌不过一群狼，只得作罢。他们骂骂咧咧地骑上摩托车，一溜烟地滚出了村子。

三叔又气又羞，平时积攒下的体面和威望，被这帮兔崽子们搅得精光，连点颜面也没给留下。

晚饭一直拖到了七点多钟才开始。

打框举重的人坐了两桌，都在灵屋里。打框举重的，就是挖坟墓、抬棺椁的人。他们干的都是体力活儿，爹就给他们上了一箱白酒和两捆啤酒，说要是不够就再上，一定要吃好喝足。大伯和三叔等人都轮流过去一一敬了酒，好话说了一大堆。打框举重的人都很高兴，敞开了胃大喝特喝起来。

我们一大家子全在西屋里，有二爷、奶奶、大伯、爹、三叔、三姑夫及伯娘、婶娘、三姑、四姑和娘。原本要请柳爷一起来坐坐的。但几次去请，柳爷就是不来，说老哥哥的事办完了，我这一辈子心事已了，就不去掺和啦。其他帮忙跑腿的及司机等人，都被安排在邻居家就餐。

吃饭前，二爷说："这些日子也苦了你们了，都喝点儿酒，去去劳乏。"

有了二爷的话，白酒和啤酒就悉数搬上了饭桌。一大家人边喝酒边数说着爷爷的丧事，每个人都拣好的方面说，说得越热闹，心情也就越好些。至于不好的方面，都避开不谈。喝酒的开场是积极乐观的，但不知不觉间，酒席上的氛围就慢慢变了味儿。

三叔一天没有吃饭，早就饥肠咕噜了。几杯酒又下了肚，他的舌头就有些大，说话也随便起来。不知不觉中，三叔处处为自己摆功显能，说这次完全是他让我们老宋家在全村中创造了几个第一。诸如，第一个请阴阳先生勘察墓地，第一个让车辆花圈摆满了大街，第一个请来了响器班等。就连第一个走后门火化的事，他也好意思说出来。

大伯也是多喝了几杯，就不服气。他堵三叔道："你能，咋把爹的丧事搞得乌烟瘴气哩？这又是打仗骂架，又是丢幛子丢脸面的，好事孬事都出在咱老宋家，惹得全村人笑掉了大牙，你咋不说说。"

真是哪壶不开提哪壶。三叔瞪圆了眼珠子回道："这打仗骂架的事，全是我做的么？这丢幛子的事，你得问大嫂，到底是哪个家贼给偷家里去了，还有脸说呐。"

大伯火了，喊道："你要讲清楚，谁是家贼？"

伯娘也跟着说："你别乱冤枉好人，谁拿幛子啦？你一肚子坏水，不屈死个好人是不算完哩。"

看到大伯两口子要一口吞了三叔的架势，婶娘当然不干了。她摔了筷子厉声呵斥道："咋的，明人不做暗事，自己偷偷拿了还要贼喊捉贼，这小把戏儿也够丢人的了。孩儿他爹问心无愧地付了多大辛苦，受了多大委屈，一片好心都叫狗叼走啦。"

就像泼妇骂大街一般，两家四口子人站成两大阵营，你揭我短，我说你长，乒乒乓乓地交起火来。

正闹着，灵屋里传出打斗的声响，是举重打框的人干了起来。原因很简单，两桌人喝酒高了兴，就开始划拳斗酒。斗恼了，便对骂，又动手打，而且是真正的拳打脚踢。

二爷和爹顾不上在这边劝架，统统跑到灵屋里去调停。好不容易调停完，把这些醉醺醺的祖宗们送走后，西屋里的战火已蔓延到了三姑和四姑身上。

本来没有三姑和四姑什么事。但在两家争吵的时候，大伯要求拿出偷幛子的证据。婶娘就把三姑给出卖了，说三姑亲眼看见伯娘三更半夜慌慌张张地往家抱幛子，逼迫着三姑也加入了这场争吵。同时，三姑又把四姑拖了进来，说四姑好意张罗做寿衣，做来做去竟做出了一身不是，这娘家人没一个好东西。

这样的拉扯，又引起伯娘们的愤怒。伯娘们转而指责几个姑姑、姑夫如何不通情理忘恩负义，说大姑夫有意搅丧事，二姑受到娘家多少恩惠却没有丁点儿谢意，等等。原来的双方交战，演变成了混战，分不清哪方为主哪方为辅，都成了吵架的主角。

二爷气昏了头。他举起茶壶，狠狠地摔到地上。清脆的响声镇住了即将恶化的局势，争吵的人也都停住了嘴巴。奶奶早已不堪这伤心的场面，一个人偷偷地躲了出去，不再露面。

二爷激动得眼眶都红了。他厉声道："你爹刚走，儿女们就开始分裂了。我当亲叔的也管不了，那就干脆不管了。可一些事还是得扯清了，不为你们一大家子，也得为你娘弄个明白。她也是土埋脖子没多久的人了。"

众人都有些愧疚，低头不吱声。二爷让三姑夫说说爷爷的存款情况。

一直冷眼旁观的三姑夫清了清嗓子，把六张存折放到桌子上。他说，爷爷也料到自己死后，家里可能要有纷争，就提前嘱咐他把钱存了六份，共五万块钱。大伯、爹、三叔每家一万，奶奶留一万，丧事预备了五千。最后又留给二爷五千，说二爷老来的景况不会好，留五千块钱防备老了有用场。

二爷终于哭出声来，仍是嘶哑的细若游丝般的哭声。他说："大哥呀，我咋能争你的钱哟。"

至此，我对爷爷有了新的认识。看似吝啬透顶一毛不拔的爷爷，其实并非想象中的那么小气。在行将就木的时候，他仍然惦记着一母同胞的兄弟。什么是手足之情，爷爷给出了最好答案。

二爷又让爹把丧事的费用报一下。爹就一五一十地把各种花费一一列出来，共花去了一万二千多块，远远超出了爷爷预计的数目。

二爷提议，让大伯老哥仨各出一份，补上丧事的亏空。大伯急了，说丧事上收到的礼金就好几万，应该拿这礼金补亏空。婶娘更不干了，说这礼金是我们这些年来的回礼，谁也甭想乱打主意。

这时，四姑又及时提出了寿衣的问题，说寿衣已做了大半年，钱还悬着，也应该从爷爷留下的钱中支付。伯娘们就说，这寿衣必须是闺女们承担的，不关儿子们的事。三姑又站到了四姑一边，支持用爷爷的钱支付寿衣的费用。

又一轮争吵，在西屋里激烈地展开。

我真的不好意思再说下去了。所谓家丑不可外扬，我已扬得太多啦。看来，我也是一个不肖子孙。

简单地说，最后结局是：大伯终于掀翻了昨晚没能掀翻的桌子。二爷撂下一句话，说给他的钱不要了，就算替爷爷填这亏空吧，说完踉跄离去。而二轮争吵的所有问题，都作为悬案留待以后再说。

众人四散而去，连执意留下来陪奶奶的四姑也搭乘三姑夫的车走了，各自奔回自家温暖的庭院。

今晚，爹让我陪奶奶睡。

我们爷俩找遍了大半个村子，终于在老家屋后的墙旮旯里找到了正默默哭泣着的奶奶。这是几天来我第一次看见奶奶哭泣，绝望而又无助。

我俩无言地搀扶着奶奶，回到老家西屋里。

躺在床上，户外不紧不慢的秋风吹拂着院子里瘦削的树枝。“唰唰”的声音不断灌进我的耳朵，像远处隐隐传来的一片哭泣声。

奶奶用手掐算道：“再过三十五天，是九月初九，就到你爷爷的五七坟哩……”

下面又说了些什么，我没有听到。我太困了，好多天都没能睡个囫囵觉。现在，终于可以香甜地做个好梦啦。